La conspiración contra reloj

A mi padre, que mantiene los relojes en marcha.

Editorial Bambú
es un sello de Editorial Casals, SA

Título original: *The Clockwork Conspiracy*

Publicado por acuerdo con Bloomsbury Children's Books
Bloomsbury Publishing Plc

Casp, 79 – 08013 Barcelona
editorialbambu.com
bambulector.com

Primera edición: septiembre de 2025
ISBN: 978-84-1086-005-6
Depósito legal: B-14122-2025
Printed in Spain
Impreso en Anzos, SL
Fuenlabrada (Madrid)

El papel utilizado para la impresión de este libro
procede de bosques gestionados de manera sostenible.

ISAAC TURNER • INVESTIGA

LA CONSPIRACIÓN CONTRA RELOJ

SAM SEDGMAN

ILUSTRACIONES DE STEPHANIE SHAFER

TRADUCCIÓN DE PATRICIA ORTS

bambú
EDITORIAL

No te preocupes hoy por el fin del mundo.
En Australia ya es mañana.
Charles M. Schulz

El tiempo es una ilusión.
Albert Einstein

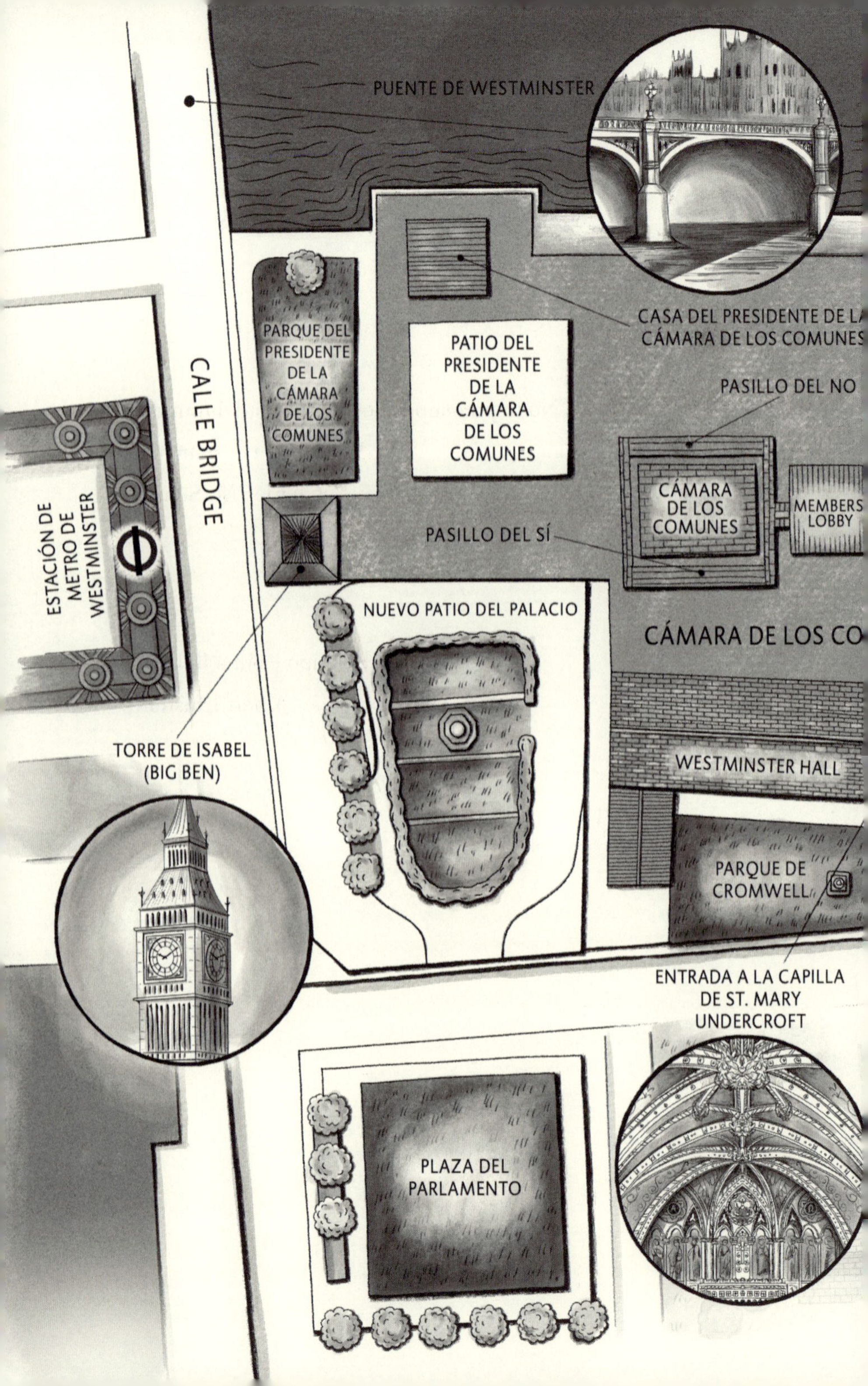
PUENTE DE WESTMINSTER
CASA DEL PRESIDENTE DE LA CÁMARA DE LOS COMUNES
PARQUE DEL PRESIDENTE DE LA CÁMARA DE LOS COMUNES
PATIO DEL PRESIDENTE DE LA CÁMARA DE LOS COMUNES
PASILLO DEL NO
CALLE BRIDGE
ESTACIÓN DE METRO DE WESTMINSTER
CÁMARA DE LOS COMUNES
MEMBERS LOBBY
PASILLO DEL SÍ
NUEVO PATIO DEL PALACIO
CÁMARA DE LOS CO
WESTMINSTER HALL
TORRE DE ISABEL (BIG BEN)
PARQUE DE CROMWELL
ENTRADA A LA CAPILLA DE ST. MARY UNDERCROFT
PLAZA DEL PARLAMENTO

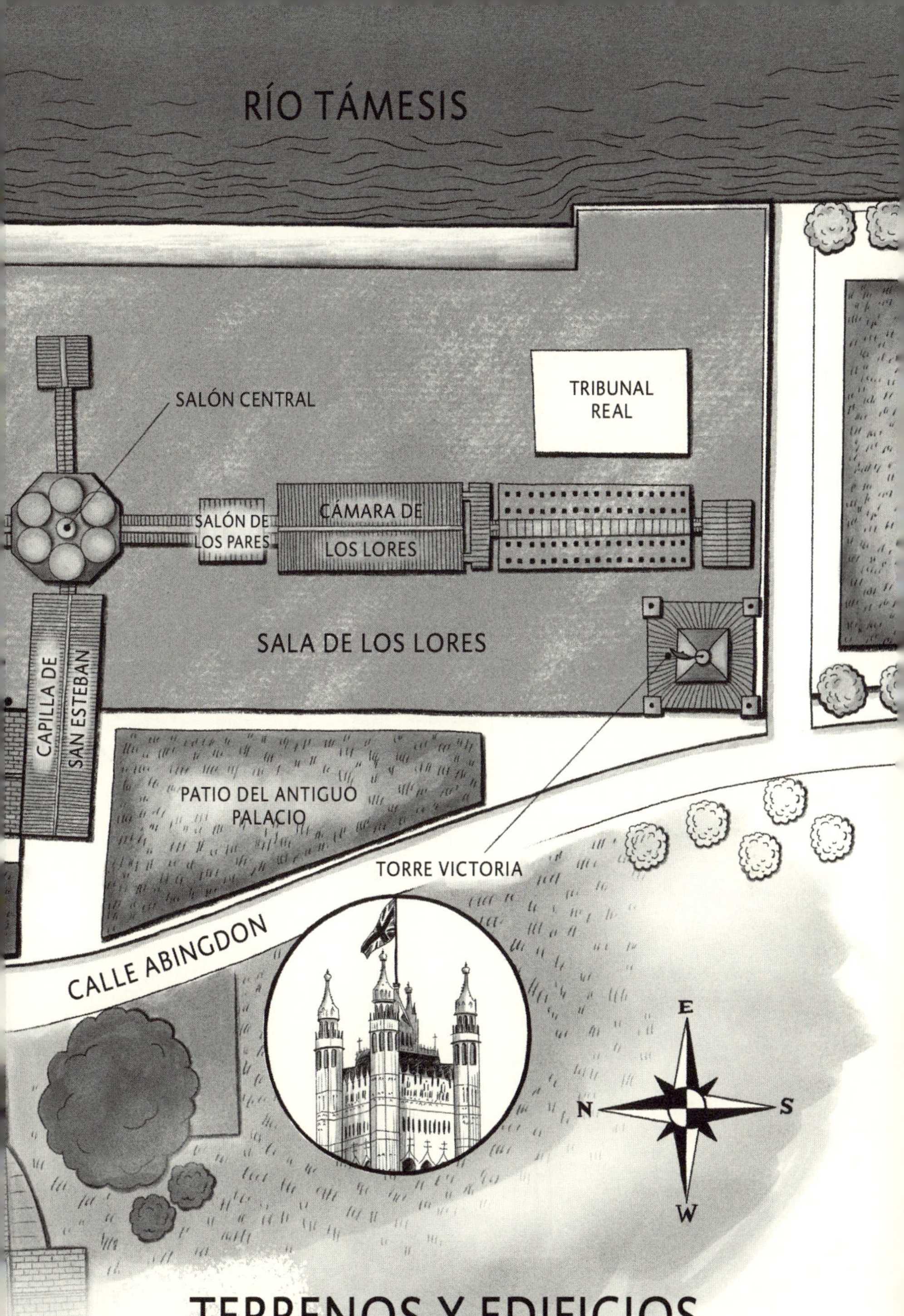

TERRENOS Y EDIFICIOS DEL PARLAMENTO

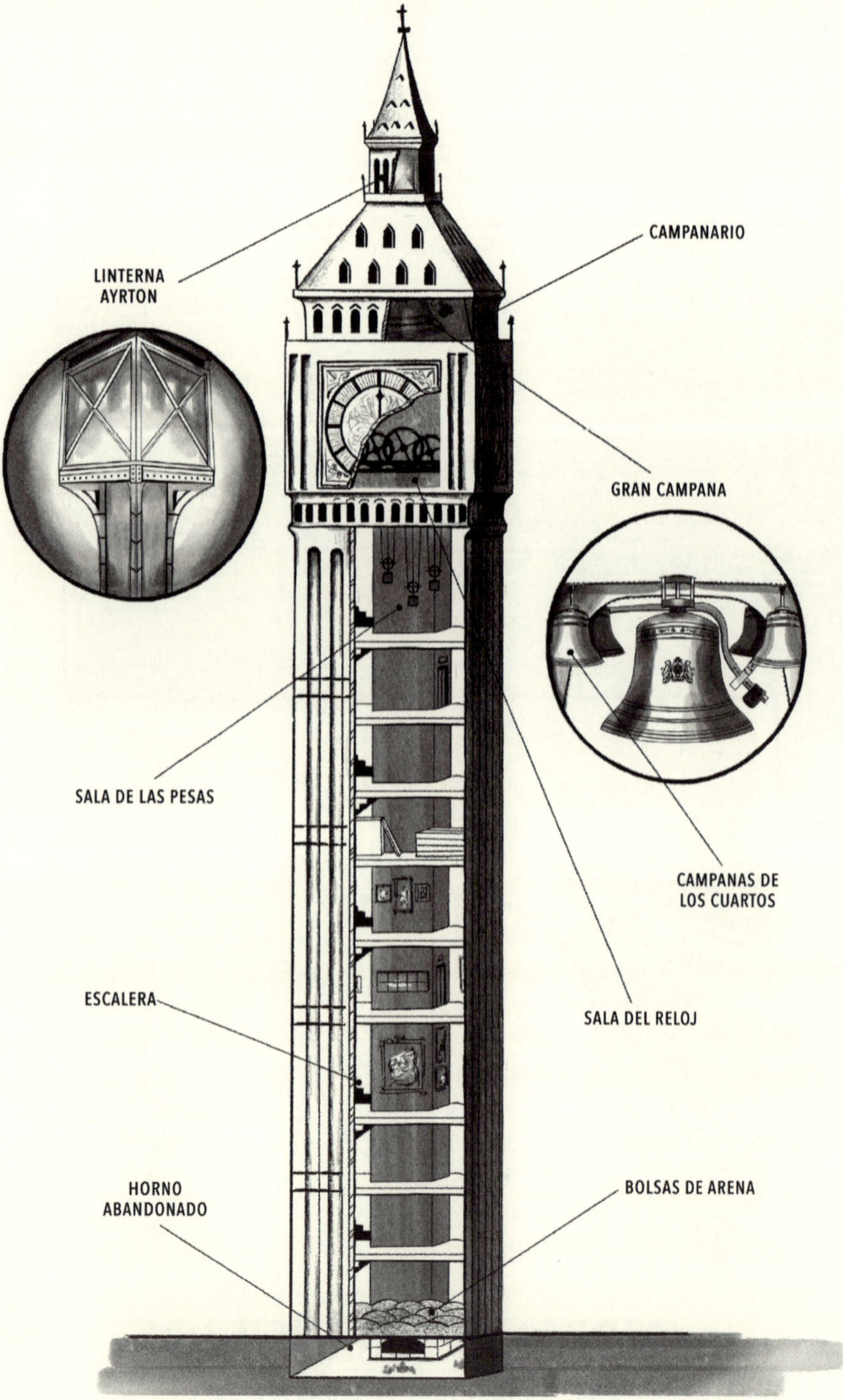
LINTERNA
AYRTON
CAMPANARIO
GRAN CAMPANA
SALA DE LAS PESAS
CAMPANAS DE
LOS CUARTOS
ESCALERA
SALA DEL RELOJ
HORNO
ABANDONADO
BOLSAS DE ARENA

UNO

La noche que atrasaron los relojes, Isaac Turner subió a la torre del Big Ben para ver a su padre detener el tiempo.

La escalera de la torre de Isabel tenía trescientos treinta y cuatro escalones y giraba tortuosamente. Al asomarse por la barandilla, Isaac se mareó. No le gustaban las alturas, pero, a pesar de lo duro que resultaba subir, al final siempre valía la pena por ver la magnífica máquina que se hallaba en la cima.

–Vamos, tortuga –le gritó su padre desde arriba–. Ya no queda casi nada.

El padre de Isaac era relojero, es decir, se ocupaba de los relojes. Y allí, en el palacio de Westminster, ejercía de guardián del Gran Reloj, el más famoso del mundo, el que todos pensaban, erróneamente, que se llamaba Big Ben.

–¡Te he alcanzado! –gritó Isaac, apresurándose a subir los últimos peldaños–. ¿Ves?

Cuando llegó al rellano, su padre le guiñó un ojo. Diggory Turner era un hombre bajo con una cara tan redonda como un plato llano. El pelo, negro y rizado, le rodeaba la cabeza, calva en la coronilla, como una especie de círculo en un campo cultivado. En su nariz regordeta reposaban unas gafas de montura de alambre, encima de una barba y un bigote descuidados. Llevaba un peto de color azul oscuro sobre una camisa blanca y un chaleco, además de unos zapatos de cuero negro desgastados.

–¿Estás listo? –preguntó.

–Por supuesto –respondió Isaac sonriendo. No quería perderse ese momento por nada del mundo.

La sala del reloj era un gran espacio de paredes blancas situado en el corazón de la torre y atravesado por vigas de hierro. Los ojos de Isaac brillaron de excitación al ver la maraña de engranajes negros relucientes que se encontraba en una plataforma elevada en el centro.

Era el reloj. Estaba dentro de su corazón. Era la máquina que medía el tiempo.

Palancas y engranajes tan altos como Isaac y encerrados en cilindros atados con cables. Cuatro enormes varillas atravesaban cada pared, fijadas a las imponentes esferas de cristal que vigilaban la ciudad que se extendía a sus pies. La máquina yacía inmóvil, como un dragón dormido, excepto por la pequeña palanca que estaba en el centro, que se movía una vez cada dos segundos emitiendo un leve tictac.

–¿Por dónde empezamos? –preguntó Isaac, mirando impaciente alrededor.

–Un momento –contestó Diggory. Había sacado un reloj de bolsillo de oro resplandeciente, del tamaño de una galleta digestiva, que llevaba sujeto al chaleco por una fina cadena de oro. Abrió la tapa de golpe para comprobar la hora–. Ya.

El dragón dormido se despertó. Con un chasquido repentino, los engranajes y las palancas comenzaron a girar deprisa, retorciendo sus dientes entrelazados. Los cables que se extendían a través del techo tiraban hacia delante y hacia atrás, e Isaac oyó el repique de las campanas de los cuartos de hora, procedente del campanario situado sobre sus cabezas.

DIN don DAN, din DON dan... din DON dan, DIN don dan... DIN DON dan, din DON...

Un ventilador de metal giró con estruendo y se detuvo cuando cesaron las campanadas. El mecanismo volvió a detenerse y el dragón enmudeció una vez más.

–Las nueve cuarenta y cinco –dijo Diggory, metiéndose el reloj en el peto con aire satisfecho–. Y ni siquiera se nota que han cambiado el sol sostenido. Tenemos tres minutos. Ayúdame a extender las herramientas.

A continuación, dejó a bolsa y desenrolló un bulto de lona, en cuyo interior había llaves inglesas, destornilladores y alicates.

–Ojalá no hubieras tardado tanto en dejarme ayudarte –dijo Isaac mientras se arrodillaba en la tarima para echarle una mano.

–Antes eras demasiado pequeño –replicó Diggory.

–¡No, qué va! –protestó Isaac–. Sé cómo funciona este reloj desde que tenía diez años.

–La primera vez que subiste aquí conmigo te emocionaste tanto que faltó un pelo para que te espachurrases los dedos en el tren de sonería.

–¡Porque intentaba limpiar los engranajes!

–Más bien juguetear con ellos. No pasa nada. Sé que no puedes resistir la tentación de tocarlo todo, eres igual que yo.

–Pero ya tengo casi trece años –se quejó Isaac.

–Por eso te he traído hoy. Tenía que enseñarte a retrasar los relojes, por si… bueno. –Diggory hizo una mueca–. En caso de que sea la última vez que lo hago.

Isaac vio que su padre se quedaba absorto. Siempre ponía esa mirada cuando pensaba en la ley del nuevo tiempo.

–¿Tenemos que parar el reloj ahora? –le preguntó para tratar de distraerlo.

–Sí –contestó Diggory. Se acercó a la maquinaria–. Para empezar, desmontaremos este cierre de seguridad... –le explicó mientras sacaba una tuerca negra de un tornillo largo con una llave inglesa–, después hay que desconectar el tren de engranaje. –Extrajo la tuerca de la rosca y la puso con cuidado en el suelo con las yemas de los dedos manchadas de grasa–. Ahora dame una mano.

Isaac se la tendió. Su padre la agarró e introdujo ambas en los engranajes del reloj hasta alcanzar una palanca que se encontraba en lo más hondo del mecanismo.

Isaac la aferró con sus largos dedos.

–¿Qué he de hacer? –preguntó.

–Tirar de ella cuando te lo diga –contestó Diggory–. Hoy puedes detenerlo tú.

El corazón de Isaac latía con fuerza, y se le iluminó la cara.

–¿En serio?

–Justo cuando yo te lo diga. –Diggory apoyó una mano en el hombro de Isaac–. A las nueve cuarenta y ocho, ni un segundo más ni uno menos. ¿Listo?

El chico asintió con la cabeza. No se atrevía a respirar mientras escuchaba con atención el tictac. En el silencio, le pareció oír toser a alguien.

–¿Has oído eso? –dijo, volviéndose hacia la escalera.

–Es el viento. –Diggory estaba concentrado en su reloj de bolsillo–. ¿Preparado? ¡Tres, dos, uno, ya!

Isaac tiró de la palanca. Pesaba mucho y se le tensaron los bíceps. Los engranajes rechinaron en el interior de la maquinaria, la palanca se movió y encajó en su sitio con un ruido sordo.

–Las nueve cuarenta y ocho –dijo Diggory, a la vez que le daba una palmadita en la espalda al chico–. Bien hecho.

Isaac sacó la mano.

–¿De verdad se ha parado? –preguntó.

–Escucha.

Isaac obedeció. Ya no se oía el tictac.

A sus espaldas, alguien se movía en el hueco de la escalera.

DOS

Hattie desenroscó el tapón de su termo y dio un sorbo a la bebida caliente. Tenía prohibido subir al tejado. A decir verdad, tenía prohibido hacer muchas cosas, pero a ella le gustaba saltarse las reglas. Al fin y al cabo, ¿quién iba a impedírselo? Seguro que Claire Turnbull, la sargento de armas del palacio, no, desde luego. Claire era la responsable de la seguridad, pero a Hattie le encantaba burlarla. La vida era demasiado aburrida si se cumplían las normas a rajatabla.

Mientras bebía, alzó la vista hacia la torre del Big Ben y observó que las luces de las esferas del Gran Reloj se iban apagando una a una. El tiempo se desvaneció en la penumbra. Era una noche nublada de octubre, sin luna ni estrellas. Aun así, Londres nunca se quedaba completamente a oscuras. A sus pies, las luces rojas y blancas de los coches y de los autobuses brillaban mientras estos cruzaban ronroneando el puente de Westminster y pasaban por delante del palacio que se erigía frente a ellos.

A decir verdad, nadie lo consideraba un palacio. Si uno se paraba a pensar en los edificios que recibían ese nombre en Londres, solo le venía a la mente el de Buckingham. Se suponía que eran la residencia de reyes y reinas, en tanto que en el de Westminster solo trabajaban los políticos. Allí se hacían las leyes. En teoría, debía ser un «palacio del pueblo», pero cuando Hattie se sentó en el tejado, se sintió como una reina. Tras rebuscar en su mochila, sacó unos prismáticos y alzó la mirada hacia las caras oscuras del reloj.

Se habían parado a las nueve cuarenta y ocho minutos, pero, mientras las escudriñaba en la penumbra londinense, vio que las agujas empezaban a girar. Solo que no hacia atrás, tal como debían, sino hacia delante. Daban vueltas a gran velocidad: el largo minutero subía hasta lo alto en unos segundos, arrastrando tras de sí la manecilla de las horas. Sin sonar, pasaron las diez, las once y, entonces, Hattie sintió un ligero mareo, como si toda la ciudad estuviera viajando en el tiempo.

Las manecillas se detuvieron un minuto antes de la medianoche. El tiempo se paralizó. Hattie esbozó una sonrisa al sentir el triunfo propio de un explorador que acaba de descubrir un nuevo mundo.

Se preguntó qué pasaría con el reloj. Era muy probable que dejara de servir cuando se aprobara la ley del nuevo tiempo. Ya no habría que darle cuerda en plena noche. Quizá fuera la última vez que sucedía, y ella, Hattie, lo estaba presenciando. Experimentó una extraña oleada de orgullo y tristeza a la vez.

Mientras daba un bocado a su sándwich de queso y Marmite, esa pasta para untar típicamente inglesa, algo le llamó la atención: a pesar de que las manecillas del reloj estaban paradas, algo se movía en lo alto de la torre. Se llevó los prismáticos a la cara. Era difícil ver nada en la penumbra, pero le pareció distinguir una figura delgada de pie en el borde del campanario. Tenía el pelo blanco y vestía un abrigo largo que ondeaba al viento. La estaba escrutando.

Hattie se sobresaltó y soltó el termo, que rodó por las tejas inclinadas hasta chocar con una chimenea. Presa del pánico, la muchacha se precipitó hacia él. Una vez que lo tuvo de nuevo a salvo en la mochila, se volvió hacia la torre del reloj y la miró con los prismáticos, pero la silueta había desaparecido.

¿Se lo había imaginado o habían ido a dar la voz de alarma? Sin darle más vueltas, Hattie se deslizó hasta un amplio canalón y se alejó corriendo por el tejado mientras las oscuras esferas del reloj la observaban amenazadoras desde lo alto.

TRES

—Listo –dijo el padre de Isaac a la vez que bloqueaba una palanca en su sitio–. Son las once y cincuenta y nueve en punto.

Alzó la mano para chocar esos cinco con su hijo.

Habían apagado las luces de detrás de los diales y habían adelantado las manecillas del reloj hasta la medianoche. Al igual que el tiempo, el reloj no podía retroceder.

–¿Por qué las once y cincuenta y nueve? –preguntó Isaac, mirando la pequeña esfera de latón situada en el corazón de la máquina, donde las manecillas se habían detenido justo antes de las doce–. ¿Volveremos a ponerlo en marcha?

–Las campanas de los cuartos tardan más o menos un minuto en sonar –le explicó su padre–. A medianoche, la campana grande tañe por primera vez, ¿recuerdas? La volveremos a poner en funcionamiento un minuto antes de las doce, de la nueva medianoche, mejor dicho, cuando los relojes se hayan atrasado. Pero ahora podemos trabajar en ello durante unas horas. –Dicho esto, sacó un destornillador.

–¿Por qué se atrasan los relojes? –preguntó Isaac.

–Lo sabes de sobra –respondió su padre.

–Sé que lo hacemos para aprovechar al máximo la luz del día, de manera que las tardes de verano sean más largas y las mañanas de invierno más luminosas. –Isaac frunció el ceño. Era el gesto que hacía más a menudo: se enfurruñaba cuando no entendía algo–. Pero ¿por qué? ¿Por qué no nos levantamos más temprano? ¿Por qué tenemos que cambiar la hora?

–No podemos forzar a la gente a obedecer nuestra voluntad, Isaac –afirmó su padre mientras subía a la estructura de hierro–. En cambio, cambiar la hora es fácil. La gente hace lo que los relojes indican.

–Tú no –replicó Isaac–. Los relojes hacen lo que tú les dices.

Su padre sonrió y pasó con cuidado por encima de un gran engranaje que se encontraba en el centro del movimiento: el mecanismo del reloj.

–Supongo que sí –asintió–, al menos de momento. Pásame esa aceitera, por favor.

Isaac lo obedeció y luego siguió entregándole las herramientas que le iba pidiendo: un destornillador largo, una llave inglesa y, al final, el martillo que usaba para golpear algo que emitía un sonido metálico. Le recordó a esos momentos que pasaban en casa, en el cobertizo del jardín, trabajando juntos en el proyecto que era la niña de los ojos de Diggory: la motocicleta Vincent Black Shadow que habían sacado de un desguace y que estaban reparando. Isaac esperaba acabar de ajustarla un día no muy lejano y viajar ambos en ella desde su casa, en Leytonstone, hasta el mar, siguiendo el curso del río.

–Saca un penique del montón, por favor –le pidió Diggory al mismo tiempo que marcaba uno de los engranajes con un pedazo de tiza–. Antes iba más rápido.

Isaac se acercó al péndulo, la parte que prefería del reloj. La larga barra cargada con un peso se balanceaba suavemente en una cavidad que se encontraba debajo de las tablas del suelo una vez cada dos segundos exactos: así era como marcaba el tiempo el reloj.

En el péndulo había apiladas un puñado de viejas monedas de cobre, Isaac sacó una con gran cuidado mientras este oscilaba hacia él.

–¿De qué depende que el reloj vaya demasiado rápido o demasiado lento? –preguntó Isaac mientras hacía girar la moneda en la palma de la mano–. Pensaba que el péndulo marcaba la hora con exactitud.

–El calor, el polvo, una paloma posada en la manecilla de las horas… –Su padre se encogió de hombros–. Ningún reloj es perfecto. Los peniques restan casi medio segundo al día. Ser relojero consiste en hacer ajustes mínimos, como si estuvieras al timón de un barco enorme.

Isaac observó las oscilaciones del péndulo mientras frotaba el viejo penique entre los dedos.

–Por eso no te gusta la ley del nuevo tiempo, ¿verdad? –preguntó con prudencia–. ¿Crees que es un cambio demasiado grande?

Su padre suspiró.

–Esa ley no cambiará nada.

–No es cierto, lo cambiará todo –protestó Isaac–, ¿verdad? ¿El tiempo métrico? Todos los relojes, también los de pulsera... Además, ¿qué será del Big Ben?

–No tiene sentido preocuparse por eso ahora –dijo su padre con firmeza–. Puede que la ley no llegue a aprobarse. No nos amarguemos la noche hablando de tonterías. Has venido a ayudarme a cuidar del mejor reloj del mundo, y eso es lo que vamos a hacer. Ahora vamos a dar cuerda a las pesas. –Diggory sacó una larga manivela de metal de debajo del mecanismo del reloj–. Espero que te queden fuerzas.

–¿Cuánto pesa? –preguntó Isaac.

–Un cuarto de tonelada. –Su padre le guiñó un ojo–. ¿Te sientes lo bastante fuerte?

Isaac pensaba que no, pero, antes de que pudiera decírselo a su padre, se oyó un ruido extraño en la sala...

Tilín… tilín… tilín…

El débil tintineo de una campana descendió desde lo alto.

–Fa sostenido –murmuró Diggory, mirando hacia arriba–. Una de las campanadas de los cuartos.

–Pero el reloj está desconectado –repuso Isaac.

–Ya lo sé.

–Entonces ¿cómo…?

–Seguro que no es nada –respondió su padre con demasiado comedimiento–. Lo más probable es que sea un pájaro. Espera aquí. Voy a ver. Entretanto, haz algo útil: empieza a dar cuerda. –Le dio una palmadita en un hombro–. Vuelvo enseguida.

CUATRO

Fue duro levantar el peso de un cuarto de tonelada por el hueco central de la torre. Al girar los engranajes y los trinquetes, la manivela emitía un ruido ensordecedor. Isaac la agarraba con tanta fuerza que al final se le pusieron los nudillos blancos, resollaba y sudaba a causa del esfuerzo que le suponía tirar de los cables, que temblaban mientras desaparecían en la cavidad de las pesas a través de una trampilla de madera que había en el suelo.

Las pesas accionaban el reloj. Con cada oscilación del péndulo, la pesa principal bajaba una fracción en la torre y su lento descenso activaba el tren de engranaje que hacía girar el reloj. Cuando las pesas llegaban al fondo de la cavidad, el mecanismo se paraba, de manera que su padre debía darle cuerda cada pocos días.

Cuando Isaac soltó la manivela tenía los brazos ardiendo y se dejó caer sobre una caja de madera que había en un rincón, respirando a duras penas. Sabía que solo había levantado el peso unos metros, pero necesitaba descansar. La caja de embalaje estaba atada con unas cuerdas y tenía el tamaño de un sillón.

Notó una presión en el bolsillo trasero. Isaac extrajo la moneda de cobre que había quitado del péndulo y la movió entre el pulgar y el índice. El paso del tiempo la había deslustrado y mostraba la cara de un rey desconocido.

Era un penique viejo. Hacía mucho tiempo, doce de esos equivalían a un chelín, y veinte chelines, a una libra. Pero, en cierto momento, el Gobierno había desechado el dinero antiguo para simplificar los intercambios, de forma que una libra ahora equivalía a cien peniques. A este procedimiento lo denominaron «decimalización». Isaac lo había aprendido en el colegio, porque últimamente se hablaba de hacer lo mismo con el tiempo. Se trataba de la ley del nuevo tiempo. En caso de que llegara a aprobarse, cambiaría la manera de medir el tiempo de todo el país. En lugar de veinticuatro horas, el día pasaría a tener solo diez. Las horas estarían

compuestas de cien minutos, y los minutos, de cien segundos. Sería como medir los objetos en gramos y kilogramos.

Se suponía que, gracias a eso, la vida se simplificaría: al fin y al cabo, la mayoría de las cosas eran métricas. Pero Isaac sabía que esa idea incomodaba a su padre, y le habría gustado conversar con él sobre el tema.

El chico echó un vistazo a la sala del reloj y se preguntó cuánto hacía que su padre se había ido. Dejó caer el penique en una caja que había junto al péndulo y salió al hueco de la escalera

–¿Papá? –gritó.

Diggory le había dicho que se quedara donde estaba, pero la curiosidad de Isaac había podido con él, como de costumbre.

Una brisa fría le pellizcó la cara mientras subía por la escalera metálica que llevaba a lo alto de la torre del reloj, de manera que se caló más el gorro de lana gris que llevaba sobre su revuelto pelo de color castaño oscuro. El campanario estaba cubierto por un tejado, pero abierto por los lados; la ciudad se extendía alrededor como un tapiz luminoso. Las sombras de las campanas emergían de la penumbra. En las esquinas había otras más pequeñas, las que tocaban los cuartos de hora, y, en el centro, se hallaba la famosa campana a la que debía su nombre el reloj: la Big Ben.

Esta era más alta que Isaac. De cobre y estaño fundidos, pesaba catorce toneladas. Su verdadero nombre era la Gran

Campana, pero nadie la llamaba así, igual que nadie llamaba al reloj por su auténtico nombre: el Gran Reloj. Isaac aspiró el aire frío en bocanadas breves.

–¿Hola? –gritó.

La luna estaba baja y brillaba en el borde liso de la campana, poniendo de relieve una grieta dentada que zigzagueaba sobre el metal. Era el punto donde la campana se había resquebrajado hacía ya muchos años al golpearla con un martillo demasiado pesado. La habían reparado, pero desde entonces su carillón desafinaba un poco. Por eso se habían llevado la de sol sostenido, para comprobar si estaba quebrada. Entretanto, un altavoz reproducía la nota siguiendo el compás a la perfección.

Al no oír respuesta, Isaac cruzó el campanario en busca de su padre, pero estaba desierto. Algo crujió bajo su zapatilla. Miró al suelo y vio una cadena de oro brillante. Se le revolvió el estómago. En el extremo de la cadena estaba el reloj de bolsillo de su padre: el que nunca se quitaba. La caja estaba abierta y el cristal que cubría la esfera se había roto.

–¿Papá? –gritó.

Se le aceleró el corazón. Rodeó la Gran Campana buscando por todos los rincones de la torre. No había rastro de él. Isaac tropezó con la barandilla que protegía el borde del campanario. Una bandada de palomas alzó el vuelo y luego bajó en picado hacia el Parlamento. Isaac se inclinó sobre la barandilla y sintió vértigo al ver lo alto que estaba.

–¡PAPÁ! –volvió a gritar en vano.

Regresó corriendo a la escalera de caracol a la vez que se metía el reloj en un bolsillo y se precipitó hacia la sala del reloj. Estaba tal y como la había dejado. No había nadie. Bajó apresuradamente, deteniéndose solo en los rellanos para echar un vistazo a los almacenes. Todos estaban vacíos. Después, salió disparado por la amplia puerta de roble que se encontraba al pie de la torre y, al hacerlo, chocó con un guardia de seguridad que estaba apostado en el claustro exterior.

–¡Eh! Tranquilo, chico –le dijo este, aferrándolo por los hombros–. ¿De dónde vienes?

El guardián del reloj, Diggory Turner. ¿Lo has visto?

–¿Qué? No, por aquí no ha pasado nadie desde hace media hora. –Sus ojos se desviaron hacia unas colillas que había en el suelo–. ¿Por qué? ¿Qué pasa?

–Es mi padre. –Isaac tragó saliva–. No sé dónde está.

CINCO

Solomon Bassala atravesó a grandes zancadas los claustros hacia la torre del reloj, con la bata de color burdeos ondeando a sus espaldas. Era una prenda de dimensiones considerables, porque Solomon Bassala también lo era. Ancho como una puerta, alto como un caballo y elegante como un gato, llenaba todas las estancias en las que entraba. Los guardias que vigilaban la torre del reloj reconocieron al presidente de la Cámara de los Comunes y se apresuraron a apartarse al ver que este se les aproximaba. Solomon pasó rápidamente por su lado y comenzó a subir la escalera.

De repente, oyó un alboroto en la sala del reloj y franqueó a toda prisa la puerta.

–¡Buenas noches! –Su voz atronadora acalló el clamor–. ¿Alguien puede decirme qué ocurre?

–¡Presidente!

Una mujer bajita y pálida, vestida con una chaqueta a medida, se puso en pie de un salto al oír la voz de Solomon y se aproximó a él pisoteando el suelo con sus grandes botas. Se arregló la melena corta, negra y lisa e intentó disimular su inquietud ante Solomon, sin conseguirlo.

–No era necesario que viniera hasta aquí.

–Déjese de tonterías, Claire –replicó Solomon, secándose con un pañuelo el sudor que perlaba la piel oscura de su frente–. Alguien me ha dicho que Diggory ha desaparecido. Estaba en mi estudio y... –Sus ojos se posaron en un muchacho esbelto que lo miraba desde detrás de uno de los engranajes del reloj–. ¿Eres Isaac Turner?

–¿Tío Sol?

Isaac dio un paso adelante. Parecía aliviado, aunque Solomon percibió el miedo en sus ojos.

–¿Conoce a ese chico, señor presidente? –preguntó Claire sorprendida. Solomon la ignoró.

–Cuánto tiempo, ¿no? –dijo, sonriendo amistosamente a Isaac–. ¿Cómo va ese laboratorio tuyo? ¿Al final conseguiste hacer volar el cohete botella?

–Sí –respondió Isaac con un destello de placer–. Este verano. Aterrizó en el jardín de la señora Peach e hizo saltar por los aires los calabacines que había plantado.

–Impresionante.

Solomon se encaramó al borde del mecanismo del reloj y se metió sus grandes manos en los bolsillos de la bata.

–He oído que esta noche han pasado cosas raras. ¿Por qué no me cuentas lo que ha ocurrido?

–Isaac fue corriendo a buscar a uno de nuestros guardias de seguridad, señor presidente, para decirle que no encontraba a su padre –explicó Claire.

–Sé que usted está a cargo de la seguridad del palacio, Claire, pero, si no le importa, me gustaría que me lo contara Isaac –dijo Solomon. Ella se enfureció, pero el presidente le hizo caso omiso y animó a hablar al chico con un ademán de la cabeza–. ¿Qué ha pasado?

Isaac le refirió la historia: que tenían que retrasar el reloj y que por eso su padre había subido al campanario, solo que luego no regresó.

–Hemos registrado la torre y los alrededores –añadió Claire. Tosió–. No hay el menor rastro del señor Turner.

–No sabemos dónde está –corroboró Isaac con la cara pálida.

–¿Y no viste nada extraño? –preguntó Solomon con el ceño fruncido por la preocupación–. ¿Oíste algo? ¿Tu padre no te dijo si debía ir a algún sitio ni dejó una nota o un mensaje?

–No. –Isaac negó con la cabeza y se metió las manos en los bolsillos–. Nada de nada.

Solomon se preguntó si el chico estaba siendo sincero.

–No sabía que este muchacho era su sobrino, señor presidente –dijo Claire.

–No lo es, al menos oficialmente –le explicó Solomon–. Es mi ahijado. Su padre y yo somos viejos amigos, y cada vez que los visito, Isaac tiene la amabilidad de enseñarme uno de sus experimentos científicos, que han quemado muchos de mis trajes de forma un tanto asombrosa. –El presidente ladeó la cabeza y lo escrutó–. No tienes ningún pariente en Londres, ¿verdad, Isaac?

–No –respondió este, negando con la cabeza–. Mi padre y yo estamos solos.

–Mmm. –Solomon se mordió el labio.

–Puedo ponerme en contacto con los servicios sociales si le preocupa…

–Por supuesto que no –negó el presidente, interrumpiendo a Claire–. Isaac pasará la noche aquí, conmigo. Es demasiado tarde para hacer cualquier otra cosa. Necesita descansar.

–Pero, señor presidente, eso es del todo irregular –objetó la mujer, retorciéndose las manos–. Hay un procedimiento específico para estas situaciones. La Policía debe…

–Es muy tarde, Claire –atajó Solomon en tono severo–. Isaac ya ha sufrido bastante. Yo vivo aquí, conozco a este chico y tengo una cama libre. Ya intervendrá la Policía mañana por la mañana. ¿O pretende angustiarlo aún más esta noche?

Claire contuvo la crispación y negó con la cabeza.

–Gracias –dijo Isaac.

Parecía aliviado.

–Vamos, pues –dijo Solomon, poniéndose en pie–. Ya ha pasado mi hora de acostarme, y supongo que la tuya también. ¿Tiene todo bajo control, Claire?

–La Policía Metropolitana llegará en cualquier momento. Hablaré con el oficial que esté al mando –contestó ella–. Cerraremos la torre hasta que estén listos.

–Ven conmigo, Isaac, te enseñaré el piso donde vivo –propuso Solomon–. Seguro que tu padre aparecerá tarde o temprano.

–Pero no podemos irnos ahora –protestó el niño–. ¿Qué hacemos con el reloj?

–¿Qué le ocurre?

–Mi padre lo paró para adelantar las manecillas –respondió Isaac–. Debe de ser casi medianoche, tenemos que volver a ponerlo en marcha.

–Isaac, tu padre no está aquí. No estoy seguro…

–Puedo hacerlo yo –afirmó él.

A continuación, se alejó de su padrino, se dirigió hacia el mecanismo y se arrodilló al lado de la bolsa de herramientas de Diggory.

–No puedo permitir que juguetees con eso –le soltó Claire–. Es propiedad del Gobierno.

–En calidad de miembro de mayor rango presente en este edificio, tiene mi autorización –intervino Solomon–. No podemos dejar el Big Ben a oscuras. –Se arrodilló al lado de Isaac–. Sabes lo que estás haciendo, ¿verdad?

La cara del chico se tensó mientras asentía con la cabeza y se abstraía del mundo que lo rodeaba para concentrarse en las palancas y en los engranajes.

–¿Qué hora es? –preguntó.

–Las doce y cincuenta y siete –contestó Solomon tras consultar su reloj de pulsera–. Ah, vaya, aún no lo he puesto en hora.

–Cuente hasta las doce y cincuenta y nueve, por favor –le pidió Isaac–. Esa será la nueva medianoche. –Acto seguido, metió la mano en el corazón de la maquinaria y palpó. Dio la

impresión de que se tranquilizaba cuando sus dedos encontraron un punto familiar entre los engranajes–. Sí –dijo en voz baja.

–Quince segundos –contó Solomon–. Diez... cinco, cuatro, tres...

Isaac apretó la manivela y tiró de la palanca hacia atrás. El metal rechinó, los engranajes crujieron y el escape retomó su posición. A continuación, el chico soltó la manivela. El reloj volvió a sonar.

Solomon dio un respingo cuando varios de los engranajes empezaron a retumbar y a rugir, girando y desenrollando cables a la vez que las campanas de los cuartos repicaban en la torre por encima de sus cabezas.

–Veo que tu padre te ha enseñado como es debido –afirmó Solomon impresionado.

Isaac no contestó. Se limitó a mirar al suelo.

–Todo saldrá bien –añadió el presidente, poniéndole una mano en el hombro–. Lo encontraremos.

Acto seguido, bajó con Isaac las escaleras de la torre del reloj mientras el Big Ben daba las campanadas de la nueva medianoche.

SEIS

La casa del presidente de la Cámara de los Comunes era un gran edificio de piedra enclavado en un patio próximo a la torre del reloj. Isaac cruzó con su tío Sol una alta puerta de roble y entró en un vestíbulo con el suelo de mármol, cubierto por una tupida moqueta roja e iluminado por unas lámparas doradas.

–¿Vives aquí? –preguntó el muchacho estupefacto–. ¿En un palacio? ¿Por qué nunca hemos venido a verte?

–Solo resido aquí cuando estoy trabajando –contestó el tío Sol mientras lo guiaba por una escalera ornamentada–. Esta parte es más como un despacho. En realidad me alojo en un piso mucho menos ostentoso, que está en la última planta. El presidente de la Cámara es la única persona que tiene permitido vivir aquí, en el Parlamento. Es todo un lujo.

Tras subir la escalera llegaron a un rellano con las paredes de piedra tallada cubiertas por unos cuadros al óleo imponentes. Acto seguido, franquearon una puerta lateral que pasaba casi desapercibida y después Solomon lo guio por un estrecho tramo de escalera hasta una planta mucho menos llamativa, conocida como la «residencia del presidente». Abrió una puerta con una llave de pestillo e invitó a Isaac a entrar en un cálido pasillo por el que se extendía una moqueta raída que olía un poco a pollo asado. De un perchero colgaban abrigos sobre un revoltijo de zapatos, y a través de una puerta abierta se veía un cuarto de baño. El tío Sol se inclinó y encendió una lámpara.

–No podemos hacer ruido –susurró, llevándose un dedo a los labios–. Mi hija está durmiendo. –Señaló una puerta con unas flores pintadas–. ¿Te acuerdas de ella? Ahora vive la mayor parte del tiempo con su madre. Tú dormirás aquí.

Acompañó a Isaac a una habitación vacía y luego le llevó una toalla, un cepillo de dientes y un pijama de seda excesivamente grande.

–Me temo que esto es lo único que puedo ofrecerte –se disculpó.

–Gracias, tío Sol.

–Trata de dormir.

Su padrino le sonrió, pero Isaac se dio cuenta de que lo hacía con cierta lástima. Después, el presidente salió y cerró la puerta.

Isaac se dejó caer enseguida en la cama y se puso a mirar el techo de escayola tallada. Su vida se había desmoronado en apenas unas horas. No parecía real. Su padre se había esfumado de repente y nadie era capaz decirle por qué ni cómo. Se subió las gafas para restregarse los ojos confiando en que, cuando volviera a abrirlos, Diggory entraría en la habitación y le diría que todo había sido un malentendido y que podían regresar a casa.

Pero no lo hizo.

Isaac sacó el reloj de oro y pasó el dedo por el cristal agrietado. Le faltaba un pedacito del tamaño de una uña, que dejaba al descubierto la esfera. Se había parado, ya no hacía tictac. Lo abrazó. No había querido enseñárselo a los guardias de seguridad, sobre todo a Claire Turnbull, porque sabía que se lo habrían quitado.

Siempre le había gustado el reloj de su padre. Lo llevaba consigo a todas partes, prendido en el ojal de su chaleco. Su gran esfera marcaba la hora y la fecha, y en la parte superior había un círculo más pequeño: el cronómetro que medía los minutos y los segundos y que su padre le dejaba utilizar cuando Isaac tenía que calcular el tiempo en uno de sus experimentos científicos. El chico se dio cuenta de que se había quedado parado en ocho minutos y treinta y cuatro segundos y frunció el ceño. ¿Acaso su padre había cronometrado algo?

Entonces, se fijó en la esfera principal.

Estaba mal. La hora era incorrecta.

Su padre había desaparecido después de las nueve cuarenta y ocho. Habían parado el Gran Reloj en ese preciso momento, y habían medido el tiempo con el de bolsillo.

Entonces ¿por qué marcaba las nueve y media?

Isaac trató de entender qué podía significar aquello, pero la marea del sueño estaba ya subiendo en su cabeza. Bostezó y fue a correr las cortinas. Se detuvo un momento a contemplar el río y el puente de Westminster.

Algo en el cristal se movió. Un par de ojos parpadearon y lo escrutaron desde el otro lado de la ventana. Isaac se sobresaltó, dio un respingo y retrocedió tambaleándose hasta la cama mientras observaba a una persona que se movía sobre el cielo nocturno. Apagó la luz y distinguió a una chica de pie en el alféizar de la ventana. La miró perplejo a la vez que ella lo escrutaba ladeando la cabeza con curiosidad.

Luego ella se llevó un dedo a los labios, guiñó un ojo y desapareció de su vista.

SIETE

Pascal se detuvo en el puente de Westminster para sacar el teléfono, que estaba sonando en un bolsillo de su abrigo largo de color negro. Se apoyó en la barandilla mientras una ráfaga de viento jugaba con su pelo, tan blanco como un fantasma.

–¿Ya está? –preguntó la persona que llamaba.

–Sí –contestó él–. Todo está bajo control.

–¿Todo? Hay policías en el palacio. ¿Por qué?

Pascal sintió que se le cortaba la respiración. Miró hacia Westminster, la torre del reloj brillaba en el cielo, semejante a la luna.

–No encontrarán nada. Solo fue un pequeño contratiempo. Me encargué de que así fuera.

–¿Qué tipo de contratiempo, Pascal?

Este se agarró al borde del puente, negándose a explicar por qué no había seguido el plan previsto.

–Cuéntamelo –insistió su interlocutor.

Pascal obedeció. La culpa la tenía el chico. Lo había sorprendido, había salido de la nada y había desbaratado el plan. A Pascal no le gustaban las sorpresas. En su opinión, eran como un grano atrapado en los mecanismos regulares que rigen el mundo.

–Te has arriesgado mucho –dijo el que llamaba–. No me gustan los riesgos. ¿Estás seguro de que no sospecharán nada?

–Te lo juro –respondió Pascal–. Todo va sobre ruedas. He borrado bien mis huellas.

–De acuerdo –aceptó su interlocutor–, sabía que no nos defraudarías.

Una chispa de orgullo prendió en el pecho de Pascal mientras sonaban los cuartos en el Gran Reloj. Levantó la vista y observó las pesadas manecillas de hierro, fijas como esqueletos en la esfera resplandeciente. «Qué apropiado –pensó–. Son esqueletos, reliquias de un sistema antiguo.»

–Y ¿qué pasa con la clave? –preguntó el otro.

Los ojos de Pascal se contrajeron.

–No la tenía –contestó tras aclararse la garganta–, pero contábamos con esa posibilidad. No he terminado de buscar, mañana puedo...

–La clave es necesaria, Pascal –insistió la persona que había llamado.

–Ya lo sé.

–El plan no tendrá éxito sin ella.

–¡Ya lo sé! –repitió Pascal irritado, y enseguida se arrepintió.

Su interlocutor guardó silencio.

–Controla ese temperamento –dijo la voz al cabo de unos segundos–. No tienes nada que reprocharme.

Pascal cerró los ojos y agachó la cabeza.

–Lo siento –se disculpó.

–No te preocupes –dijo el otro–. Encuentra la clave. Mañana.

–Eso haré –asintió Pascal.

–Es imprescindible. Piensa en todo lo que está en juego. No me falles, Pascal. No nos falles.

–No lo haré –respondió–. Te lo prometo.

La persona que había llamado colgó y Pascal respiró hondo. Las luces de la ciudad le bailaban en los ojos mientras pensaba en el resto del plan. Sabía exactamente dónde buscar la clave. No habría más sorpresas. Ese chico no volvería a interferir en su trabajo.

Pascal se alejó del río y se dirigió a la estación. En los bares y en los locales de kebabs había grupos de juerguistas, y sus gritos y chillidos resonaban por toda la calle. Pascal pensó que ninguno de ellos sabía que la tarea que había llevado a cabo esa noche iba a cambar sus vidas. A decir verdad, iba a cambiar las vidas de todos los habitantes la tierra, incluso el mundo mismo, y para siempre.

OCHO

Al asomarse por la puerta de su habitación, Hattie oyó unas voces y el chisporroteo típico del tocino en la cocina. Después de echar un rápido vistazo al suelo para asegurarse de que no había dejado ninguna prueba que la delatara de la aventura que había vivido la víspera en la azotea, se puso las zapatillas y fue a desayunar con cautela.

–Buenos días, cariño –la saludó retumbando la voz de su padre, que estaba inclinado sobre una sartén y lucía un gran delantal de color verde donde se leía «Jefe de la casa»–. Como ves, tenemos un invitado: Isaac, el hijo de mi amigo Diggory.

Solomon señaló con la cuchara de madera a un muchacho flaco que estaba sentado a la mesa. Era el chico al que había dado un susto de muerte al pasar por delante de la ventana de la habitación de invitados, tras bajar del tejado. Sus ojos brillaron alarmados al reconocerlo.

–Salúdalo, Hattie –le dijo Solomon–. Sé amable con él.

–Siempre lo soy –replicó ella, deslizándose en su silla mientras lanzaba a Isaac una mirada elocuente–. Hola, Isaac. Me alegro de conocerte.

El chico parecía no dar crédito a lo que veía. Ella se fijó en su sudadera, que era negra y tenía estampada una imagen descolorida de un grupo de rock. Además, estaba agujereada.

–Ya os conocíais –replicó su padre, sirviendo varias lonchas de tocino en los platos.

–No, qué va –se apresuró a contradecirlo Isaac.

–Erais amigos de pequeños –insistió Solomon mientras tomaba asiento en una tercera silla–. Antes de que Hattie entrara en el internado. Jugabais juntos en el jardín, Isaac.

Ella tenía un vago recuerdo de un césped descuidado y de enseñar a un niño a trepar a un manzano que estaba al lado de un cobertizo. No se le daba muy bien.

–Isaac se va a quedar con nosotros mientras buscamos a Diggory –le explicó su padre al mismo tiempo que se servía una taza de café.

–¿Qué le ha pasado? –preguntó Hattie.

–Anoche desapareció en el campanario –contestó Isaac.

–¿En el campanario? –Hattie abrió la boca como si fuera a decir algo.

–Sí. ¿Por qué? –Isaac la miró.

–Por nada. –Los ojos de Hattie se desviaron hacia su padre–. Es solo que me parece raro.

–Aparecerá –aseguró Solomon enérgicamente–. La policía está registrando la zona. Mi viejo amigo no puede haber ido muy lejos.

Hattie tragó saliva, tratando de poner cara de póquer mientras cogía los cubiertos.

En una tableta apoyada en un tiesto se veía un telediario dominical. En el breve silencio que se produjo a continuación solo se oyó la voz de la presentadora.

«El proyecto de ley del nuevo tiempo será leído por tercera vez en la Cámara de los Comunes la próxima semana, cuando los diputados se reunirán para emitir el voto final sobre la posibilidad de que el Reino Unido adopte el día de diez horas, lo que nos convertiría en el primer país del mundo en aplicar el horario métrico. El primer ministro, Simon Rose, nos acompaña para hablarles de dicho proyecto legislativo.»

Hattie miró la pantalla y vio la figura delgada y sonriente del primer ministro, las luces del estudio resplandecían sobre su pelo castaño, que llevaba peinado hacia atrás.

«Gracias, Laura. Aunque debo corregirla, porque no seremos el primer país en adoptar el sistema métrico. La antigua China, la India y la Francia del siglo XVIII ya utilizaron sistemas de tiempo decimal.

»Y los abandonaron –puntualizó la presentadora–. ¿Por qué consideran que es necesario aplicarlo en la actualidad?

»Bueno, ahora el mundo es digital –contestó el primer ministro, abriendo las manos–. ¿Por qué no iba a serlo también el tiempo?»

–¿De verdad está pasando eso? –preguntó Hattie–. En el colegio no hablan de otra cosa. No vamos a tener días de diez horas, ¿verdad?

–Puede que la ley no se apruebe, cariño –respondió su padre mientras cortaba un pedazo de tocino–, pero podría ser. El debate de mañana va a ser feroz, como pelear con una manada de perros salvajes.

–¿Y tú quieres que se apruebe? –preguntó Hattie–. ¿Te gustaría que los minutos durasen cien segundos o lo que sea?

–Sabes de sobra que no puedo responder a eso –dijo su padre, guiñándole un ojo.

–¿Por qué no? –preguntó Isaac.

–Porque debo ser completamente imparcial en mi trabajo.

–¿A ti qué te parece? –preguntó Hattie.

–¿A mí? –Isaac levantó la vista.

–¿A quién si no?

–Pues… supongo que no entiendo qué sentido tiene cambiar algo que funciona bien tal y como está.

–Si nunca cambiáramos nada de lo que funciona bien, no tendríamos el motor a reacción ni internet –objetó la niña.

–Eso fueron inventos –replicó Isaac–. Cosas nuevas que resolvieron ciertos problemas. ¿Qué se supone que resuelve el día de diez horas?

–¿No te parece complicado contar en grupos de doce en lugar de diez? –preguntó Hattie–. ¿Qué es un minuto, casi el quince por ciento de una hora? ¡Quién sabe! El tiempo es muy complicado; piensa, por ejemplo, en los años bisiestos y en las zonas horarias. Anoche retrasamos los relojes una hora, y luego, en primavera, los adelantaremos. ¿No crees que es una tontería?

–A Hattie le gusta discutir –dijo su padre–. No le hagas caso.

–Nueve minutos –dijo Isaac.

–¿Qué?

–El quince por ciento de una hora son nueve minutos –dijo Isaac–. No es tan difícil. –Le dio un bocado al tocino y miró a Hattie a los ojos. Ella no pudo por menos que sonreír–. Además, me gusta atrasar los relojes –añadió–. Mi padre dice que es como una señal que marca el cambio de las estaciones. Estamos en otoño.

–Qué reflexión tan bonita –afirmó Solomon mientras posaba el café en la mesa–. Es el tipo de argumento que confío en oír mañana. Esta tarde tengo que preparar la sesión, Isaac, así que deberíamos marcharnos ya.

–¿Adónde? –preguntó Hattie.

–A su casa –contestó su padre–. A recoger algunas cosas.

–Y a ver si mi padre está allí –añadió el chico.

–Por supuesto. –Solomon esbozó una leve sonrisa–. Espero que se sepa ya algo.

Hattie miró a Isaac mientras este se levantaba de la mesa. Sintió lástima por él, pero a la vez agradeció que no la hubiera delatado. Se mordió el labio. Lo que había visto la noche anterior podía ser importante.

Quizá debería contarle lo que sabía.

NUEVE

Isaac empujó la puerta del jardín, que se abrió chirriando, y a continuación la de la casa, con la llave que había debajo de una maceta.

Se adentró en el pasillo seguido del tío Sol, quien lucía un elegante abrigo.

–¿Papá? –gritó.

Su voz resonó en la escalera, pero nadie le respondió. El chico echó un vistazo a la cocina y comprobó que los platos de la cena de la noche anterior aún estaban en el escurreplatos, junto al fregadero. Sintió un nudo en la garganta. Desde que su madre murió, cuando él era pequeño, en esa casa solo habían vivido ellos dos, pero hasta ese momento nunca se había sentido solo.

–Puede que haya dejado una nota –sugirió Solomon–. Voy a ver. Entretanto, ve a tu cuarto y cámbiate de ropa, ¿vale?

Isaac subió por la escalera en forma de ele hasta llegar al pequeño rellano. La habitación de su padre estaba en la parte delantera, y la suya, en la trasera; en medio estaba el cuarto de baño. Abrió la puerta del dormitorio de Diggory. Este le pareció tan soso y sencillo como siempre, la ropa de cama estaba intacta. Abatido, Isaac cruzó el rellano. Su cuarto se abrió ante él como una cueva llena de tesoros. Estaba repleta de cosas. Las paredes estaban cubiertas de estanterías pesadas, abarrotadas de libros de texto y atlas, piedras extrañas, maquetas de coches, rompecabezas en 3D y blocs de notas garabateados. En los carteles pegados a la pared se veían el sistema solar y la tabla periódica. El escritorio estaba en una esquina, también lleno de rotuladores, tubos de ensayo y bobinas de alambre sueltas.

Isaac se tranquilizó al volver a ver sus cosas. Cogió su navaja suiza de la mesilla y se dirigió hacia la ventana, donde había un telescopio montado en un trípode. Echó una ojeada al caos que reinaba en su pequeño jardín con la esperanza de ver a su padre junto al cobertizo, trabajando en la moto.

Por supuesto, solo vio la maraña de malas hierbas y el césped alto, surcados por las sendas que su padre y él habían abierto mientras jugaban a los exploradores de la jungla hacía unas semanas. Habían despejado un área para poder encender una

hoguera y tostar malvaviscos contemplando el cielo nocturno, e Isaac había señalado todas las constelaciones que conocía.

–¡Eres el chico más inteligente del universo! –le había dicho su padre, riéndose y revolviéndole el pelo–. ¿Cuál es esa?

–La que hace zigzag es Casiopea –había contestado Isaac, tumbándose en la hierba y apuntando un dedo hacia arriba–. Y esa es Orión, el cazador, la que parece un rectángulo estrujado en el centro.

Todavía tenía en la boca el sabor de los malvaviscos, calientes y pegajosos.

–No hay ni rastro de él –dijo Solomon, mirando la habitación desde la puerta con una sonrisa de disculpa.

Isaac asintió con la cabeza.

–Qué maravilla –dijo el tío Sol al ver el telescopio.

–Me lo dio mi padre –le explicó el muchacho–. Algunos de los mejores relojeros eran también astrónomos. Si puedes ver las estrellas y dispones de un reloj, serás capaz de calcular con exactitud dónde te encuentras.

–Y ¿quién es ese? –preguntó Solomon acercándose al escritorio de Isaac y agarrando un objeto metálico del tamaño de un plato llano.

–Es Bolt –respondió Isaac–. Es mi tortuga.

–Tiene ruedas.

–No es una tortuga de verdad, sino programable. Le metes un código en la cabeza y ella sigue las instrucciones. Izquierda, derecha, adelante… Se cayó por las escaleras, la estoy arreglando.

–Se te da bien reparar cosas, ¿verdad?

–Solo las desmonto y hurgo un poco en sus entrañas –respondió Isaac, encogiéndose de hombros–. Me gusta saber cómo funcionan.

–Eres igual que tu padre. –El tío Sol suspiró–. Mira, espero que no sea necesario, pero es posible que tengas que quedarte conmigo otra noche.

Isaac ya se lo imaginaba.

–Creo que es mejor que hagas la maleta –continuó el tío Sol–. Mete solo unas cuantas cosas. Puede que no las necesites, pero imagina cómo se pondrá tu padre si no me aseguro de que tengas calcetines limpios. –Sonó el timbre de la puerta–. Voy a ver quién es –añadió.

Acto seguido, bajó de nuevo a la planta baja. Mientras sacaba una vieja bolsa de deporte de debajo de la cama, Isaac oyó a la señora Peach, su vecina, chillar alborotada en la puerta.

Isaac abrió la cómoda y se puso un jersey limpio y unos vaqueros, pero, al ir a coger unos pantalones de chándal, titubeó. Algo no cuadraba. Normalmente, su ropa estaba guardada de cualquier manera. Su padre siempre la lavaba con prisas y jamás lo había obligado a ordenar su dormitorio. Pero los pantalones de chándal que Isaac tenía en las manos estaban perfectamente doblados, al igual que las camisetas.

Isaac observó la habitación y se dio cuenta de que la cama estaba hecha, igual que la de su padre.

Sintió que se le erizaban los pelos de la nuca. Alguien había estado allí.

Soltó la bolsa y pensó en bajar a contárselo al tío Sol, pero luego escuchó la voz de la señora Peach y, de repente, se sintió inseguro.

Oyó crujir una tabla del suelo en la habitación de su padre y se quedó petrificado. La señora Peach parloteaba ruidosamente, pero Isaac estaba seguro de haber percibido algo. Abrió la puerta. Mientras recorría con los ojos la estancia vacía, se fijó en algo que antes había pasado por alto: el armario empotrado que había al lado de la ventana. Una de las puertas estaba entreabierta.

Isaac se acercó a ella receloso.

Vaciló en un primer momento, pero luego alargó una mano y la abrió de un tirón. Dentro, sin embargo, no había nadie, solo una hilera de camisas blancas y, debajo de ellas, la caja fuerte. Isaac se agachó y la miró pensativo. Era de hierro fundido de color negro, del tamaño de su mochila del colegio: una antigüedad que habían encontrado en un desguace mientras buscaban piezas de repuesto para la moto. A su padre le encantaba y la usaba para guardar cosas importantes, como su pasaporte y la partida de nacimiento de Isaac.

–Quizá sí que haya dejado una nota –murmuró Isaac.

Giró el dial para introducir el código integrado por la fecha de su cumpleaños y la de su padre. La puerta se abrió de golpe. Dentro estaba la habitual caja de Manila que contenía sus preciados documentos y, encima de ella, su diario.

Curioso, Isaac abrió el volumen encuadernado en cuero por la página más reciente. El papel cuadriculado del interior estaba lleno de dibujos, notas adhesivas y diagramas. No entendió nada: la escritura estaba compuesta por una serie de números y letras, semejante a un código.

De entre las páginas cayó algo revoloteando sobre la alfombra. Isaac recogió un pequeño sobre negro dirigido a su padre, del tamaño aproximado de una tarjeta de crédito. En la solapa del reverso había grabado en relieve un engranaje dorado con doce dientes.

–¿Isaac? –el tío Sol lo llamó desde la escalera.

El muchacho volvió a meter el sobre en el diario y se lo llevó a su habitación para empaquetarlo con la ropa.

–¡Ya casi estoy! –respondió gritando.

Abajo, su padrino le había preparado a la señora Peach una taza de té. Esta le dijo lo terriblemente preocupada que estaba por Isaac y no habría parado de hablar si el tío Sol no la hubiera empujado hacia la puerta. La vecina se despidió con la mano mientras el chófer del tío Sol se apeaba del elegante coche negro y metía la bolsa de Isaac en el maletero.

–¿Has cogido todo lo que necesitas? –preguntó Solomon al muchacho cuando los dos se sentaron en el asiento trasero del automóvil.

–Creo que sí –contestó él mirando atrás, hacia la ventana del dormitorio de su padre, mientras el coche empezaba a alejarse.

Puede que se lo imaginara, pero le pareció que la cortina se movía.

DIEZ

El Big Ben estaba dando las doce del mediodía cuando regresaron al palacio, el sol resplandecía detrás de la abadía de Westminster mientras el coche daba la vuelta a la plaza del Parlamento. La zona verde estaba llena de manifestantes airados que agitaban unos carteles: «¡No al nuevo tiempo!», «¡Dejad en paz el tiempo!».

En el New Scotland Yard, un bloque de oficinas grande y anodino que se erigía en un rincón a orillas del río, dos policías de paisano habían llevado a Isaac a una pequeña sala y le habían hecho muchas preguntas para saber con más detalle lo que había visto la noche anterior. El tío Sol se había sentado a su lado y le había ido lanzando miradas de ánimo. Los agentes anotaron las respuestas de Isaac en unos cuadernos de papel amarillo, pero se veía a la legua que estaban completamente desconcertados. Todavía no se sabía nada de Diggory.

En una esquina estaba sentada una trabajadora social vestida con un cárdigan dc color gris quc lc sonrió durantc toda la entrevista. Su mera presencia aterrorizaba a Isaac. El tío Sol habló con ella en voz baja cuando terminó el interrogatorio, mientras Isaac se comía un sándwich seco de jamón en la sala de espera. Al final, salieron del edificio sin que ella le hubiera dicho una palabra al muchacho, pero este no podía quitársela de la cabeza en el trayecto de vuelta al Parlamento.

–¿Qué va a pasar conmigo? –preguntó Isaac cuando el coche franqueó, ronroneando, las puertas de hierro forjado.

–Te vas a quedar conmigo hasta que aparezca tu padre –respondió Solomon en tono alegre–. Y estoy seguro de que no tardará en hacerlo.

Isaac se dio cuenta de que no lo decía en serio.

Una vez en casa del presidente de la Cámara de los Comunes, el tío Sol se encerró en su despacho mientras Isaac deshacía la bolsa. Lo último que sacó fue el diario de su padre. Se sentó al borde de la cama, extrajo el sobre negro y examinó la letra de imprenta dorada. Le resultaba vagamente familiar y recordó que en el buzón de su casa habían metido algo parecido. Su padre, no obstante, nunca había abierto esos sobres delante de él.

En el interior había una tarjeta de color negro con un extraño mensaje impreso:

> **Marca el sur.**
> **Nueve cadenas por capítulo.**
> **La hora señala el camino.**

¿Qué significaban esas palabras? Además, ¿por qué lo había escondido su padre en la caja fuerte?

Perplejo, metió una mano debajo de la almohada en busca del peso reconfortante del reloj de bolsillo, pero no lo encontró. Registró enfurruñado el borde del colchón hasta que, al alzar la mirada, se dio cuenta, aturdido, de que brillaba encima de la cómoda, bien a la vista. Se inclinó hacia delante y lo agarró, aliviado.

—¿Por qué está roto?

Hattie estaba de pie en el umbral, con las manos metidas en los bolsillos de una chaqueta de mezclilla. Isaac trató de hacer memoria para ubicar a la niña de mejillas redondas como una manzana y tez morena. ¿De verdad habían jugado en su jardín alguna vez? Por aquel entonces, tenía el pelo más largo, recogido en unas trenzas, a diferencia de los tirabuzones castaños que en ese momento le rozaban los hombros. En cualquier caso, no había perdido el brillo travieso que le iluminaba los ojos.

–Es de mi padre –dijo Isaac, poniéndose la cadena de oro alrededor del cuello y metiéndosela por debajo del jersey.

–¿Por qué has husmeado entre mis cosas?

–Lo siento –respondió Hattie–. Es que sentía un poco de curiosidad. Eres raro.

–Gracias.

–¡No, lo digo en el buen sentido! Yo también soy rara. –Se apoyó en el marco de la puerta–. Si se rompió anoche, ¿por qué está mal la fecha?

–¿La fecha? –Isaac volvió a sacar el reloj. Hattie tenía razón. En lugar de octubre, en el pequeño recuadro del lado izquierdo de la esfera aparecía el 20 de febrero–. Qué extraño.

–Eso mismo he pensado yo –dijo Hattie–. Me preguntaba si sabrías por qué.

Isaac se encogió de hombros para darle a entender que le daba igual y ver si así se marchaba, pero no funcionó.

–Gracias por no haberle dicho a mi padre que me viste anoche por la ventana –añadió ella entrando en la habitación–. Se habría asustado.

–¿Qué hacías ahí fuera?

–Escalar. Es una de las pocas cosas divertidas que se pueden hacer aquí.

–¿Y si te caes?

–No me caigo, y tampoco me pillan, así que no puedes decir nada.

–No lo haré –dijo Isaac.

–Muy bien. –Asintió con la cabeza, como si se hubiera decidido–. En ese caso, tengo que enseñarte algo. Es sobre tu padre.

Isaac levantó la vista.

–¿Qué?

–Aquí no –se apresuró a decir Hattie–. Ven conmigo.

Desconcertado, Isaac la siguió hasta su dormitorio. Estaba como los chorros del oro. La chica se acercó al alféizar de la ventana, donde había un pisapapeles dorado en forma de libélula sobre una pila de libros escolares. Hattie abrió la ventana y, para sorpresa de Isaac, salió.

–¿Adónde vas? –exclamó él.

–A un lugar donde nadie pueda oírnos –le contestó, saliendo a las tejas inclinadas. Sonrió–. ¿Vienes?

La boca de Isaac se movió como la de un pez. ¡Debían de estar a cinco pisos de altura! Asomó la cabeza y sintió que el aire violento del otoño le tiraba del gorro de lana. Fuera, el tejado inclinado se unía a otro formando una especie de valle. Hattie caminó por un canalón que estaba en la parte inferior a la vez que le hacía señas con la mano para que la siguiera. Respirando hondo, Isaac se agarró al marco de la ventana y se dejó caer.

El graznido de una gaviota lo sobresaltó y perdió el equilibrio. Sus zapatillas deportivas resbalaron por las tejas mojadas y lisas, se deslizó por el tejado y fue a parar al canalón con un chapoteo.

–Veo que esto no se te da muy bien, ¿verdad? –dijo Hattie al tiempo que lo ayudaba a levantarse.

–¿Qué dices que no se me da bien? –preguntó Isaac–. ¿Adónde me llevas?

–Allí arriba –dijo Hattie, señalando hacia el otro lado del valle que formaban los tejados–. Puedes agarrarte a un cable viejo y apoyar los pies en la chimenea. Así, eso es.

Isaac gruñó mientras trepaba detrás de ella por la pendiente resbaladiza, sobre las tejas mojadas por la lluvia, con el jersey cada vez más empapado y frío. Al final, Hattie se sentó algo más arriba que él, a horcajadas sobre el vértice del tejado, moviéndose con la agilidad de una gimnasta. Se inclinó para tirar de él y ayudarlo a ponerse a su lado.

–¿Y bien? –preguntó Isaac sin aliento, tratando de no perder el equilibrio delante de ella–. ¿Qué me vas a enseñar?

–Mira –respondió ella, señalando con la cabeza la imponente torre del Big Ben–. Anoche estaba aquí cuando tu padre desapareció –agregó.

–¿Y?

Hattie respiró hondo.

–Creo que lo secuestraron, Isaac, y yo vi al hombre que lo hizo.

ONCE

Hattie observó atentamente a Isaac mientras este asimilaba lo que acababa de contarle. Al principio le inquietaba la idea de llevar a un desconocido hasta su lugar secreto, pero luego había comprendido que podía confiar en él. Además, llevaba varios días sin poder hablar con nadie.

–¿Secuestrado? –repitió el chico atónito.

–Vi a un hombre en el campanario –le explicó ella–. Estaba aquí, mirando cómo paraban el reloj, y vi a alguien. –Señaló hacia el lugar donde había visto la figura la noche anterior–. No era tu padre, a él ya lo conozco. Siempre es muy cariñoso conmigo. Esta era otra persona.

–Estamos muy lejos –objetó Isaac con escepticismo.

–Tengo unos prismáticos –dijo Hattie.

–Estaba oscuro.

–¿Me estás escuchando? –preguntó ella, empezando a exasperarse–. Allí arriba había otra persona. Llevaba un abrigo largo y oscuro y tenía el pelo blanco. Ni tú ni la Policía habéis dicho una palabra sobre él. Es extraño que tu padre desapareciera del campanario. Que sucediera justo cuando había un desconocido presente hace pensar que podría tratarse de un delito, ¿no crees?

–Tenemos que decírselo a alguien –decidió Isaac–. ¿Por qué no se lo has contado a nadie? –añadió con un destello de ira.

–¿El qué? –preguntó Hattie–. ¿Que vi a un hombre en el campanario? Me contestarán que era tu padre y que lo único que pretendo es complicar más las cosas. Luego se enfadarán porque no debería subir al tejado y mi padre me dirá que deje de hacer cosas para llamar la atención.

–Entonces ¿me lo has contado solo para divertirte?

–¿Preferirías que no lo hubiera hecho?

Isaac pareció morderse el labio para no soltar una respuesta sarcástica y cruzó los brazos sobre el jersey mojado, temblando un poco.

–Entra para que no te dé el viento –dijo Hattie a la vez que pasaba las piernas por encima del tejado.

–Pero si el piso está en la otra dirección.

–No vamos al piso.

Hattie se deslizó sobre las tejas con un ruido sordo hasta llegar a otra ventana, que abrió desde abajo con mano experta.

Apartó unas cortinas pesadas y entró; Isaac la siguió torpemente. La chica buscó a tientas el interruptor de la luz y lo ayudó a ponerse de pie mientras él recorría la estancia con la mirada.

Era un ático que llevaba años cerrado y que había caído en el olvido. Las vigas de madera que lo atravesaban estaban decoradas con unas luces navideñas que desentonaban con la época del año, cuyo brillo multicolor se reflejaba en el yeso descascarillado del techo inclinado y en las numerosas tarjetas postales y páginas de revistas rotas que Hattie había clavado en las paredes.

Esta se dejó caer en un puf.

–Es mi refugio –dijo–. Mi lugar secreto. Lo encontré el primer verano, cuando mi padre vino a vivir aquí y tuve que quedarme con él. Me aburría muchísimo. Desde que se divorciaron, mi madre y él son muy estrictos, y yo no puedo ser siempre la hijita perfecta. Así que tengo este lugar todo para mí. Y para mis aventuras, ¿entiendes?

–¿Por eso subes al tejado?

–Me gusta explorar –contestó Hattie, encogiéndose de hombros.

–¿Dónde vivías antes? –preguntó Isaac.

–Con mi padre, en Surrey. La mayoría de los diputados tienen dos casas. Ahora voy de aquí para allá, entre el internado y la casa de mi madre en Hong Kong. Allí es donde se conocieron.

–Entiendo –dijo Isaac. Parecía mareado–. Viajas mucho. Supongo que por eso no nos conocemos.

–¿Por qué llamas «tío Sol» a mi padre?

–Creo que porque es lo más parecido a un hermano que tiene mi padre. En realidad, no tengo tíos ni tías. Desde que murió mi madre, mi padre y yo estamos solos.

–Lo siento.

Isaac se encogió de hombros.

–Gracias.

Hattie vio que Isaac se acercaba a un gran mapa del palacio que había clavado en la pared inclinada.

–Lo robé de la oficina de seguridad –dijo, tratando de sonar despreocupada mientras reprimía el enorme orgullo que le producía esa hazaña–. Tiene un montón de pasadizos secretos marcados. Bueno, en realidad no son secretos, solo antiguos, y la gente ya no se acuerda de ellos. Hay muchísimos.

–¿Así es como consigues escabullirte con tanta facilidad?

–No es fácil, pero a mí se me da muy bien.

–Ya. –Isaac miró alrededor, observando el extraño escondite–. Es increíble, Hattie. ¿Nadie más conoce su existencia?

–Solo yo –respondió ella–. Es mi secreto. Y ahora también el tuyo.

Isaac tomó asiento en una silla vieja.

–Yo también he visto cosas raras, ¿sabes? –dijo–. Cosas relacionadas con la desaparición de mi padre que no puedo explicar.

Hattie lo escuchó mientras él le contaba que había encontrado un reloj roto que no marcaba la hora correcta, que su habitación estaba extrañamente ordenada y que había una nota muy rara en la tarjeta negra que su padre había guardado en su diario.

–Si todo el diario está en código, quizá sea porque esconde un gran secreto, ¿no crees? –dijo ella, incorporándose.

–No lo sé. –Isaac se rascó el cuello–. Es un simple relojero. ¿Qué secretos puede tener?

–Deberíamos investigar –afirmó Hattie, tratando de contener la excitación–. No estaría nada mal que por fin sucediera algo emocionante, ya va siendo hora.

–No creo que sea buena idea –replicó Isaac–. No deberíamos entrometernos en la investigación de la Policía.

–La Policía es un desastre –dijo Hattie, desechando la idea con un ademán de la mano–. He visto lo suficiente en este lugar para saber que, la mitad de las veces, los adultos que nos dirigen no saben lo que hacen. ¿No quieres hacer algo?

–¿Como qué?

–Como ir a echar un vistazo a la escena del crimen, para empezar –respondió Hattie, saltando del puf y dirigiéndose hacia el mapa–, en caso de que se trate de un crimen. Deberíamos ir a la torre del reloj y buscar pistas.

–¿Entrar así, sin más? –preguntó Isaac.

–Es muy sencillo –contestó Hattie, tratando de parecer despreocupada–. Podemos buscar huellas del tipo que vi en el campanario. Anoche no desapareció una persona de la torre, sino dos.

Isaac pareció considerarlo y sacó el reloj de bolsillo de su padre. Frotó el cristal roto de la esfera con el pulgar.

–De acuerdo –dijo al final–. Venga, entremos a escondidas en el Big Ben.

DOCE

—El primer ministro está al teléfono, señor.

–Gracias, Femi. –Solomon se inclinó sobre el escritorio para coger el auricular mientras su secretario privado cerraba la puerta.

–Primer ministro –lo saludó, a la vez que se recostaba en su sillón de cuero–. Creía que estaba en Washington.

–Cambio de planes, Sol. Salgo esta noche. –La voz de Simon Rose era clara y directa, de fondo se oía soplar el viento–. ¿Ha visto las noticias?

Solomon frunció el ceño y giró el sillón para encender la gran pantalla que había al otro extremo del despacho. Apareció un reportero jadeante, plantado delante de un cordón policial. «En Mayfair, en los grandes almacenes famosos en todo el mundo, Fortnum and Mason, otro reloj ha sido víctima de los Maquinistas», dijo el reportero.

–Otra vez no –murmuró Solomon.

El televisor mostraba el gran reloj verde y dorado que coronaba la entrada de la tienda. Sus campanas repicaron y por las puertas que había junto a la esfera salieron dos grandes figuras, que giraron para mirarse y se hicieron una reverencia al dar la hora. Después, la pantalla pasó a las imágenes en directo. La esfera del reloj estaba destrozada, el fuego la había quemado hasta tal punto que el verde se había ennegrecido. Los dos lacayos se habían caído del mecanismo: uno yacía en la acera, carbonizado, abombado y con un brazo roto.

–Están por todas partes –dijo Simon Rose–. El reloj Balmoral de Edimburgo, el reloj Emett de Nottingham y ahora este.

«Es el último acto de vandalismo perpetrado por el grupo anónimo conocido como los Maquinistas en protesta por la ley del nuevo tiempo –prosiguió el reportero, a la vez que la cámara mostraba un reloj en York con una M de color rojo pintada–. Han declarado que no pararán hasta que el proyecto de ley sea retirado del Parlamento.»

–Supongo que no pretenderás que anule el debate –dijo Solomon, quitando el volumen al televisor.

–Claro que no –contestó el primer ministro–, pero no podemos posponerlo más. Te llamo para pedirte que votéis cuanto antes. Mañana mismo.

–Pero eso es muy poco ortodoxo, primer ministro.

–Sé que eres muy estricto con las normas, Sol. No espero convencerte por teléfono. Esta noche cenaremos juntos.

–De acuerdo –respondió–. Si pasas por la biblioteca de la Cámara de los Comunes a eso de las… siete, seguro que puedo ofrecerte algo de comer.

A continuación, colgó el teléfono.

–¿Femi? –llamó a su secretario–. ¿Puedes pedir que sirvan la cena en el comedor esta noche? Es posible que nos acompañe un amigo.

–¿Cuatro cubiertos, señor?

–¿Cuatro? Ah, es verdad, los chicos. No, es mejor que cenen arriba.

Lamentaba que fuera así. Le habría gustado compartir mesa con Isaac para asegurarse de que estaba bien. Ojalá el debate del día siguiente no fuera tan importante. El pobre no tenía a nadie que se ocupara de él.

–¿Señor?

Solomon volvió a la realidad.

–Disculpe, Femi, dígame.

–Ha recibido otra llamada. De una mujer, Gloria Gracefield. Es estadounidense. La han pasado desde el Pentágono.

–¿El Pentágono? ¿Por qué me llaman del cuartel general del ejército estadounidense? ¿Por qué no hablan con el Ministerio de Defensa? ¿Acaso no saben que es domingo?

–Ha dicho que se trata de un asunto personal, señor. Es sobre la desaparición de Diggory Turner.

Solomon se enderezó en la silla.

–¿Hay novedades?

–Ninguna.

–Y ¿cómo se ha enterado esa mujer de este suceso? –preguntó Solomon–. No se lo hemos dicho a nadie. No se ha filtrado a los medios de comunicación.

Femi se encogió de hombros.

–No tengo la menor idea, señor. Sigue esperándolo, puede preguntárselo a ella directamente. Línea cuatro.

Solomon miró la luz roja parpadeante del teléfono de su escritorio.

–Ay, Diggory –exclamó suspirando–. ¿En qué lío te has metido?

TRECE

Isaac atravesó corriendo las puertas frontales de la casa del presidente de los Comunes, siguiendo a Hattie a través del patio, en dirección a la torre del reloj, apretando el diario de su padre con las manos. La chica se detuvo en la esquina del claustro para mirar la entrada de la torre.

–Uf –dijo–. Turnbull está ahí

Isaac vio a la sargento de armas enfrascada en una conversación con dos agentes uniformados. La puerta de la torre del reloj estaba abierta, pero precintada por una banda policial de color azul y blanco.

–No te cae muy bien, ¿eh? –preguntó Isaac, observando a Claire Turnbull mientras esta se llevaba las manos a las caderas.

–Me odia –dijo Hattie–, porque nunca me ha pillado trepando por el tejado. Le encantaría ponerme en un aprieto.

Claire miró hacia allí y los dos amigos se agacharon a toda prisa para que no los viera.

–Mientras esté ella ahí, no podremos entrar –observó Isaac.

–Volveremos de noche, cuando se hayan ido –propuso Hattie–. Mi padre trabajará hasta tarde, no se dará cuenta. ¿Qué quieres que hagamos hasta entonces?

–Tengo el diario de mi padre –dijo Isaac, mostrándoselo–. Podríamos tratar de descifrar el código.

–Necesitaremos un lugar secreto donde trabajar –dijo Hattie.

–En tu guarida no –suplicó Isaac–. No quiero volver a escalar por el tejado.

–Vale –accedió Hattie pensativa–. Conozco otro sitio. –Sonrió–. Es mi favorito.

Acto seguido, echó a correr por los claustros. Isaac la siguió intrigado. Jamás había estado en el palacio de Westminster. Solo había subido a la torre del reloj y al taller de su padre. Esa tarde de domingo, el edificio estaba poco menos que desierto, y en los pasillos recubiertos de madera maciza y enlosados reinaba un silencio reverencial.

Hattie lo llevó al Westminster Hall, una catedral gigantesca de casi mil años de antigüedad. Bajando por una angosta escalera se accedía a una capilla pequeña, con el techo de piedra abovedado y adornos muy ostentosos. Hattie los ignoró y siguió caminando hacia un armario escobero que había en una esquina, lo abrió y metió a Isaac en él. Después, cerró la puerta y encendió la linterna.

–Vaya... ¿Tu parte favorita del palacio es un armario? –preguntó Isaac.

Allí dentro hacía mucho calor y el aire estaba muy cargado.

–No es un armario cualquiera –le explicó Hattie, poniendo los ojos en blanco–. Mira.

Señaló una pequeña placa fijada en la parte interior de la puerta, que resplandecía bajo la luz de la linterna:

EN MEMORIA DE

EMILY WILDING DAVISON,

QUIEN SE ESCONDIÓ ILEGALMENTE

EN ESTE ARMARIO DURANTE

LA NOCHE DEL CENSO DE 1911.

–Emily Davison era una sufragista –dijo Hattie con cierto brillo en los ojos–. Hace cien años, las mujeres no podían votar, y las sufragistas lucharon para convencer a los miembros del Parlamento de que les dejaran hacerlo. Ellos alegaban que las mujeres no tenían cabida en el Gobierno. Así pues, la noche del censo, Emily se escondió aquí para poder dar como dirección postal la Cámara de los Comunes–. Miró con admiración el cartel–. Fue toda una rebelde. La adoro.

–Creía que íbamos a ir a una biblioteca o algo así.

–Aquí no nos molestará nadie, y si fue lo bastante bueno para Emily Davison, también lo es para mí. –Hattie dejó la linterna en un estante–. Descifremos el código.

A continuación, agarró el diario y lo abrió, y la tarjeta negra volvió a caer de entre sus páginas. Isaac la cogió, la dobló en cuatro para no perderla y la metió dentro de la tapa del reloj de su padre. Esta se cerró con un clic.

–Hay varios dibujos –dijo Hattie, hojeando el diario–. Diagramas y otras cosas por el estilo.

–Le gusta dibujar –explicó Isaac, mirando los esbozos de mecanismos de relojería repartidos entre el texto–. Se le da fatal plasmar personas, pero las máquinas las clava. Siempre dice que las únicas caras que sabe dibujar son las del reloj.

Algunos diagramas tenían breves leyendas debajo. «¿Demasiado complicado?»; «Inviable»; «Preguntar a Jim». No parecían útiles.

–Estas páginas no están en código –afirmó Hattie, mirando la lista de nombres y direcciones que había en la parte delantera–. ¿Conoces a alguno?

–No –contestó Isaac–. Espera. –Frunció el ceño al ver un pequeño engranaje al lado de uno de los nombres, «Penny B.», y una dirección en Chelsea–. Es el mismo engranaje de doce dientes que aparece en el sobre –observó.

–Acabo de verlo en otra parte –recordó Hattie. Hojeó de nuevo las páginas con la lengua fuera–. Eso es, ¡aquí está! –Le mostró una sección que podía ser una agenda, con las páginas divididas en los días de la semana–. Está en el recuadro de mañana, con «seis p. m.» escrito al lado.

–A ver si aparece en otros sitios –dijo Isaac.

Encontraron el engranaje una vez más, hacia el final del diario. Una esfera de reloj ornamentada que ocupaba un cuarto de página con un texto codificado alrededor. Pero no era un reloj cualquiera: en el lugar donde debería haber estado el número doce había un diez. Así pues, era una esfera de diez horas.

–¡Es un reloj del nuevo tiempo! –exclamó Isaac.

–Y mira. –Hattie señaló el comentario que había debajo, una palabra que los dos podían entender:

Isaac se quedó mirándola. Estaba subrayada, rodeada por una circunferencia y acompañada de las letras «LNF».

–¿Significa eso que tu padre considera peligroso el nuevo tiempo? –preguntó Hattie–. ¿Qué es LNF?

–No lo sé –respondió Isaac.

–Es posible que sean las iniciales de alguien –aventuró Hattie.

Acto seguido, volvió a concentrarse en la lista de direcciones. Al hacerlo, cayeron al suelo unas hojas sueltas. Isaac

PELIGRO
-LNF

las recogió. Una de ellas era un folleto escrito en un idioma extranjero. Isaac pensó que podía ser chino. En él aparecía la cara de un hombre y algo semejante a un número de teléfono. La otra era un recorte de periódico.

–«Desaparece una científica de la Federación Espacial Rusa» –leyó Isaac en voz alta.

La fecha era de hacía dos semanas y mencionaba a una experta en satélites llamada Irina Petrova, que se había ausentado de su laboratorio en Moscú. Isaac volvió a mirar la foto del hombre y cayó en la cuenta de que podía ser el cartel de una persona desaparecida.

–Aquí no hay ningún LNF –dijo Hattie, pasando un dedo por los nombres–. ¿Qué son esos papeles?

–Dos personas desaparecidas –respondió Isaac a la vez que se los enseñaba.

–¿Desaparecidas?

–Sí, igual que mi padre.

Se miraron.

–O sea que guardaba pruebas de la desaparición de dos personas y ahora le ha sucedido lo mismo a él –resumió Hattie.

–Sabía algo –aseguró Isaac, quitándole a la chica el diario de las manos. Volvió a mirar la imagen del reloj del nuevo tiempo y recorrió las palabras codificadas con un dedo–. Algo que tenía que mantener en secreto.

–¿Sobre el peligro que supone el nuevo tiempo?

Isaac tragó saliva.

–Sí –contestó–. Algo que no podía compartir con nadie.

Cuando se disponía a proponer a su amiga que empezaran a trabajar juntos en el código, la puerta del armario se abrió de golpe y alguien lanzó un grito.

CATORCE

—¡Harriet! ¡Por Dios, casi me matas del susto!

Isaac se quedó mirando a una mujer bajita y nerviosa, de unos cincuenta años, con la piel morena y el pelo rizado y canoso no muy bien peinado. Se llevó una mano al suéter, como si pretendiera volver a meterse el corazón en el pecho.

–Lo siento, Miriam –dijo Hattie, y le pasó el diario a Isaac–. No queríamos asustarte.

–¿Qué hacéis aquí? –preguntó Miriam, mirando alternativamente a los dos.

–¿Jugando al escondite? –intentó Hattie.

–Venga ya. –Miriam entrecerró los ojos–. Seguro que os estáis escondiendo de Turnbull. Aunque, para ser sincera, lo entiendo. ¿Quién es tu amigo?

–Isaac –dijo Hattie–. Se va a quedar con nosotros una temporada.

–Hola, soy Miriam Khan –se presentó la mujer, alargando una mano y estrechando la de Isaac. Las pulseras que llevaba en la muñeca tintinearon–. Diputada por Leyton y Wanstead y amiga precavida de esta traviesa alborotadora.

–Yo también soy del este de Londres –dijo Isaac–. De Leytonstone.

–¿En serio? –exclamó Miriam, esbozando una sonrisa radiante–. Está en mi circunscripción. ¡Soy tu diputada! Pero ahora, subid los dos a mi despacho. Después del susto que me he llevado necesito una taza de té.

–¿Qué hacías aquí abajo, Miriam? –preguntó Hattie mientras la mujer los llevaba de vuelta al Westminster Hall–. Si es domingo.

–Buscando inspiración –respondió Miriam, exhalando un suspiro–. Siempre voy al armario de Emily cuando me siento triste. He venido a preparar el debate de mañana.

Atravesaron una puerta lateral y subieron una escalera de piedra que resonó a su paso.

–¿El debate sobre el nuevo tiempo? –preguntó Isaac.

–Exacto. Al principio no le di mucha importancia, pero los manifestantes han causado muchos daños. La semana pasada destrozaron con un mazo un reloj precioso en la estación de metro de Bethnal Green. Lo aplastaron como un merengue, quedó hecho añicos, con los cristales y los resortes rotos.

Chasqueó la lengua y entraron por una puerta donde figuraba una placa que rezaba «Miriam Khan, diputada». Dentro había un pequeño despacho con el suelo cubierto por una moqueta desgastada y varios escritorios llenos de papeles. En la ventana había una grieta tapada con cinta adhesiva. Un cachorro de terrier irlandés corrió hacia ellos ladrando y saludó alegremente a Hattie.

–¡Clem! –La muchacha se agachó para acariciarlo–. ¿Quieres una galleta?

–¿Quién querría destrozar un reloj así? –preguntó Isaac mientras Miriam encendía un hervidor en un rincón.

–Se hacen llamar los Maquinistas –respondió la diputada–. Están decididos a impedir que se aplique el nuevo tiempo y recurren a la violencia para conseguirlo.

–¿Qué tiene que ver eso con el armario de Emily? –preguntó Hattie.

–Esa mujer marcó la diferencia –contestó Miriam con un largo suspiro–. Que es justo lo que quiero hacer yo. Llevo veinte años de diputada y a veces tengo la impresión de que, por mucho que me esfuerce, no consigo cambiar nada.

Acto seguido, sirvió tres tazas de té y les pasó una lata de galletas. Clem se refugió en un rincón para roer un hueso en una especie de nido formado por varias cajas de archivos.

–¿Qué es exactamente un diputado? –preguntó Isaac.

–Nuestro país se divide en seiscientas cincuenta zonas, llamadas circunscripciones –le explicó Miriam–. Cada una vota a una persona para que venga a hablar en su nombre aquí, al Parlamento, para que sea su miembro en él, su diputado.

–¿Así que tu trabajo consiste en decidir si la gente de Leyton y Wanstead quiere que se apruebe el nuevo tiempo?

–Exacto. –Miriam suspiró–. Y la verdad es que estoy confundida; en un principio iba a votar en contra, pero eso implicaría satisfacer las pretensiones de los Maquinistas.

–Mi padre está totalmente en contra del nuevo tiempo, pero se niega en redondo a hablar del tema –dijo Isaac–. ¿Por qué le importa tanto a la gente? ¿De verdad creen que con un día de diez horas el mundo mejorará?

–Muchos piensan que sí –contestó la diputada–. Se supone que así se simplificará la forma en que medimos las cosas y que, de ese modo, el Reino Unido liderará la investigación científica en el mundo. Simon Rose ha prometido que nos convertiremos en una nación moderna y brillante, que utilizaremos la ciencia más avanzada para resolver nuestros problemas.

Por eso lo eligieron primer ministro, porque aseguró que iba a transformar el país.

–¿Y tú crees que será así? –preguntó Hattie.

–Quizá –respondió Miriam, encogiéndose de hombros–, pero, sobre todo, es una manera de lograr que a la gente le parezca que el Gobierno está haciendo algo para mejorar el país. No nos ayudará a construir casas ni ferrocarriles ni a que sea más fácil ir al médico. Esos asuntos son más difíciles de resolver. Es mucho más sencillo venderle un sueño a los votantes. –Suspiró–. Aunque puede que eso sea justo lo que necesitamos.

–¿El nuevo tiempo podría ser peligroso? –preguntó Isaac.

–¡No! –contestó Miriam, riéndose–. Quizá confunda a algunas personas, dado que la hora cambiará, pero al final nos acostumbraremos. En el peor de los casos, puede ser inútil, pero no peligroso. –Miró el reloj que tenía sobre la repisa de la chimenea–. Dios mío, ¿de verdad es ya tan tarde?

–Tranquila –dijo Isaac–. Anoche atrasamos los relojes. Este aún no lo han cambiado.

–Es cierto –corroboró Miriam con un suspiro de alivio–. He oído que al hombre que suele hacerlo se lo ha tragado la tierra.

–Es mi padre –musitó Isaac.

–¡Ay! –exclamó Miriam, llevándose una mano al pecho–. No sabes cuánto lo siento. No lo sabía.

Isaac no respondió, pero se acercó a la repisa de la chimenea, abrió la parte delantera del reloj de carruaje y empezó a mover las manecillas con cuidado.

–Isaac se quedará con nosotros hasta que aparezca su padre –explicó Hattie–. Miriam, ¿crees que al final se aprobará la ley del nuevo tiempo?

–No tardaremos mucho en descubrirlo –dijo esta–. Mañana lleva a Isaac a la Strangers' Gallery, la galería pública, para que podáis presenciar el debate y ver a tu padre desempeñando su labor.

Isaac cerró la parte delantera del reloj de carruaje; la hora volvía a ser exacta.

–Gracias, Isaac –dijo Miriam, esbozando una sonrisa–. Espero que tu padre aparezca pronto. –Cogió una tarjeta de su escritorio y se la entregó–. Si alguna vez necesitas algo, llámame. Soy tu representante en el Parlamento, así que mi trabajo consiste en ayudarte. ¿De acuerdo?

–Gracias –dijo Isaac, guardándose la tarjeta en un bolsillo.

–Procurad no meteros en ningún lío –les advirtió Miriam, guiñándoles un ojo–. Ahora tengo que ponerme a trabajar.

Hattie sonrió y Isaac la siguió hacia el exterior del despacho. Se notaba que Miriam le caía bien.

Después lo guio hacia las escaleras a la vez que le proponía visitar la torre Victoria, que era un poco más alta que el Big Ben y estaba en el extremo más apartado de los terrenos del

Parlamento. Mientras hablaba, Isaac miró por la ventana. Ya casi había anochecido, pero los claustros que se veían abajo estaban iluminados con unas luces amarillas resplandecientes. Por un momento, a través del cristal borroso le pareció ver una figura que los atravesaba. Pero luego parpadeó y, cuando volvió a abrir los ojos, se había desvanecido.

QUINCE

Pascal acercó su pase de seguridad a un lector que había en la pared y la puerta se abrió con un pitido para darle acceso a un pasillo abovedado de piedra, silencioso y vacío. El típico ruido londinense de los domingos por la noche dejó de oírse a sus espaldas y se le relajaron los hombros. Por fin, un poco de paz. Siguió un camino que se encontraba detrás de la torre del reloj. Los sinuosos pasillos estaban llenos de cajas y de montones de papeles apilados junto a radiadores que silbaban. Frunció los labios, repugnado por el desorden.

Mientras miraba alrededor, le vibró el teléfono. Se lo llevó a la oreja y respondió susurrando.

–¿Sí?

–¿Por qué no me has contestado? ¿Dónde está la clave?

Pascal sintió que se le retorcía el estómago.

–Dame unas horas más y la encontraré, te lo prometo.

–Prometiste que la tendrías esta mañana.

Se refugió en un rincón.

–Puedo explicártelo.

Su plan era perfecto, pero, una vez más, un grano de arena había obstruido los engranajes. Una nueva sorpresa se había interpuesto en su camino.

–Explícamelo entonces. ¿Qué pasó en casa del relojero?

La casa de Diggory Turner era repugnante, el desorden reinaba por todas partes.

Pascal no podía ponerse a ordenarla mientras buscaba la clave por las habitaciones. En cualquier caso, estaba seguro de que, si no lo hubieran interrumpido, la habría encontrado.

–El chico llegó antes –admitió.

–Es la segunda vez que lo pones como excusa –apuntó su interlocutor–. ¿No será que no estás a su altura?

Pascal apretó la mandíbula. En cierto momento había visto las zapatillas del muchacho desde debajo de la cama, donde se había escondido. Lo había visto abrir la puerta de la caja fuerte conteniendo la respiración y calmando los latidos de su corazón hasta convertirlos en un susurro. Habría sido muy fácil estirar la mano y agarrar los tobillos del chico, tirarlo al suelo y arrebatarle lo que necesitaba.

–El presidente de la Cámara estaba en el piso de abajo –dijo en tono comedido–. Me habría metido en un buen lío.

–Sé que no te gustan los problemas –dijo su interlocutor. Se produjeron interferencias cuando los dos suspiraron en el auricular–, pero me estás agotando la paciencia. Ya has fallado dos veces, y sin la clave todo se viene abajo.

–Ya lo sé. Te la conseguiré.

–Somos socios, Pascal. He hecho muchas cosas para que funcione el plan, muchos sacrificios. ¿Acaso no quieres que se haga realidad la hermosa visión que compartimos?

–Por supuesto que sí –contestó el otro iracundo, a punto de estallar.

–En ese caso, procura no decepcionarme más. Consigue la clave. Haz lo que haga falta para lograrlo.

La llamada se cortó y el puño de Pascal se cerró en señal de frustración. Asestó un golpe a una ventana y rompió el cristal. Cerró los ojos y se apoyó en la pared de piedra tosca. Deseaba regresar a su laboratorio, a sus superficies limpias y blancas.

Sin aliento, se dirigió hacia el patio interior. La Policía había precintado la puerta de la torre del reloj, pero los guardias se habían ido cuando habían terminado su trabajo. Pascal asintió con la cabeza, satisfecho. Como era de esperar, no habían encontrado nada. No había dejado ningún cabo suelto. Bueno, no del todo.

Aguzó el oído para comprobar si los guardias seguían allí, tratando de oír el crujido de las botas sobre la piedra, tan familiar para él, dados los años que había pasado en el ejército. Se había alistado cuando aún era adolescente, igual que el resto de los muchachos de la ciudad suiza donde vivía. Le habían enseñado a luchar, a disparar, a defenderse. A marchar acompasadamente, moviéndose a un ritmo perfecto, y a doblar el uniforme a los pies de la litera, dejando los bordes nítidos y rectos, mucho mejor que sus compañeros de barracón.

Lo echaba de menos. La vida era más fácil cuando todos obedecían las mismas reglas.

Dado que no había moros en la costa, Pascal se arrastró por el borde del patio y abrió la pesada puerta de madera, que chirrió al moverse. Pasó entre las anchas tiras de cinta adhesiva de la Policía y se dispuso a entrar en la torre.

DIECISÉIS

Isaac estaba en los archivos del Parlamento, que se encontraban en lo alto de la torre Victoria. Era una larga sala donde zumbaba el aire acondicionado, llena de estanterías por todas partes, abarrotadas de fardos redondos, semejantes a pergaminos o mapas del tesoro.

–Aquí es donde guardan las leyes –le explicó Hattie.

–¿Donde «guardan» las leyes? –repitió Isaac.

–Cada vez que el Gobierno aprueba una, la escriben en vitela, un pergamino de alta calidad hecho de piel de animal.

–Menudo asco. ¿Por qué no lo hacen en papel?

–Es la tradición. –Hattie se encogió de hombros–. El rey la firma y luego la enrollan y la guardan aquí. –La chica miró una etiqueta que colgaba de un estante–. Esta regula un impuesto sobre los sombreros.

–Igual que Bolt –dijo Isaac, observando extasiado la sala.

–¿Quién?

–Mi tortuga. Le metes un código informático en la cabeza y este le indica adónde tiene que ir –respondió–. Esta habitación es el lugar donde se guarda el código informático que se utiliza para gobernar el país. –Notó un cosquilleo en los dedos–. ¿Qué ocurriría si robáramos una ley?

–Que probablemente nos arrestarían –contestó Hattie–. A Sheila, la encargada del mostrador, no le importa que entre aquí. Los domingos no hay nadie, así que pensé que sería un bien sitio para intentar descifrar el código de tu padre.

Se tumbaron en el suelo, abrieron el diario por la página del reloj del nuevo tiempo e intentaron resolver el código, pero los números y las letras se lo impedían y, al cabo de un rato, el estómago de Isaac retumbaba como un trueno.

–Es demasiado difícil –dijo–. ¿Ya es hora de cenar?

–Podemos comer cuando queramos –respondió Hattie–. Mi padre no viene mucho por aquí cuando tiene tanto trabajo. Vamos a picar algo y de paso vemos si la Policía ya se ha ido de la torre. ¿Aún quieres que nos colemos allí esta noche?

–Por supuesto –asintió Isaac.

De vuelta en la casa del presidente de la Cámara de los Comunes, Hattie intentó asaltar la nevera del piso, pero solo encontró media patata y un poco de leche agria.

–Qué mala pinta –dijo Hattie–. Si intentamos entrar en el

Big Ben muertos de hambre, nos delatarán tus tripas. –Cerró la nevera–. Tengo una idea.

Llevó a Isaac a un gran comedor que se encontraba en una de las opulentas plantas bajas de la casa y, mientras entraban, se llevó un dedo a los labios en señal de silencio. Una cubertería resplandeciente y unas copas de cristal se extendían a lo largo de una mesa suficientemente larga para cincuenta comensales.

–Aquí es donde mi padre recibe a los gobernantes más importantes –susurró.

–¿A quién te refieres?

Isaac se fijó en los dos platos sucios que estaban al fondo de la mesa, con los tenedores torcidos.

–La familia real, el presidente de Francia, ese tipo de personas –dijo Hattie con desenfado.

A continuación, levantó la campana que cubría un plato y aparecieron restos de patatas asadas.

–¡Uf! Menos mal. –Agarró un tenedor–. Venga, a comer.

Se deleitaron con las sobras del festín hasta que, de repente, oyeron unas voces y Hattie hizo señas a Isaac para que fuera a la puerta mientras ella retrocedía un poco hacia el interior del piso. En ese preciso momento, dos camareros uniformados entraron a recoger los platos. Los dos amigos se escabulleron al salón y cerraron tras de sí.

–Puf –dijo Hattie–. Menuda suerte hemos tenido.

–¿Por qué?

A Isaac se le puso la piel de gallina al oír una voz masculina procedente de un sillón mullido, junto a la chimenea. El hombre se puso de pie y dejó ver un traje de chaqueta azul marino de corte impecable y una camisa entallada de cuello abierto. Lo reconoció de inmediato por el pelo peinado hacia atrás. Era el primer ministro.

–¿En qué puedo ayudaros? –les preguntó.

–Disculpe, señor Rose –balbuceó Hattie–. Estamos buscando a mi padre.

–Ha salido a por una cosa –respondió Simon Rose–. Eres Harriet, ¿verdad? Nos vimos un momento en Navidad. Si mal no recuerdo, me tiraste la salsa de arándanos encima.

–¡Salsa de pan! –exclamó Hattie–. O sea... sí, señor, pero era salsa de pan.

El primer ministro se rio entre dientes.

–¿Y tú quién eres? –le preguntó a Isaac.

–Esto..., pues...

–Es Isaac Turner –contestó Hattie al ver que su amigo no sabía qué decir–. Es el ahijado de mi padre.

–¿El hijo de Diggory Turner? –El semblante del primer ministro cambió de expresión y se le relajaron las cejas–. Me he enterado de lo que ha sucedido. Lo lamento por él, Isaac. ¿Se sabe algo sobre su paradero?

–No..., o sea..., no, señor –respondió Isaac–. La Policía aún no ha averiguado nada.

–Debe de estar siendo difícil para ti –dijo el señor Rose.

Isaac asintió con la cabeza.

–Quizá usted pueda ayudarle –sugirió Hattie.

El primer ministro enarcó las cejas, sorprendido.

–¿Yo? –preguntó.

–Sí. No creemos que la Policía esté haciendo gran cosa –prosiguió Hattie–. No estoy segura de que comprendan lo que está pasando. Isaac es demasiado educado para decirlo –añadió, mirando a su amigo.

El señor Rose tosió, incómodo.

–Bueno –dijo–. Solo ha pasado un día. Quizá deberíais tener un poco de paciencia.

–Pero usted es el primer ministro –insistió Hattie–. Todos obedecen sus órdenes.

–Ojalá fuera tan sencillo –replicó él–. Puede que eso fuese cierto cuando dirigía la empresa, pero cuando gobiernas un país tienes que confiar en la gente, como por ejemplo en los miembros de la Policía. –Sonrió amablemente a Isaac–. Lo resolverán. Estoy seguro.

–¡Hattie! ¡Isaac! –Solomon se quedó desconcertado cuando apareció por la puerta con una botella de vino en la mano–. ¿Qué estáis haciendo aquí?

–Hablando de política –respondió el señor Rose, esbozando una leve sonrisa. Miró el reloj–. Solomon, solo tengo tiempo para una copa antes de volar a Washington.

–Creo que ya es hora de que vayáis al piso de arriba, chicos –dijo el tío Sol–. Pedid una pizza, ved una película o haced lo que queráis. Voy a trabajar hasta tarde.

–De acuerdo, papá –contestó Hattie, guiñándole un ojo a Isaac.

–Ha sido un placer conocerte, Isaac –dijo Simon Rose.

–Igualmente –respondió este.

Luego se encerró en un extraño mutismo mientras subían a la residencia.

–¿Por qué estás tan triste? –le preguntó Hattie.

–Por mi padre; me he vuelto a preocupar. –Sacudió la cabeza–. Ni siquiera el primer ministro puede hacer nada.

–Pero nosotros sí –dijo Hattie, con la cara iluminada–. Esta noche, en la torre, encontraremos respuestas. Estoy segura.

DIECISIETE

Cuando bajaron sigilosamente la escalera de la casa del presidente de los Comunes, el reloj dio las nueve y media.

–A la izquierda –susurró Hattie, aferrándose con fuerza a la barandilla y pisando con cuidado la moqueta–. El lado derecho cruje.

Llegaron al suelo de mármol del vestíbulo y Hattie sacudió el pomo de la pesada puerta de madera que daba al palacio.

–La cierran con llave a las nueve –explicó–. Vigila, no tardaré ni un minuto.

Acto seguido, se quitó la mochila que contenía el equipo de escalada: un mono negro y un jersey a juego. Se había recogido el pelo en un moño apretado. Isaac no había metido en la mochila la ropa más adecuada para actuar furtivamente, pero se había puesto las prendas más discretas que tenía: un pantalón de chándal de color gris oscuro, un jersey grande y la bufanda negra que le había prestado su amiga.

Hattie sacó un llavero enorme de un bolsillo y empezó a rebuscar entre las llaves, luego introdujo una en la cerradura y la giró con delicadeza. Isaac se preguntó de dónde las habría sacado.

Se deslizaron por el largo pasillo que se extendía por el lado este del palacio. El río brillaba en la noche.

–Espera un momento.

Hattie empujó a Isaac detrás de una armadura al oír unos pasos y ver moverse la luz de la linterna de un guardia de seguridad que se les acercaba.

–¿Deberíamos dar la vuelta? –susurró Isaac.

–Va a la biblioteca de los Comunes –dijo Hattie, mirando el reloj–. Hace el mismo recorrido todas las noches, me lo sé de memoria.

El guardia de seguridad giró, en efecto, hacia la izquierda, y desapareció por una puerta ornamentada que daba a otra parte del palacio.

–Vamos. –Hattie salió de su escondite y comenzó a caminar de puntillas por la moqueta–. Por aquí.

Cruzaron un arco, dejaron atrás una estrecha escalera y salieron a un claustro de piedra, donde la entrada a la torre del reloj estaba iluminada por una lámpara eléctrica resplandeciente. La Policía había precintado la puerta.

–Está cerrada –dijo Isaac, probando el picaporte–. ¿Tienes la llave?

–De esta no –respondió Hattie–. Me parece que solo la tienen tu padre y Claire. –Echó un vistazo alrededor–. Podría intentar forzarla, pero por aquí pasan guardias con bastante frecuencia. No deberíamos quedarnos mucho rato.

–Entonces ¿cómo vamos a entrar? –preguntó Isaac.

Hattie lo fulminó con la mirada.

–Yo puedo entrar donde sea –afirmó–. Vamos.

Se volvió hacia la escalera y bajó un tramo más hasta llegar a un callejón sin salida que daba a una adusta puerta metálica. Estaba cubierta de óxido y daba la impresión de que no se había abierto en muchos años.

–Quédate vigilando –dijo Hattie–. No tardaré ni un minuto.

Volvió a sacar las llaves.

–¿De quién son? –preguntó Isaac.

–Mías –contestó ella–. No tengo la culpa de que la vieja Turnbull se las deje por ahí tiradas.

–¿O sea, que se las robas?

–No, hago copias en el quiosco de la estación de metro. Ya las tengo casi todas. Esta es fácil. –Sonrió mientras introducía y giraba una llave regordeta en un candado amarillo y grueso, que se abrió en el acto–. Es una llave maestra de bombero con la que puedes entrar en muchos aparcamientos. También abre las barreras de las carreteras. –Empujó la puerta, que se abrió con un chirrido y un traqueteo metálico. Sacó una linterna de un bolsillo de los pantalones y le hizo una señal–. Ya no queda mucho.

Isaac la siguió por un húmedo pasillo subterráneo. El suelo irregular estaba cubierto de charcos aceitosos y los soportes metálicos que estaban clavados a la pared sostenían una maraña de cables y tuberías. De una caja de fusibles situada en el techo salía un zumbido eléctrico.

–¿Dónde estamos? –preguntó el chico.

–Es parte de un antiguo sistema de ventilación –le explicó Hattie mientras lo guiaba por el lúgubre pasillo–. Hay bodegas y pasadizos subterráneos por todo el palacio. Facilitan mucho los desplazamientos. Hoy en día se usan como almacenes y cosas por el estilo. Casi nadie conoce la verdadera extensión de los túneles. Excepto yo, por supuesto.

El pie de Isaac chapoteó en un charco cuando el pasadizo se ensanchó hasta convertirse en una gran sala de techo bajo.

–Estamos justo debajo del Big Ben –dijo Hattie, recorriendo con la linterna los montones de maquinaria olvidada que había junto a las paredes–. En medio, debajo del hueco de la torre, antes había un horno. ¿Lo ves? –Iluminó la mampostería irregular que se encontraba el centro del suelo y que sugería que en la superficie debía de haber habido algo grande en su día–. No sé por qué construyeron una chimenea de ese tamaño debajo de un reloj. Es carne de desastre.

–Seguramente lo usasen para crear una corriente –supuso Isaac–. El aire caliente sube, así que supongo que ascendía por el hueco que hay en el centro de la torre y aspiraba el aire frío a través de los pasadizos que hay debajo del palacio, un sistema antiguo de aire acondicionado. Qué ingenioso.

Hattie apuntó el haz de luz de la linterna hacia el techo.

–Ahora está todo tapado con tablas, pero creo que todavía hay una trampilla en alguna parte.

–¡Espera! –Isaac alargó un brazo para detenerla.

–¡Ay! ¿Qué ocurre?

–¡Huellas! –Él señaló el suelo, donde la suciedad y la humedad habían formado una especie de lodo. En él se distinguía apenas un rastro de huellas que llevaba a la sala desde una entrada lateral.

–¡Tienes razón! –susurró Hattie, dirigiendo el haz de luz hacia el rastro–. Suben hasta la esquina, mira, ¡ahí está la trampilla! En el techo, donde las tablas son de distinto color.

–Alguien entró en la torre por aquí –afirmó Isaac emocionado–. ¿De dónde venía?

–Sigamos el pasadizo y averigüémoslo –propuso Hattie.

–Ve con cuidado, no debemos borrar las huellas.

Con cautela, siguieron el rastro en sentido inverso. Tras caminar apenas unos metros, este los llevó hasta una rejilla metálica fijada al suelo de piedra.

–Huele a gasolina –dijo Isaac, olfateando el aire.

–Es el aparcamiento subterráneo –dijo Hattie, asomándose por la rejilla al espacio sombrío que había debajo–. Está bajo el patio del nuevo palacio. Lo usan los funcionarios más relevantes y los diputados. –Movió la rejilla–. Cualquiera que quisiera entrar sin ser visto podría haberlo hecho por aquí.

–Pero no salir –razonó Isaac, agachándose–. Las huellas van en una sola dirección.

–¿Crees que es el secuestrador? –preguntó Hattie–. Estas

marcas no pueden tener más de unos días. ¿Quién si no puede haber estado merodeando por aquí?

–Debe de ser él, sí –contestó Isaac, asintiendo con la cabeza–. Creo que hemos averiguado cómo entró. Atravesemos la trampilla, puede que así descubramos cómo salió.

DIECIOCHO

Hattie asomó la cabeza por la trampilla y alumbró la habitación con la linterna.

–No veo más huellas –dijo en tanto que ayudaba a Isaac a subir. El suelo parecía irregular, era de color marrón y estaba cubierto por un montón de sacos de arena–. ¿Por qué los habrán puesto aquí? ¿Qué te parece? –preguntó.

Isaac pisó con cuidado los montículos irregulares y alzó la mirada. Un agujero en el techo, de unos dos metros cuadrados, permitía ver el vacío negro que ascendía por encima de ellos. El muchacho tosió y el sonido se perdió en la profunda oscuridad. Un escalofrío le recorrió el cuerpo. Tuvo la sensación de estar contemplando la boca abierta de un animal dormido.

–Es la cavidad de las pesas –explicó en voz baja–. Los sacos de arena sirven para amortiguar la caída.

–¿Qué pesas? –Hattie apuntó la linterna hacia el agujero negro. La luz se reflejó en algo metálico que brillaba en la oscuridad varias plantas por encima de ellos.

–Las que hacen funcionar el reloj –explicó Isaac–. Mantienen el péndulo en movimiento. Hay tres sujetas mediante cables que salen de la sala del reloj. Suben por el interior del hueco. Mi padre debe rebobinarlas dos veces por semana. Pesan un cuarto de tonelada cada una.

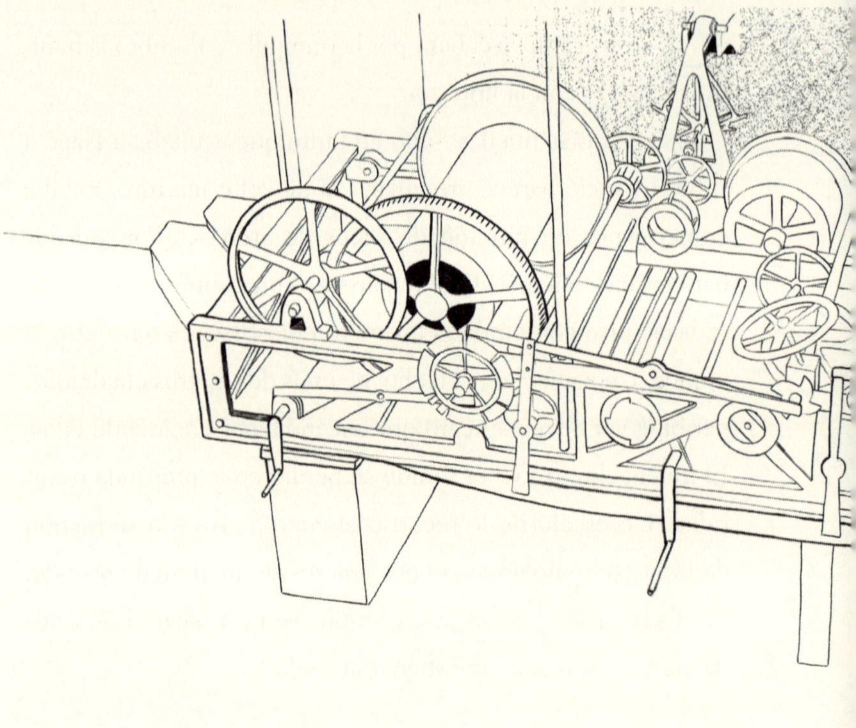

–Entonces ¿esto es una especie de colchoneta de seguridad? –preguntó Hattie, contemplando los sacos de arena–. ¿Por si se desprenden?

–Exacto –contestó Isaac.

Los dos amigos se miraron.

–Mejor será que nos vayamos –sugirió ella.

Abrió con cuidado una puerta que daba a la escalera de piedra de la torre. Después apoyó el índice sobre los labios a

la vez que señalaba la puerta de madera que se encontraba a los pies de esta.

–¡Podría haber un guardia ahí fuera! –articuló en silencio.

Isaac la siguió de puntillas por los peldaños hasta que estuvieron fuera del alcance del oído.

–¿Adónde quieres ir? –susurró la chica entonces.

–Arriba del todo –respondió Isaac con rostro severo–. Quiero ver dónde ocurrió.

Subieron por la escalera de caracol hasta la sala del reloj. Isaac titubeó en la puerta, el tictac del mecanismo era lento y algo siniestro. Era el último lugar donde había visto a su padre.

Hattie iluminó la sala con la linterna.

–¿Qué es eso? –preguntó, apuntando hacia la esquina.

Isaac frunció el ceño y los dos siguieron el haz de luz. En la esquina de la sala había una gran campana de color bronce, que a Isaac le llegaba casi hasta el pecho. Estaba envuelta con poliestireno y atada con una cuerda.

–Debía de estar en la caja de embalaje –razonó–. El sábado por la noche había una caja aquí.

–La entregaron el viernes –dijo Hattie, recogiendo una tarjeta que estaba pegada en el suelo–. La empresa Fleet Logistics. –Se la enseñó a Isaac.

En la tarjeta, debajo de una flecha de gran tamaño, se podía leer «FLEET LOGISITCS. ¡Nos ocupamos de sus entregas!».

–Mi padre la firmó cuando llegó –dijo Isaac, señalando la rúbrica.

–¿Cómo la subieron hasta aquí? –preguntó Hattie–. Parece pesada.

–En la escalera hay un sistema de poleas.

–¿Por qué necesitan una campana nueva? –preguntó Hattie.

–Creo que me comentó que estaban reparando una de las campanas de los cuartos –respondió Isaac–. Por lo visto, acabaron de arreglarla y la enviaron.

Echó un vistazo a la habitación.

–Todo está tal y como lo recuerdo –dijo, tocando la manivela del tren de engranaje.

–En ese caso, subamos a la escena del crimen –propuso Hattie.

Isaac se armó de valor y guio a su amiga por el último tramo de escalera hasta el campanario. El aire fresco le hacía cosquillas en el cuello y se ajustó la bufanda.

–Caramba. –Hattie se agarró a la barandilla metálica y contempló la ciudad–. Jamás había estado aquí. Es precioso.

–Sí –asintió Isaac sin prestarle atención mientras caminaba ruidosamente por la pasarela metálica que rodeaba el Big Ben.

Era una noche tranquila y, aunque el aire otoñal era frío, no soplaba viento, de forma que resultaba agradable estar allí, iluminados por una luna resplandeciente.

–Aquí es donde encontré el reloj de bolsillo de mi padre –dijo Isaac, señalando el suelo de piedra.

Tocó el objeto redondo que llevaba debajo del jersey.

–¿Ves algo de lo que no te percataste anoche? –preguntó Hattie.

Isaac se mordió el labio y miró por todo el campanario.

–No lo sé –contestó–. Si había alguna pista, supongo que la Policía se la habrá llevado.

De repente, pensó que era una estupidez estar allí arriba, a oscuras, en compañía de una desconocida y jugando a los detectives.

–Casi no has mirado –dijo Hattie, y a continuación encendió la linterna–. Revisemos todo bien.

–No veo señales de pelea –constató Isaac, inspeccionando la zona que rodeaba la campana–. No hay sangre ni nada por el estilo. Es imposible dejar huellas en estas pasarelas metálicas, y no hay marcas en la piedra.

–¿Qué es eso? –preguntó Hattie, apuntando con la linterna a unos metros de distancia.

Algo brillaba en el suelo. Isaac gateó hasta allí y encontró el origen del reflejo. Era un pequeño fragmento de cristal curvado. Sacó la navaja suiza de un bolsillo, extrajo unas pinzas y levantó con delicadeza el fragmento para examinarlo a la luz.

–¡Es del reloj de mi padre! –exclamó–. Aquí no hay nada más que tenga cristal. –Sacó el reloj. El agujero que había en la esfera rota tenía la misma forma que el pedazo que acababa de encontrar.

–Pero si dijiste que encontraste el reloj allí –observó Hattie, iluminando con la linterna otro punto que estaba a varios metros de distancia.

Isaac se hincó de rodillas, meditabundo. Podía sentir los engranajes de su cabeza girando sin parar.

–Si el reloj cayó allí y lo hemos encontrado aquí, debió de tirarlo mi padre –dijo, señalando el lugar–. El cristal rebota al romperse.

–Tiene sentido –asintió Hattie.

–Pero él siempre llevaba el reloj metido en el bolsillo del chaleco –continuó Isaac–. El cristal solo podría saltar si estuviese fuera, es decir, si lo estaba mirando.

–En ese caso, tal vez alguien lo atacó por la espalda mientras comprobaba la hora.

–Pero él sabía exactamente qué hora era –dijo Isaac–. Paramos el Big Ben a las nueve y cuarenta y ocho, y la hora que marca el reloj de bolsillo era incorrecta, ¿recuerdas? –Isaac frunció el ceño en tanto que examinaba la cadena del reloj–. Además, siempre lo llevaba enganchado al chaleco. Si alguien lo atacó y mi padre había sacado el reloj, ¿cómo es posible que se desprendiera? –Levantó la cadena–. No hay ningún eslabón partido, y el cierre no está doblado ni roto.

Cerró los ojos, la cabeza le iba a mil por hora.

–Entonces, tu padre no tenía el reloj fuera cuando lo atacaron –razonó Hattie–. Lo tiró a propósito. ¿Por qué?

Isaac abrió los ojos de golpe.

–Para detenerlo –afirmó–. ¡Para fijar la hora! Lo puso en la fecha y la hora equivocadas adrede, no es casualidad, es un mensaje.

Hattie abrió la boca para decir algo, pero en ese momento oyeron un zumbido e Isaac se tapó los oídos con las manos.

El Big Ben estaba a punto de dar la hora.

DIECINUEVE

El DIN-don-dan-din-DON-DAN ensordecedor sacudió el campanario cuando repicaron los martillos metálicos de las campanas de los cuartos. Hattie se tapó los oídos con las manos y empujó con un codo a Isaac para alejarlo de la imponente sombra del Big Ben, que se erigía a pocos metros de ellos, todavía en silencio, pero amenazando con sonar en cualquier momento.

Subieron apresuradamente por una escalera de caracol que estaba en una esquina del campanario y que desembocaba en una torreta peligrosa que rodeaba una linterna de cristal del tamaño de un coche. A Isaac le recordó a un faro. Se sentaron y apoyaron la espalda contra él, con los dedos metidos en los oídos, mientras los repiques de los cuartos cesaban y esperaban el tañido de la Gran Campana.

DON…

Hattie sonrió a Isaac al sentir que el ruido le vibraba en los huesos. Un martillo del tamaño de un hombre se levantaba y caía sobre la campana que estaba debajo de ellos; su enorme cabeza golpeaba el metal, que resonaba en el cielo. La torre les ofrecía una vista panorámica de la ciudad, e Isaac imaginó las ondas sonoras extendiéndose a sus pies, igual que cuando se lanza una piedra a un estanque. Al terminar los repiques, se destaparon los oídos.

–Ha sido increíble –dijo Hattie, sonriendo–. Tengo la impresión de que aún me vibran los dientes.

–¿Qué es eso? –preguntó Isaac, dando unas palmaditas al cristal de la enorme linterna que tenían detrás.

–Es la Ayrton Light –respondió Hattie–. El faro que está en lo alto de la torre del reloj.

–¿Por qué no está encendido? –preguntó Isaac, y presionó con una mano el vidrio prensado.

–Solo se enciende cuando el Parlamento se reúne después del anochecer –le explicó Hattie–. Lo hacen para que el rey pueda ver por las ventanas del palacio de Buckingham si el Gobierno está trabajando.

–Estás de broma –dijo Isaac.

–¡No, hablo en serio! –replicó Hattie, apuntando con un dedo hacia el oeste–. Mira.

Isaac vio una zona vacía en el entramado de luces y luego la fachada del palacio de Buckingham iluminada por unos focos.

–O sea que piensas que el reloj de tu padre es un mensaje –dijo Hattie, retomando el asunto.

–Tiene que serlo –asintió Isaac. Miró el reloj roto que tenía en la mano–. Quería que lo encontrara, no me cabe duda. Para que viese esa hora y esa fecha. Ojalá supiera qué significa.

Hattie miró por encima de su hombro.

–¿Significa que va a suceder algo el veinte de febrero? –preguntó–. ¿O que el veinte de febrero pasado ocurrió algo?

Isaac se encogió de hombros.

–Quizá sea el cumpleaños de alguien, pero no se me ocurre de quién.

–Si conseguimos averiguar cómo desapareció, quizá podamos descifrar el mensaje.

Isaac echó un vistazo a la pequeña torreta.

–Bueno, aquí no hay nada más –dijo–. Sigamos buscando abajo.

Volvieron al campanario, donde reinaba de nuevo el silencio. Pensando en dónde podría haber desaparecido su padre, Isaac caminó con cautela hasta el borde de la torre y se asomó por la barandilla hasta que lo frenó el miedo, mientras la brisa le revolvía el pelo.

–¡Aquí hay una plataforma! –gritó–. ¡Mira, también hay cuerdas!

Hattie se acercó a Isaac, quien le señaló una pasarela metálica que sobresalía un poco por encima de la esfera del reloj.

–La usa la gente que viene a limpiar –le explicó Hattie–. A veces los ves colgados, lavando las esferas del reloj para que estén brillantes.

–Hay arneses y cuerdas –añadió Isaac con los ojos muy abiertos–. ¿Crees que mi padre bajó por la fachada del edificio?

–No es probable –señaló Hattie–. Las cuerdas solo parecen lo bastante largas para llegar a la parte inferior de la esfera del reloj, y debajo aún hay diez pisos más. ¿Y si hubiera entrado por una ventana?

–No creo que ninguna sea bastante grande como para que pase un adulto –repuso Isaac–. Además, ¿por qué iba a hacer eso?

–Quizá estuviese huyendo de alguien –respondió Hattie–. Del hombre al que vi.

–¿Y por eso hizo rápel por un lado de la torre donde no hay salida? La Policía lo habría encontrado cuando subieron a buscarlo.

–¿Podría haber saltado en paracaídas?

–¡No tenía ninguno! Y, además, no está tan alto. –Isaac negó con la cabeza–. Es la navaja de Occam.

–¿La qué?

–La navaja de Occam. Se trata de un concepto filosófico. En esencia, significa que el universo ama la simplicidad, por lo que, en cualquier situación, la explicación más simple es con toda probabilidad la correcta.

Hattie miró el campanario.

–Bueno, pues no se me ocurre una forma sencilla de que un hombre se esfume de aquí.

–A mí tampoco –dijo Isaac–. No bajó por las escaleras y no me lo imagino haciendo puenting, descendiendo en rápel por la fachada ni subiendo a un helicóptero.

Los dos amigos contemplaron la ciudad y las almenas puntiagudas del palacio que se extendían bajo sus pies.

–Entonces ¿adónde fue? –preguntó Hattie.

VEINTE

Pascal se abrió paso entre la multitud que abarrotaba la estación internacional de St. Pancras y divisó a su objetivo franqueando la puerta de llegadas del Eurostar vespertino procedente de París. El francés era alto, tenía una barba gris, vestía un traje de color azul marino y arrastraba una maleta metálica con ruedas. Pascal se ajustó al paso del hombre mientras lo seguía a una distancia discreta.

Se llevó la mano a un bolsillo y sintió el reconfortante peso de la pistola que guardaba en él.

La ciudad zumbaba en la noche fría. Su objetivo cruzó la concurrida intersección y se encaminó hacia un hotel, cuya torre de hormigón se erigía en una esquina de la plaza, semejante a una ficha de dominó.

El teléfono de Pascal vibró al recibir un mensaje en tanto que su dueño entraba en el vestíbulo. Se paró al lado de los ascensores al mismo tiempo que su objetivo se acercaba al mostrador de recepción.

«Se nos acaba el tiempo, Pascal. ¿Dónde está la clave?»

Pascal contuvo un gruñido y tecleó la respuesta.

«La estoy recuperando en este preciso momento.»

«Diez minutos –pensó–. No necesito más.»

El francés fue a los ascensores y pulsó el botón de llamada. Entró en el primero que llegó a la planta baja, seguido de Pascal.

Una familia se unió apresuradamente a ellos, cargada con su equipaje, y aplastó a Pascal contra la pared acristalada.

Mientras subían, la ciudad se veía cada vez más lejos. En la séptima planta, la familia salió arrastrando los pies, de forma que Pascal y su objetivo se quedaron solos. Las puertas se cerraron. Pascal sacó la pistola y la hundió en la espalda del hombre.

–Buenas tardes, señor Bouchard –dijo.

El hombre se quedó de piedra y soltó un pequeño grito ahogado.

–No te muevas, Luc –añadió Pascal–. Te estoy apuntando a la columna vertebral. Deja que se abran las puertas en tu piso y luego pulsa el botón para bajar al sótano.

Las puertas se abrieron en la décima planta. Pascal y Luc permanecieron de pie mientras un joven que pasaba el aspirador por la moqueta los saludó amistosamente con la cabeza. Las puertas se cerraron de nuevo.

–¿Qué quieres? –preguntó Luc con voz titubeante.

–Que me dediques un poco de tiempo –contestó Pascal a la vez que el ascensor descendía por el hueco en dirección al sótano.

–Sabía que alguien nos había traicionado –dijo Luc–. Has secuestrado a Irina, ¿verdad? Y también a Diggory, el guardián del Big Ben.

–Si hablas, llamarás la atención, y eso no me hará ninguna gracia –contestó Pascal.

Cuando llegaron al sótano, se abrieron las puertas y aparecieron los pilares de hormigón de un aparcamiento subterráneo. Las fosas nasales de Pascal se dilataron al percibir el desagradable hedor a gasóleo y humo de escape.

–Ve a la derecha –ordenó al francés.

Luc hizo rodar la maleta por el garaje vacío y giró hacia una zona oscura entre dos hileras de coches. Pascal vio que le temblaban los hombros de miedo. «Qué débil es», pensó.

El teléfono zumbó en su bolsillo.

«Llámame cuando hayas terminado. No vuelvas a decepcionarme.»

Aprovechando el momento de distracción, Luc golpeó con fuerza el tobillo de Pascal con uno de sus zapatos. Crujió un hueso. Antes de que Pascal tuviera tiempo de reaccionar, el francés blandió enérgicamente su maleta metálica sujetándola por el asa y se la lanzó contra el pecho, haciéndolo trastabillar. La pistola cayó al suelo. Luc echó a correr. Pascal enseñó los dientes, pero, impertérrito, se agachó con elegancia para recoger la pistola y disparó un tiro con silenciador en la penumbra. La bala chocó con una tubería del techo, que emitió un ruido metálico.

–*Arrête!* –rugió Pascal. Luc se detuvo tambaleándose–. La segunda vez no fallaré.

Se acercó con parsimonia al francés, con cautela para no hacerse más daño en el tobillo, aunque soportaba bien el dolor.

–Tienes algo que quiero –le dijo, y Luc, temblando justo delante de él, buscó algo en la chaqueta–. Dámelo.

–Jamás –murmuró este.

Pascal lo agarró por un hombro y lo obligó a volverse. El hombre estaba rompiendo en pedazos una tarjeta negra estampada con tinta dorada.

–¡La clave! –gritó Pascal, pero ya era demasiado tarde.

Luc se metió los trozos de papel en la boca y tragó. Pascal se lanzó hacia la garganta del hombre, agarrándolo con fuerza, pero este abrió la boca en señal de desafío.

Estaba vacía.

Pascal lo soltó.

–Nunca los encontrarás –dijo Luc con una sonrisa sombría.

Pascal lo golpeó en la cabeza con el flanco de la pistola y Luc se desplomó al suelo. A continuación, Pascal abrió las puertas traseras de la furgoneta negra que estaba aparcada a su lado y metió en ella al francés lloriqueante. Luego sacó una jeringuilla de una bolsa y le inyectó algo en el cuello. Los miembros de Luc se paralizaron. Pascal cerró las puertas de golpe, se sentó al volante y lo agarró, frustrado.

Notó un zumbido en el bolsillo.

«¿Y bien?»

Disgustado, Pascal tiró el teléfono al asiento del pasajero y hundió la cabeza entre las manos.

No podía permitirse más fracasos. Solo tenía una oportunidad de triunfar.

No le quedaba más remedio que conseguir la clave a través del chico.

VEINTIUNO

—Creo que deberíamos ver el debate –dijo Isaac cuando se hubo terminado la última tostada de la mañana–. Así podríamos aprender algo útil sobre el nuevo tiempo.

Habían vuelto sigilosamente al piso, sin que los vieran. Isaac confiaba en que le llegara la inspiración mientras dormía, pero no fue así. Aún no entendía cómo había podido desaparecer su padre de la torre del reloj.

–Papá está a punto de iniciar la sesión en el Parlamento –dijo Hattie–. Ven, te enseñaré dónde podemos verlo.

Isaac la siguió hasta el vestíbulo de la casa del presidente de la Cámara de los Comunes, donde el tío Sol esperaba vestido con la toga negra ceremonial al lado de un grupo de adultos. Entre ellos se encontraba Claire Turnbull. Isaac se sorprendió al ver que llevaba una espada a un costado.

–¡Hattie! E Isaac, bien. –La voz del tío Sol retumbó a través del vestíbulo–. La sargento de armas me estaba poniendo al día sobre la investigación policial.

–No hay noticias –dijo secamente Claire Turnbull–. La Policía me mantiene informada –añadió, dirigiéndose a Solomon y mirando enfurruñada a Hattie–. ¿Por qué no están en su casa?

–Esta es mi casa –contestó Solomon radiante–. Pero, si se refiere a mi piso, allí el aire está demasiado cargado. Además, hoy Hattie se encarga de cuidar de Isaac.

–Vamos a ir a ver el debate –afirmó esta con una sonrisa melosa–. A Isaac le interesa mucho la democracia.

–Por supuesto –se apresuró a asentir el muchacho–. Me encanta.

– Vamos, vamos –dijo el tío Sol–. Ya es tarde. Vamos a abrir la sala.

El grupo de seis adultos se puso en fila, como si obedecieran unas instrucciones tácitas. Isaac observó intrigado que uno de ellos sacaba un gran objeto dorado y ornamentado, semejante a una lámpara, y se lo entregaba a Claire, que se lo echó al hombro.

–Lista –dijo esta.

El hombre que iba en cabeza empezó a marchar como un soldado de juguete y los demás lo siguieron al interior del palacio.

–¿Qué es eso? –susurró Isaac.

–La procesión del presidente de los Comunes –contestó Hattie, sonriendo mientras seguía al grupo–. ¿No te parece raro? Se realiza todas las mañanas que abre el Parlamento. Claire es la sargento de armas. Su labor consiste en proteger a mi padre, por eso va con la espada. Es la tradición.

–¿Qué es esa cosa grande de oro que lleva?

–Es la maza –respondió Hattie–. Representa al rey. La llevan a la sala y la ponen encima de una mesa larga para mostrar que el Parlamento tiene el visto bueno de la Corona. En caso contrario, no pueden promulgar ninguna ley. De hecho, el poder del Parlamento emana del rey.

Siguieron la procesión hasta llegar al vestíbulo central, donde un policía gritó: «¡Quítense el sombrero, forasteros!». Un turista sacó una fotografía y señaló a Solomon cuando pasó por delante de él.

–No podemos pasar de aquí –dijo Hattie, tirando de Isaac para llevarlo al borde de la sala octogonal–. Mi padre va a acceder a la sala, y ahí no nos dejan entrar.

–¿La sala?

–La sala de la Cámara de los Comunes –le explicó Hattie–. Es donde debaten los diputados.

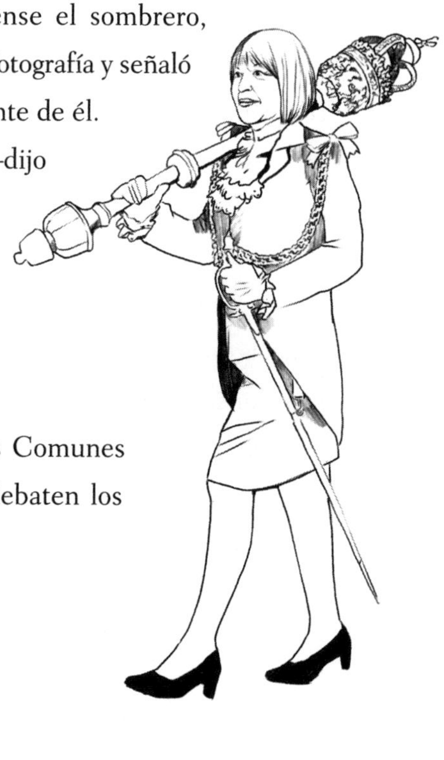

Isaac vio que el grupo atravesaba unas enormes puertas de roble en dirección a una estancia llena de bancos de cuero verde. Recordó haberla visto en televisión.

–Subiremos a la Strangers' Gallery, que es la zona pública –dijo Hattie–. Podemos ver el debate desde allí.

Al comenzar a cobrar vida el edificio, se fue congregando una multitud propia de la hora punta del Congreso. Hattie se abrió paso entre la gente para dirigirse hacia una escalera e Isaac hizo todo lo posible para seguirla, hasta que un grupo de turistas vestidos con chubasqueros rojos se interpuso en su camino. El guía que los acompañaba se coló entre ellos y miró alrededor nervioso.

–¿Isaac Turner?

Sorprendido al oír su nombre completo, se volvió y se encontró con la cara de una mujer escultural de rasgos llamativamente sombríos y con la cabeza rapada.

–Así que eres tú, ¿eh? –dijo con un leve acento estadounidense.

Lucía unos elegantes pendientes de oro y un traje pantalón blanco impecable, y se mantenía muy tiesa, con un porte que la hacía parecer fuera de lugar entre los empleados bulliciosos y los turistas confundidos que los rodeaban.

–¿Nos conocemos? –preguntó Isaac, dando un pequeño paso hacia atrás.

–Me llamo Gloria Gracefield. Soy amiga de Diggory.

–¿Conoce a mi padre?

–No puedo hablar mucho –dijo ella, escrutando alrededor con extraña urgencia.

–¿Sabe qué le ha ocurrido? –preguntó Isaac.

–No. Escúchame, Isaac –prosiguió en voz baja, pero intensa–. No salgas del palacio. Es peligroso.

–¿Qué?

–Confía en mí. No salgas hasta que encuentren a tu padre.

–Pero ¿por qué? ¿Se puede saber quién es usted?

–Una amiga –contestó Gloria–, pero no digas una palabra a nadie. Si alguien te pregunta, no me conoces.

Antes de que Isaac pudiera reaccionar, un par de turistas se interpusieron entre ellos y Gloria se alejó y al final se perdió entre la multitud. El chico se quedó mirándola desconcertado.

–¿Quién era esa? –preguntó Hattie, apareciendo en ese instante a sus espaldas.

–Te lo diré arriba –dijo Isaac mientras observaba a la mujer doblar una esquina y perderse de vista–. Vamos.

La Strangers' Gallery le recordó a Isaac a un teatro, por las filas de asientos que había en un balcón elevado que daba a la sala de la Cámara de los Comunes, situada debajo. Un pasillo dividía la sala en dos partes, donde se extendían unos bancos largos de cuero verde, unos enfrente de otros.

–¿De verdad crees que conoce a tu padre? –susurró Hattie mientras buscaban sitio en la segunda fila–. Además, ¿por qué dice que es peligroso que salgas?

–Quizá crea que a mí también me secuestrarán –aventuró Isaac.

Apretó la mandíbula al caer en la cuenta de esa posibilidad.

–¡Chis! –susurró Hattie, llevándose un dedo a los labios–. Va a empezar.

El público calló mientras Isaac veía al tío Sol entrar en la sala. Su toga negra se hinchaba a sus espaldas en tanto que se acercaba a un trono de madera gigante que estaba al fondo, de forma que pudiera ver bien la totalidad de la sala.

–¡Parece que es el que más manda! –murmuró Isaac.

–Ni mucho menos –lo contradijo Hattie–. Mi padre es el único que nunca vota. Su trabajo consiste en mantener el orden, en asegurarse de que no se produzcan altercados y de que todos los diputados puedan intervenir.

–¡Orden, orden! –gritó el tío Sol, levantando las manos. Los diputados enmudecieron–. Doy la palabra al honorable diputado por Bracknell para que inicie la sesión.

Un hombre que estaba sentado en la primera fila de escaños se puso de pie.

–Gracias, señor presidente –dijo–. En 1971, este país abandonó la antigua forma de calcular el dinero. A pesar de que habíamos usado nuestros chelines, medias coronas y viejas libras durante muchos siglos, fuimos lo suficientemente valientes para adoptar un sistema decimal moderno que establecía un total de cien peniques por libra esterlina. Muchos pensaron que el cambio provocaría un auténtico desastre, pero al final fue un éxito. Era mucho más fácil contar el dinero que llevábamos en el bolsillo, y los beneficios que supuso para las empresas británicas resultaron más que evidentes.

»Hoy, este Gobierno propone un cambio similar. El nuevo tiempo (el sistema decimal de diez horas por día y cien segundos por minuto) permitirá al Reino Unido mirar hacia el futuro en más de un sentido. Al igual que la nueva libra simplificó las carteras, los supermercados y las inversiones, el nuevo tiempo simplificará agendas, relojes y mentes.

»También será más sencillo calcular el tiempo. Medirlo en decenas y centenas, como hacemos con todo lo demás, reducirá el riesgo de cometer errores en el ámbito de la ciencia, la medicina y la navegación. Debemos dejar atrás el viejo tiempo, igual que abandonamos otras medidas antiguas, como los galones, los estadios, las cadenas y los pies. No debemos aferrarnos al pasado dividiendo las horas y los minutos en sesenta solo porque los babilonios lo hicieran hace cuatro mil años. Es hora de avanzar.

»Este país tiene el orgullo de haber sido patria de pensadores pioneros. Somos la nación de Isaac Newton, de Michael Faraday y de Alan Turing. Los británicos fueron los primeros en descubrir el telescopio reflector, la máquina de vapor e internet. Así pues, es justo y apropiado que seamos también los primeros en adoptar el nuevo tiempo. Cuando Gran Bretaña lidera, el mundo la sigue. Hoy votaré sí con orgullo a este proyecto de ley.

En los escaños del Gobierno se elevaron murmullos de asentimiento. El hombre se sentó y el tío Sol llamó a una diputada que estaba al otro lado del pasillo. Isaac reconoció a Miriam.

–Gracias, señor presidente –dijo esta. Parecía algo nerviosa mientras trataba de ajustarse las pulseras que llevaba en los brazos–. El honorable caballero asegura que esta ley simplificará el concepto del tiempo, pero yo me pregunto si no será al contrario, si no aumentará la confusión. ¿De verdad no surgirán problemas cuando cambiemos al día de diez horas? Muchos de mis electores no tienen ganas de padecer los trastornos que ocasionará el nuevo tiempo, y están enfadados porque se pretende convertir sus relojes en antigüedades con un simple trazo de pluma. ¿Qué dice el Gobierno a esas personas?

Solomon llamó al diputado por Bracknell, quien volvió a levantarse.

–Yo les diría a los electores de la honorable dama que sus relojes ya son simples antigüedades –contestó–. A los niños

de hoy en día les cuesta leer la hora en sus anticuadas agujas porque saben que no sirven para nada. Las pantallas digitales están por todas partes: en los relojes, en los andenes de las estaciones y en los teléfonos. En lugar de intentar salvar esos aparatos a toda costa, ¿no deberíamos ayudar a esos niños? El nuevo tiempo les resultará más fácil de medir y de calcular, y eso permitirá desbloquear el enorme potencial que existe en nuestras escuelas, ya que gracias a él será posible estudiar más, y también más rápido.

»Dice usted que el nuevo tiempo quizá nos desoriente, pero ¿acaso no es ya confuso escribir «diecinueve treinta» en lugar de decir «siete y media»? El tiempo antiguo nos frena y nos lleva a cometer errores. Pensamos en números decimales, contar hasta diez es la forma humana de calcular –afirmó, levantando las manos y moviendo los diez dedos–. Gracias al nuevo tiempo, los comerciantes, los conductores de trenes, las enfermeras... todos podrán contar los minutos y las horas de forma más rápida y sencilla.

En los bancos próximos a él, varios diputados dijeron: «¡Así es, así es!».

–Y en cuanto a su preocupación por los posibles fallos, le respondo que habrá un periodo de transición para que el país pueda adaptarse. Pasaremos al nuevo tiempo a los cinco años de que se firme esta ley, no antes. –Paseó la mirada por la sala–. No podemos aferrarnos al pasado por miedo al futuro. ¡El nuevo tiempo puede llevarnos a unos lugares increíbles! Invito a todos a votar a favor.

–Creo que ha conseguido convencer a Miriam –susurró Hattie, señalando a la diputada, que en ese momento asentía discretamente con la cabeza.

Isaac, sin embargo, no estaba escuchando. Algo le rondaba por la mente, y buscaba desesperado el reloj de su padre.

–¿Estás bien? –preguntó Hattie.

El chico repitió las palabras del diputado en su cabeza. El tiempo puede hacernos avanzar...

–¡Ya sé lo que quería decir mi padre! –susurró–. Necesitamos un atlas. Ahora mismo.

VEINTIDÓS

—¿Sabes qué significan la hora y la fecha? –preguntó Hattie al salir de la galería pública y llegar al vestíbulo.

–No creo que sean eso –dijo Isaac, hablando cada vez más rápido a medida que su teoría iba cobrando impulso en su cabeza–, al menos no del todo. Mira. –Le mostró el reloj–. El segundo dial, que es el cronómetro, también se ha detenido. Así que el reloj marca «dos horas», además de la fecha.

–¿Y?

–¿No sabes nada de geografía? –preguntó Isaac con los ojos brillantes–. Aparte del tiempo, ¿qué más se mide en minutos y segundos?

–Esto… ¿la velocidad?

–Las coordenadas –la corrigió Isaac a la vez que levantaba el reloj–. En un mapa. Por eso necesito un atlas o un globo terráqueo. Mi padre rompió el reloj para dejarme un mensaje, pero no creo que sea una hora. ¡Creo que es un lugar!

–¡Una pista! –Hattie parecía emocionada–. Vale. Vamos a la biblioteca de los Lores.

Bajaron corriendo las escaleras y entraron en un gran salón empanelado y con una gruesa moqueta roja. Estaba casi vacío, salvo por el par de ancianas que estaban sentadas a un escritorio en un rincón, estudiando un voluminoso libro encuadernado en cuero.

–¡Hay un globo terráqueo! –susurró Hattie, señalando hacia una esquina.

Se acercaron a ella arrastrando los pies y la niña sonrió con aire inocente a las señoras que ocupaban el escritorio. El globo terráqueo era del tamaño de una lavadora y estaba apoyado en el suelo, sobre un armazón de madera.

–¿No sería más rápido usar el móvil? –preguntó Hattie al mismo tiempo que hacía girar el globo tan rápido que se desdibujaron los continentes.

–No sé hacerlo en un teléfono. –Isaac sacó el reloj de debajo del jersey–. Pienso mejor con las manos.

–¿Qué estamos buscando?

–La latitud y la longitud –respondió él, poniendo la palma de la mano sobre el globo para detenerlo–. La latitud indica la proximidad al ecuador. –Trazó con el dedo una línea que recorría el centro del globo terráqueo–. La longitud es la distancia a la que te encuentras, al este o al oeste, respecto al meridiano cero. –Tocó una línea negra que atravesaba verticalmente el Reino Unido–. Es una línea que une los polos Norte y Sur, y que atraviesa Londres. Como la Tierra es redonda, la distancia se mide en grados: trescientos sesenta, en concreto. Después, cada grado se divide en sesenta minutos, y cada minuto, en sesenta segundos. Eso es lo que estamos buscando: los grados, los minutos y los segundos.

–Los minutos y los segundos parecen obvios –dijo Hattie en tanto que Isaac comprobaba el reloj de bolsillo–. ¿Hacia dónde apunta el segundero?

–Hacia el número cuarenta y siete –contestó Isaac–. Y el minutero está en el veintinueve. Pero esas son las partes más pequeñas de la coordenada. Los grados nos dirán qué parte del planeta señala, y podría ser cualquier punto del globo. Necesitamos un número que llegue a trescientos sesenta.

–¿La manecilla de las horas? –preguntó Hattie–. ¿El nueve?

–Solo se puede contar hasta doce con la manecilla de las horas –razonó Isaac en voz alta.

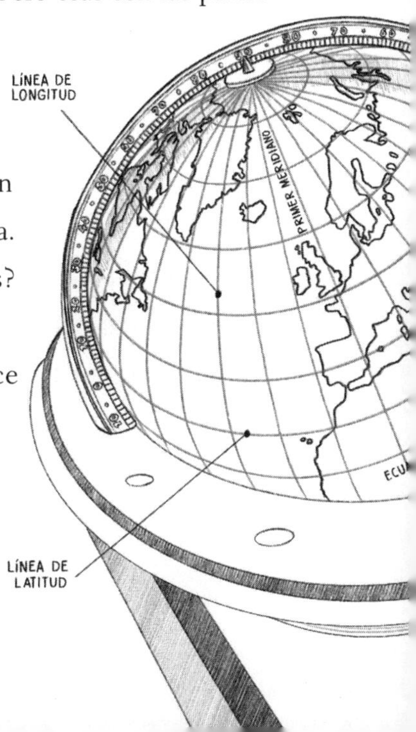

–Pero apunta hacia la parte de la fecha –precisó Hattie–. El veinte de febrero.

–El año tiene trescientos sesenta y cinco días –observó Isaac–. Así que la fecha podría equivaler a un grado.

–A ver, si enero tiene treinta y un días –dijo Hattie, alzando los ojos al cielo mientras contaba mentalmente–, el veinte de febrero sería… el quincuagésimo primer día del año. Cincuenta y un grados.

Isaac miró el globo terráqueo.

–Si es la longitud –dijo, moviendo los océanos con un pulgar–, pasaría por Rusia… e Irán. –Se mordió el labio–. Pero si, en cambio, es la latitud… Cincuenta y un grados, veintinueve minutos y cuarenta y siete segundos, pasaría Londres con toda probabilidad.

–Apuesto a que es eso –corroboró Hattie con los ojos resplandecientes–. Pero ¿en qué zona de la ciudad? ¿Y la otra coordenada?

–El dial pequeño, el del cronómetro, está parado en ocho minutos y treinta y cuatro segundos –contestó Isaac–, pero no es suficiente. Necesitamos también los grados.

–Puede que no –replicó Hattie–. ¿No dijiste que el meridiano cero pasa por Londres? Eso supondría cero grados, ¿no? Así pues, no nos hacen falta más números. Son justo cero grados, ocho minutos y treinta y cuatro segundos.

Se miraron el uno al otro.

–Necesitamos un mapa más preciso –dijo Isaac.

Hattie se precipitó hacia las estanterías y sacó un libro voluminoso y polvoriento titulado *Atlas del Reino Unido.*

–Está un poco anticuado –comentó, al abrir las páginas arrugadas–, pero mira, tiene cuadrículas de referencia y más cosas.

Isaac pasó el dedo por los puntos numerados de la cuadrícula que estaban en lo alto y a los lados de cada página.

–El centro de Londres –dijo a la vez que se detenía en un plano de la ciudad–. Westminster. Al norte del río… –Movió el dedo hacia una maraña de calles y dio unos golpecitos en el destino–. Es justo delante de la estación Victoria –afirmó.

–¿Por qué lo crees? –preguntó Hattie.

–No lo sé –respondió Isaac–, pero quiero ir a comprobarlo.

–¿Ahora? –exclamó Hattie–. ¿No recuerdas lo que te dijo esa mujer? Podría ser peligroso.

–Me dijo que es amiga de mi padre –reflexionó Isaac, apretando el reloj–, y él quiere que vaya allí. Dejó este mensaje para mí, estoy seguro.

–En ese caso, adelante –dijo Hattie, esbozando una sonrisa tranquilizadora. Dio unos golpecitos en el mapa–. Estación Victoria, allá vamos.

VEINTITRÉS

Era un día frío y despejado. Isaac metió las manos en los bolsillos mientras Hattie lo guiaba hasta la plaza del Parlamento. En ese momento había incluso más manifestantes agitando iracundos sus pancartas bajo la estrecha vigilancia de una fila de agentes de Policía. La tensión se palpaba en el ambiente, así que Isaac se alegró de poder dejarlos atrás.

–¿Hasta qué punto es precisa la coordenada? –preguntó Hattie.

–Podría desviarse unos veinte o treinta metros en cualquier dirección –respondió él–, pero tengo la sensación de que si vamos allí… lo sabremos.

Su padre lo había enviado a ese lugar por algún motivo, y estaba decidido a averiguar cuál era.

Hattie lo guio por una amplia calle llamada Birdcage Walk,

junto al parque St. James. Las frondas naranjas y doradas se balanceaban en los árboles al pasar los autobuses rojos a su lado.

Se detuvieron delante del palacio de Buckingham, donde había grupos de turistas charlando y riéndose con los móviles enganchados a unos palos para hacerse selfis. Isaac miró atrás con una extraña sensación en el pecho. Tenía la impresión de que lo estaban siguiendo.

–Es aquí abajo, a la izquierda –dijo Hattie, consultando el teléfono–. Vamos.

El tráfico aumentó a medida que se acercaban a la estación Victoria, a cuyo alrededor se aglomeraban rascacielos de vidrio y metal. El viento se intensificaba entre los altos edificios.

–Ahí está –dijo Hattie, señalando la fea y enrevesada fachada del edificio erigiéndose sobre un bullicioso amontonamiento de taxis y autocares–. ¿Dijiste que estaba delante?

–Por aquí alrededor –contestó Isaac, apuntando con el dedo.

Mientras contemplaba el entorno, el corazón empezó a latirle con fuerza. Solo veía tiendas de bocadillos y puestos de café, además de hordas de trabajadores y turistas arrojándose a la carretera para cruzar la maraña de calles.

–¿Cómo podemos saber lo que estamos buscando? –preguntó Hattie mirando en derredor.

–Es imposible –respondió Isaac, tratando de sonar convincente–, pero en cuanto lo vea, lo sabré.

Al final, los dos lo vieron a la vez. Erigido sobre una isla cuadrada de asfalto rodeada de calles había un reloj alto de color negro con cuatro esferas doradas.

–Se parece al Big Ben –observó Hattie, alzando la mirada mientas aguardaban para cruzar la calle–. El sombrerito de arriba es idéntico, y los lados también parecen iguales.

–Debe de ser eso –dijo Isaac cuando se encendió el hombrecito verde para que pudieran cruzar corriendo la calle.

El reloj era mucho más pequeño que el Big Ben, pero aun así los sobrepasaba en altura, porque era tan alto como cuatro hombres adultos. Los lados eran de hierro fundido de color negro y estaban adornados con detalles dorados y rojos. Rodearon la base mientras hordas de trabajadores y turistas se abrían paso a empujones camino del metro.

–Se llama Little Ben –dijo Hattie, leyendo una placa–. ¡Es una maqueta a escala del Big Ben!

Isaac examinó el reloj en silencio. Este tenía cuatro esferas, y tres de ellas iban una hora adelantadas: por lo visto, aún no las habían atrasado. La última esfera parecía estar rota, el minutero marcaba casi las doce, y la manecilla de la hora estaba a un poco más de las tres.

–Nos vendría bien saber qué estamos buscando –dijo Hattie.

–Mi padre nos ha traído aquí por un motivo –le recordó Isaac, ajustándose las gafas y escudriñando la esfera rota del reloj–. Esto debe de significar algo. Esa hora no tiene sentido.

–Hay una inscripción –dijo Hattie, volviendo a leer la placa–. «Puedes retrasar o adelantar mis manos: mi corazón late leal tanto a Inglaterra como a Francia.» ¿Qué crees que significa?

Isaac no contestó. Algo le había llamado la atención. Se llevó la mano al cuello del jersey y sacó el reloj de bolsillo de su padre tirando de la cadena.

–Es fascinante, ¿verdad?

Hattie e Isaac se giraron, sorprendidos por la voz del desconocido. Detrás de ellos había un hombre alto tocado con un sombrero de ala ancha y vestido con un abrigo largo de color negro y un jersey de cuello alto que le llegaba hasta la barbilla.

Pascal les sonrió.

VEINTICUATRO

–Disculpad la interrupción –les dijo el hombre–, he visto que estabais admirando el reloj. –Alzó la cabeza hacia el Little Ben–. Es una pieza de diseño muy interesante.

–Supongo –respondió Isaac.

Se sentía extraño hablando con un desconocido. Además, tenía algo peculiar.

–¿Es usted francés? –preguntó Hattie, que se había percatado de su acento.

–Suizo –matizó el hombre–. ¿Por qué lo preguntas?

–Por si sabría lo que significa esto –dijo la niña, señalando la inscripción que figuraba en la placa.

–Sí –respondió él–, por eso me he acercado: me he dado cuenta de que te intrigaba. Verás, en su día una empresa francesa reparó este reloj y, como muestra de amistad, los dos países insistieron en que sus manecillas nunca se ajustaran al horario veraniego. Eso significa que en invierno las manecillas marcan la hora correcta en Francia, y en verano, la de aquí. –Su sonrisa se torció–. El mundo sería mucho más sencillo si los países no tuvieran que trastocar los relojes tan a menudo.

–¡Es justo lo que pienso yo! –concordó Hattie–. ¿Por qué no hay una sola zona horaria para todos? Sería mucho más fácil.

–Por lo que veo, eres muy sensata –afirmó el desconocido, alzando la vista–. Es una pena que no sea así.

Isaac siguió la mirada del hombre hasta las cuatro caras del reloj y se fijó en la veleta dorada que había en lo alto y que marcaba los cuatro puntos cardinales.

–No tiene segundero –murmuró Hattie, mirando a Isaac–. Eso no nos da mucha información. No puede ser otra coordenada.

–«Oriéntalo hacia el sur» –dijo Isaac, pensando en el mensaje que había encontrado en la caja fuerte de su padre. Abrió de golpe la tapa del reloj de bolsillo y sacó la tarjeta negra que guardaba ahí doblada–. «Observa la veleta. La esfera sur del reloj es la que marca la hora incorrecta.»

–¿Quieres decir que es posible que la tarjeta nos explique cómo interpretarlo? –preguntó Hattie.

Isaac asintió con la cabeza.

–¿Puedo preguntaros qué estáis haciendo? –intervino el desconocido con educación.

–¡Turismo, nada más! –respondió Hattie con aire despreocupado–. Aunque, si sabe algo más sobre…

–El reloj nos ha llamado la atención, eso es todo.

Isaac miró a su amiga. No le gustaba el desconocido. Dobló la tarjeta, volvió a guardarla en el reloj de bolsillo y cerró la tapa con un chasquido.

–No me extraña. –El hombre se rio entre dientes–. A mí también me encantan los relojes. –Miró el que Isaac tenía en las manos–. Según parece, tú tienes uno muy bonito. Dio un pequeño paso adelante–. ¿Me permites echarle un vistazo?

Los dedos de Isaac se cerraron instintivamente alrededor del aparato.

–No tengas miedo –dijo el desconocido–. ¿No me vas a dejar verlo?

Isaac reculó, pero al hacerlo chocó con la estructura de hierro del Little Ben como si fuera una pared.

–Enséñamelo –insistió el desconocido.

–No.

Isaac apretó el reloj con fuerza y trató de metérselo en el bolsillo, pero el hombre alargó una mano y agarró la cadena apretando el puño. Los dos tiraron de ella.

–¡Eh, suéltelo! –gritó Hattie, aferrando al desconocido por un brazo.

Los tres se enzarzaron en una pelea. Mientras luchaban por el reloj, el sombrero del hombre cayó de su cabeza y dejó al descubierto una mata de pelo blanco que se agitaba con el viento. Isaac sintió un escalofrío en el pecho.

–¡Es usted! –exclamó Hattie con la respiración entrecortada–. ¡El tipo del campanario!

Con una fuerza inesperada, el desconocido la apartó de un empujón y la tiró al suelo como si fuera basura. La chica gritó al caer y se raspó la muñeca. Una mujer que pasaba por allí hablando por teléfono levantó la vista al oír el alboroto. Isaac tiró con fuerza del reloj y la cadena se rompió, dejándolo libre por fin. Se precipitó hacia Hattie y la ayudó a levantarse.

–Oiga, ¿qué está sucediendo? –preguntó la mujer mirando con aire acusatorio al hombre alto.

Hattie abrió la boca para pedir ayuda, pero el desconocido se le adelantó.

–¡LADRÓN! –gritó el hombre–. ¡Ese chico me ha robado el reloj!

La mujer se volvió hacia Isaac iracunda y confundida y vio que tenía el reloj en la mano. La gente se iba arremolinando a su alrededor. Isaac vio un policía al otro lado de la calle.

–¡No es verdad! –vociferó Hattie–. ¡Ha sido él el que nos ha atacado!

–¡Tiene mi reloj! –gritó el desconocido. ¡Detengan a esos chicos! ¡Al ladrón!

La multitud comenzó a acercarse. Sin pensárselo dos veces, Isaac y Hattie echaron a correr.

VEINTICINCO

Pascal había seguido pacientemente a los dos amigos durante toda la mañana, deambulando sin que lo vieran por los espacios públicos del palacio y observándolos en la galería pública, esperando a que llegara el momento oportuno para actuar. Pero ya no tenía necesidad de ser discreto.

Se abrió paso a empujones por la calle y un coche chirrió al frenar para esquivarlo. Los chicos escaparon de él entre la multitud, rumbo a la estación, pero dieron media vuelta al ver a un policía.

–¡LADRÓN! –gritó de nuevo Pascal–. ¡Deténganlos!

Sabía que su estratagema no funcionaría durante mucho tiempo, pero lo único que quería era echar una ojeada a la tarjeta negra y memorizar la clave. Después, los niños dejarían de tener importancia para él.

Al ver que no tenían salida, los dos amigos se aterrorizaron. Hattie agarró a Isaac por un brazo y lo empujó hacia la boca del metro, cuyas escaleras bajaron como una exhalación hasta desaparecer de la vista. Pascal sonrió con aire burlón. La estación estaba abarrotada de gente. Le resultaría fácil atraparlos en uno de los túneles.

Esquivó a un ciclista y se dirigió hacia las escaleras mientras el policía murmuraba algo por la radio. Pascal apretó el paso. Tenía que llegar antes que ellos.

Al entrar, el aire caliente y fétido lo recibió como el aliento de un dragón. Subió los escalones de dos en dos y vio a los niños cruzar a trompicones los tornos. Fue tras ellos empujando a la gente para apartarla de su camino. Las barreras se abrieron para dejarlo pasar mientras los chicos desaparecían por la escalera mecánica que llevaba a la línea Victoria.

Ya estaba muy cerca. Se abrió paso a empujones por el lado izquierdo de la escalera mecánica mientras Isaac y Hattie esquivaban de un salto una maleta que les obstruía el paso algo más adelante. La chica gritó. Un tren rugió en la plataforma que había debajo y los dos amigos corrieron hacia él mientras este entraba a toda velocidad en la estación.

Pascal los siguió hasta el final del andén, donde Isaac y Hattie miraban alrededor con impotencia. No tenían adónde ir.

–Dadme el reloj –dijo, acercándose a ellos mientras el tren se detenía con una sacudida.

–¡No es tuyo! –gritó el chico. Agarró a su amiga del brazo.

Las puertas del tren se abrieron de par en par para dejar salir una marea de pasajeros. El chico los miró. El vagón estaba casi vacío.

–Es demasiado tarde para huir –dijo Pascal.

Pero Isaac no le hizo caso. Soltó a Hattie y entró de un salto en el vagón con el reloj en la palma de la mano. Pascal los siguió por la siguiente puerta y luego avanzó a zancadas por el pasillo hacia el chico, que se encogió al fondo. Después, este hizo amago de saltar de nuevo por la puerta, pero Pascal lo agarró un hombro y le aferró el jersey con los dedos.

–Dame el reloj y no te pasará nada –dijo, empujando al niño contra la barandilla.

Con la mano que tenía libre intentó arrancarle el reloj, pero los dedos del chico lo apretaban con demasiada fuerza.

–¡No!

Isaac se retorció, pero no pudo soltarse.

–No te resistas. –Pascal lo tiró al suelo del vagón–. No vas a salirte con la tuya.

Las puertas sonaron, listas para cerrarse. Mientras Pascal hacía ademán de inclinarse para arrancar el reloj a Isaac, oyó un ruido a sus espaldas. Se giró justo a tiempo de ver las suelas de las zapatillas de Hattie balanceándose desde el pasamanos antes de recibir una patada en la cabeza. Pascal se tambaleó hacia atrás, tropezó con los asientos y cayó de rodillas.

–¡Escapa! –gritó Hattie, cogiendo a Isaac de la mano y tirando de él hacia el andén.

Pascal intentó agarrarle el tobillo, pero falló por un pelo. Los chicos cayeron al suelo del andén al mismo tiempo que las puertas se cerraban y Pascal daba un puñetazo al cristal.

Los dos amigos levantaron la vista, asustados. El chico todavía tenía el reloj en la mano.

El tren empezó a moverse y el túnel engulló a Pascal.

VEINTISÉIS

—Qué poco ha faltado –dijo Isaac jadeando, apoyado en una barandilla de hierro de una calle tranquila, nada más salir de la estación.

–No nos ha seguido nadie –dijo Hattie mirando por la esquina–. Estamos bien.

Habían huido de la estación Victoria tan rápido como habían podido, temiendo que la Policía se hubiera enterado de la historia que se había inventado el desconocido.

–Esto es lo que quería –prosiguió Isaac, abriendo de golpe el reloj y sacando la tarjeta negra–. Me vio guardarla. Debe de ser importante.

–«La hora señala el camino» –leyó Hattie–. ¿Qué marcaba el Little Ben? ¿Poco después de las tres?

–La manecilla de las horas estaba más allá de las tres, pero el minutero se encontraba a cuatro minutos de las doce –dijo Isaac–. No tiene sentido. Podría ser otra coordenada, pero no sé cómo interpretarla. –Cerró el reloj de golpe–. Necesitamos ayuda –añadió decidido–. Ese hombre secuestró a mi padre. Es peligroso.

–Quizá el mío sepa qué hacer –sugirió Hattie–, el problema es que va a pasar horas atrapado en el debate. No podremos hablar con él hasta esta noche.

–En ese caso, creo que deberíamos contactar con uno de los amigos de mi padre –dijo Isaac, rebuscando en su mochila.

–¿Con esa tal Gloria? La verdad es que tenía razón cuando te dijo que corrías peligro.

–No, me refiero a otra persona. –Isaac repasó la lista de nombres y direcciones, donde aparecía Penny B. marcada con un pequeño símbolo de engranaje–. Es una posibilidad remota, pero, como puedes ver, el símbolo del engranaje es igual que el de la tarjeta. Puede que Penny B. sepa algo más sobre su significado.

–La dirección está en Chelsea –dijo Hattie–. Es el número ochenta y cuatro de la calle Sydney. No queda lejos.

–Vamos a verla, pues –propuso Isaac–. Antes de que ese tipo tan espantoso vuelva a encontrarnos.

Se encaminaron hacia Chelsea recorriendo sinuosas callejuelas de casas de piedra blanca. Al cabo de unos quince minutos, enfilaron la calle Sydney.

A la derecha, varios edificios modernos de apartamentos daban paso a una serie de casas antiguas, y a la izquierda había algo semejante un mercado, con puestos de comida y mesas para hacer pícnic.

–Es aquí arriba –dijo Isaac, contando los números de las puertas.

Las casas eran majestuosas, de cuatro plantas y con unos pequeños porches que daban a la acera. La aldaba de la puerta roja del número ochenta y cuatro era dorada y tenía forma de león. Isaac golpeó con ella cuatro veces. Un perro ladró furiosamente en el interior, y al oírlo los dos amigos recularon, pero nadie respondió.

Hattie se asomó por una ventana polvorienta.

–No veo a nadie –dijo–. Quizá haya salido.

–Si ha dejado el perro aquí, no tardará en regresar –afirmó Isaac–. Es posible que vuelva pronto. –Le rugió el estómago y miró hacia el otro lado de la calle, donde estaba el mercado–. Me muero de hambre.

–Pues vamos a almorzar –propuso Hattie.

Cruzaron por el paso de peatones y un cartel les dio la bienvenida al Chelsea Farmers' Market. Encontraron un camión que vendía unas hamburguesas grasientas y las devoraron agradecidos.

Cuando Isaac terminó de chuparse la salsa de los dedos, en el mercado sonó el silbato de un tren: un pitido largo y grave.

Hattie e Isaac se miraron sorprendidos.

–Parecía una locomotora de vapor –dijo él confuso.

Le recordó el viaje que había hecho con su padre el verano anterior a bordo del Bluebell Railway, en Sussex. Los viejos vagones traqueteaban detrás de una locomotora que avanzaba resoplando; le habían dejado subir a la plataforma donde se encontraban las válvulas y las tuberías y tirar de la cadena para hacer sonar el silbato.

–Puede que haya una maqueta de tren –supuso Hattie.

–¡Mira! ¡Ahí!

Isaac vio una nube de vapor que se elevaba tras una tienda de falafel. Caminaron entre los puestos hacia ese punto. Al acercarse a una esquina del mercado, vieron una gran torre ornamental, tan alta como una casa, con tres figuras metálicas de pie en lo alto. Una sostenía un bastón con lo que parecía un silbato de tren, por el que en ese momento salía vapor a borbotones. Las dos figuras mecánicas que la flanqueaban estaban de pie, tapándose los oídos con los dedos, hasta que el silbato dejó de pitar y bajaron los brazos.

–¿Qué es eso? –preguntó Hattie, alzando la mirada hacia el artilugio.

Isaac se fijó en dos indicadores que había en la parte frontal de la torre, marcados con números romanos, de los que colgaban unas pesas de colores. Un mecanismo tiraba de uno hacia arriba. Alrededor de la torre se arremolinaba una nube de vapor. Entonces Isaac vio un péndulo en el centro.

–Es un reloj –dijo asombrado–. Un reloj de vapor.

Se acercaron a él. Isaac vio una caja de herramientas abierta en el suelo.

–«El reloj de vapor de Chelsea» –leyó Hattie en el cartel que estaba en la base de la torre–. «Instalado en 1984 por Tim Hunkin y posteriormente restaurado por la Dra. Penelope Braithwaite.»

La pesa móvil terminó de subir y a continuación bajó un nivel en el indicador con un golpe seco. La otra pesa se detuvo junto a la letra I.

–La una y un minuto –dijo una voz enérgica a su lado.

Isaac se volvió y vio a una anciana mirando los medidores del reloj. Llevaba el pelo entrecano recogido en un moño, y tenía la piel pálida y pecosa y unas orejas puntiagudas, semejantes a las de un duende. Vestía un delantal de color caqui con un

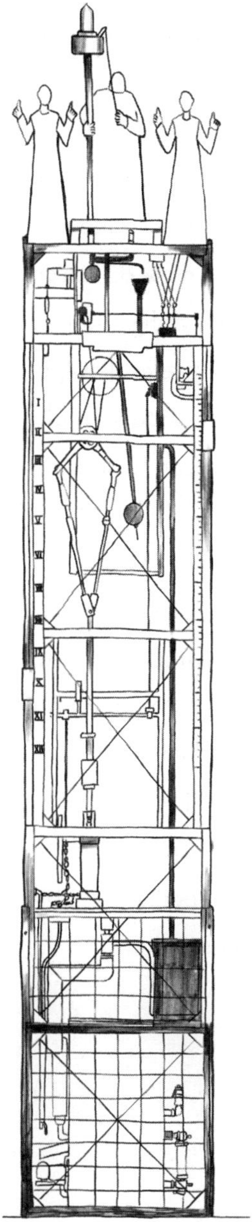

bolsillo grande por el que asomaban unas herramientas. Les sonrió.

–¿Te gusta?

–Sí –contestó Isaac–, me gusta. ¿Funciona a vapor?

–Por supuesto –asintió la mujer, limpiándose una mancha de aceite de sus gruesas gafas de montura clara con una manga del cárdigan que llevaba–. Es una rareza: un núcleo mecánico, manivelas de vapor. No tiene esfera, claro, sino secciones verticales que se miden mediante pesas. Acabo de volver a poner en marcha la caldera.

–¿Es usted la doctora Penelope Braithwaite? –preguntó Hattie. Miró a Isaac–. ¿Penny B.?

–Sí, claro –dijo la doctora Braithwaite sorprendida–. Aunque los únicos que me llaman Penny son mis amigos.

–Creo que uno de ellos es mi padre –dijo Isaac–, Diggory Turner.

Al oír el nombre, la cara de la mujer se arrugó, inquieta.

–Tú debes de ser Isaac –dijo. Echó un vistazo al mercado–. No podemos hablar en público. No es seguro. Debemos entrar enseguida.

VEINTISIETE

La doctora Penelope Braithwaite se puso manos a la obra, recogió sus herramientas y cerró la tapa de la caja.

–¿Te importaría ayudarme con esto? –le pidió a Isaac, levantándose con cuidado–. Lo harás un poco más rápido que yo, y tenemos que entrar cuanto antes.

Isaac cogió la pesada caja de herramientas y siguió a Penny hacia su casa. Hattie agarró una de las asas para que la carga resultara más ligera. La mujer miró con precaución a un lado y otro de la calle mientras buscaba las llaves. El perro ladró excitado cuando abrió la resplandeciente puerta roja de la entrada.

–Tranquilo, Tempus –le dijo, regañando a un labrador que corría hacia ellos por el pasillo, y después le quitó la caja de herramientas a Isaac para ponerla en el suelo, al lado de un reloj de pie–. He oído que te están cuidando bien en el palacio de Westminster.

–¿Dónde lo ha oído? –preguntó Hattie suspicaz.

–La respuesta depende de quién lo pregunte –contestó Penny, sonriendo.

–Es mi amiga Hattie –le explicó Isaac–. Me alojo en su casa.

–Así que eres la hija del presidente de la Cámara de los Comunes –dedujo Penny, asintiendo con la cabeza–. Entiendo. Sí. Me lo dijo un amigo –añadió, dirigiéndose a Hattie–. Pero ahora, poneos cómodos en la sala de estar mientras preparo un poco de té.

Cuando Isaac y Hattie entraron en la estancia, se quedaron atónitos.

–Caramba –dijo la chica.

Todas las estanterías, paredes y superficies estaban ocupadas con distintos tipos de relojes. El tictac era tan insistente que recordaba el repiqueteo de la lluvia sobre un tejado.

–Está loca, Isaac –susurró Hattie.

Este ignoró el comentario. En cambio, se dirigió hacia el dintel de la chimenea, donde había un gran reloj de arena junto a un cilindro alto que vertía agua en el tubo de medición que tenía debajo. Encima de ellos, un reloj de cobre grande con anillos concéntricos indicaba las fases de la luna, además de la hora. El que estaba pegado a la ventana mostraba el nivel de las mareas. Y en la vitrina que había a un lado de la mesa, Isaac vio sorprendido un reloj de bolsillo de oro, idéntico al de su padre.

–Es una colección excéntrica, lo sé –dijo Penny cuando apareció al cabo de un rato con una bandeja con varias tazas y una tetera.

–¿De dónde sacó este? –preguntó Isaac, señalando el de oro.

–¡Ah! –exclamó Penny, cayendo en la cuenta de por qué le resultaba familiar al chico–. Me lo regalaron hace mucho tiempo. –Dejó la bandeja sobre la mesita de café, junto a un reloj de sol tallado en piedra.

–¿Por qué tiene tantos relojes? –preguntó Hattie.

–Es mi especialidad –respondió Penny mientras vertía una infusión de color verde oscuro de la tetera–. Soy socióloga, pero, por encima de todo, me interesa el tiempo.

–¿Qué es una socióloga? –preguntó Isaac.

–Alguien que estudia la sociedad –respondió Hattie–. Cómo se comporta la gente, ese tipo de cosas.

–Muy bien, Hattie –dijo Penny, sonriendo–. Siéntate, me estás poniendo nerviosa.

–No, gracias –contestó la niña–. ¿A qué se debe que a una socióloga le interesen tanto los relojes?

–¿Por qué no deberían interesarle? –replicó Penny con un brillo pícaro tras los cristales de las gafas–. Los relojes son la base de la sociedad. Representan el acuerdo que nos obliga a todos a atenernos a las mismas reglas: el reloj mide nuestras vidas tanto si está en una iglesia como en la plaza de una ciudad. Sin relojes viviríamos en el caos.

–¿Así conoció a mi padre? –le preguntó Isaac–. ¿Por su trabajo?

–Exacto –dijo Penny, tendiéndole una taza de infusión–. Nos conocimos en Oxford. Yo era su tutora. Allí fue donde lo iniciaron en… –Tosió y negó con la cabeza–. Bueno, da igual. Tal vez deberíamos empezar por el motivo de vuestra visita.

–Necesitamos ayuda –le explicó Isaac–. Supongo que sabe que mi padre ha desaparecido. Antes me dejó unas instrucciones que nos llevaron al Little Ben, el reloj que está en las inmediaciones de la estación Victoria.

–Lo conozco perfectamente.

–Creo que me dejó una pista, pero no sé cómo interpretarla.

–Conozco el mensaje al que te refieres –dijo Penny–. No era para ti.

–Tiene que serlo a la fuerza –replicó Isaac–. Mi padre me envió allí.

–No puede ser verdad –insistió Penny, sacudiendo la cabeza.

–¡Pues sí que lo es! –dijo Hattie–. Fuimos allí y vimos que el reloj marcaba una hora extraña: las tres y cuatro minutos. Es una pista.

Penny respiró hondo.

–Isaac, Hattie, escuchadme bien. Os habéis metido en algo demasiado peligroso para unos chicos tan pequeños como vosotros.

–¿A qué peligro se refiere? –preguntó Isaac–. ¿Qué está pasando?

Penny los miró.

–Tu padre no es el único de mis amigos que ha desaparecido.

VEINTIOCHO

Penny dejó la taza de té sobre la mesa.

–Hace quince días, una mujer llamada Irina Petrova desapareció de la Federación Espacial Rusa, en Moscú. Irina está particularmente interesada en los relojes satelitales. La semana pasada, Jay Wenhan, del Banco Mundial, desapareció en Pekín. Es el responsable de los sistemas de cronometraje del mercado bursátil internacional. Y anoche le sucedió lo mismo a un francés llamado Luc Bouchard tras llegar a Londres en el Eurostar. Es un físico parisino experto en relojes atómicos.

–Mi padre tenía guardados recortes de periódico sobre los dos primeros –asintió Isaac–. ¿Significa eso que están desapareciendo relojeros?

–Personas que trabajan con relojes –lo corrigió Penny–. Y todos son amigos míos. Ahora entenderéis por qué, cuando aparecisteis hace un momento y me enteré de vuestra relación con Diggory, temí… Pensé que era mejor que no estuviéramos a la vista de todos. Por si acaso.

Bebió un sorbo de té. Isaac la imitó y sintió una arcada. La infusión sabía a corteza de árbol. La escupió en la taza sin hacer ruido. Por suerte, Penny no pareció darse cuenta.

–El mensaje del Little Ben –insistió–. Si no era para nosotros, ¿a quién iba dirigido?

–Es demasiado arriesgado que lo sepas –dijo Penny, negando con la cabeza–. Ya te lo he dicho, se trata de una situación peligrosa. Vuelve al palacio, te lo ruego, y no salgas más. Allí estarás protegido.

–Lo mismo que me dijo Gloria.

–¿Gloria? –Penny se tensó–. Menuda idiota. No debería haber hablado contigo.

–Pero no podemos quedarnos de brazos cruzados. –Isaac sacó el diario de Diggory–. Lo que le ha ocurrido a mi padre tiene algo que ver con el nuevo tiempo, estoy seguro. Él pensaba que era peligroso. Quizá por eso han desaparecido también todos sus amigos. –Abrió las páginas para enseñárselas a Penny–. Sus anotaciones están en clave y no sé descifrarlas. Necesitamos que nos ayude, por favor.

–Diggory siempre fue muy reservado –murmuró Penny. Examinó el diario–. Esto parece terriblemente complejo. Por desgracia, no soy matemática.

–¿Y si mi padre y sus amigos sabían algo sobre el nuevo tiempo que alguien pretendía encubrir? –sugirió Isaac–. De ser así, quería que yo lo descubriera. El mensaje del Little Ben podría ayudarme. Mire. –Abrió con un chasquido la tapa del reloj de su padre, de donde sacó la tarjeta negra. Penny abrió los ojos asombrada–. En el Little Ben nos persiguió un hombre que quería apoderarse de esto. Significa algo. Es importante.

Penny cogió la tarjeta, la giró para leerla y negó con la cabeza.

–No deberíais haber visto esto –dijo, mirándolos con aire afable–. Sé que queréis ayudar, pero tenéis que comprender que, si os metéis en esto, correréis un grave peligro, y no puedo permitir que eso suceda.

–¿No piensa hacer nada? –preguntó Hattie–. ¿Ni siquiera para ayudar a sus amigos?

–Si os ayudara a encontrar el rumbo y os expusiera demasiado, tu padre nunca me lo perdonaría.

–¿Qué rumbo? –preguntó Isaac, frunciendo el ceño.

–Ya os he dicho demasiado –respondió Penny con una expresión de terror en la cara–. Debéis dejar de indagar, por vuestro propio bien.

Penny agarró la tarjeta negra de la mesa y la rompió.

–¿Qué está haciendo? –gritó Isaac.

–Ayudaros –contestó Penny mientras los pedacitos revoloteaban en el aire y caían sobre la moqueta–. Protegeros. –Se alisó el mono y se puso en pie–. Creo que ya es hora de que os vayáis.

–No puedo creer lo que acaba de hacer –dijo Hattie, mirando la tarjeta rota.

–Si no protegiera al hijo de Diggory, no sería una buena amiga –dijo Penny.

Isaac cerró el diario y lo metió en su mochila, iracundo, pero sin decir una palabra.

–Mi padre quiere que le ayude, y es lo que voy a hacer –afirmó Isaac al levantarse–. Lo conozco mejor que usted.

–Hay muchas cosas de tu padre que no sabes –aseguró Penny, mirándolo con tanto pesar que desconcertó a Isaac, de forma que, mientras la mujer los acompañaba de nuevo a la puerta, no supo qué responder–. Coged el autobús para regresar a Westminster. Procurad estar siempre rodeados de gente –les ordenó enfurruñada cuando salieron al porche–. Lo siento mucho, queridos.

Acto seguido, les cerró la puerta en las narices. Isaac frunció el ceño encolerizado.

–Vaya –dijo Hattie al cabo de un momento–, qué bicho tan raro. –Se metió la mano en el bolsillo y sacó un puñado de galletas–. En fin, al menos le he sacado algo: le he birlado un montón de Garibaldis. Espero que sepan mejor que el té, que estaba asqueroso.

–Hemos conseguido algo más –susurró Isaac. Llevó a Hattie

calle abajo para que Penny no pudiera oírlo desde su casa–. Nos dijo que la pista del Little Ben es un rumbo. –Sonrió–. Creo que sé cómo resolverlo.

VEINTINUEVE

—¡Orden, orden! –La voz atronadora de Solomon recorrió la Cámara de los Comunes y silenció el coro de gritos de los diputados–. Ahora debemos interrumpir la sesión para comer. Cuando volvamos, propondré una votación.

Un bramido de protesta se elevó en los escaños.

–Señor presidente, ¡solo llevamos aquí cuatro horas!

–¡El honorable caballero no puede intervenir fuera de turno! Hace apenas un momento se lamentaba de que el nuevo tiempo es una tontería, una distracción con la que el Gobierno pretende eludir otros asuntos de su competencia. ¿Y ahora quiere que le dediquemos más tiempo? –lo reprendió, agitando un dedo–. Harán lo que se les ordene. Empezaremos a votar en cuanto volvamos. Se levanta la sesión.

Solomon recogió sus papeles mientras el diputado

abandonaba, malhumorado, la sala. El presidente sentía lástima por él. El nuevo tiempo suponía un cambio monumental. Si estuviera de su mano, le habría gustado que los diputados debatieran más, pero eso no era lo que había acordado con el primer ministro, y Solomon era un hombre de palabra.

Se levantó del sillón. El resto de los miembros de la cámara no podía ponerse en pie hasta que él no lo hiciera. Era una de las extrañas normas que regían en ese lugar como una especie de hechizo mágico. Debido a ella, entre otras cosas, Solomon no había podido ir al servicio desde el desayuno. Así pues, se precipitó hacia la puerta, ansioso por salir, pero Claire Turnbull se interpuso en su camino.

–¿Señor presidente?

–Un momento, sargento, necesito…

–Se trata de un asunto importante, señor. ¿Recuerda que antes mencionó a los Maquinistas?

–Sí, me acuerdo. El primer ministro me dijo que temía que se volvieran más violentos.

–Mi equipo de seguridad ha estado patrullando en la torre del reloj, señor, por si los Maquinistas intentaban…

–Sí, sí –dijo Solomon, brincando de un pie a otro–. Confío en que todo esté bajo control…

–Esta mañana hemos rastreado minuciosamente los alrededores de la torre, señor –prosiguió Claire–. Lamento decirle que tengo una… mala noticia –dijo, torciendo el labio.

–¿Qué ha ocurrido?

–Me temo que se trata de su hija.

TREINTA

—Penny mencionó un rumbo –dijo Isaac mientras se apeaban del autobús número once en la plaza del Parlamento–. Es como una dirección en un mapa. Así navegan los marineros, usando una brújula.

–¿Quieres decir que la hora que marca el Little Ben es, en realidad, una indicación? –preguntó Hattie–. ¿Como si nos señalara adónde debemos ir?

–Exacto –respondió Isaac–. Y creo que la tarjeta nos explica la manera de interpretarla. «La hora señala el camino», ¿recuerdas?

–Espero que te acuerdes también del resto –dijo Hattie.

–«Gira hacia el sur. Nueve cadenas por capítulo. La hora señala el camino» –repitió Isaac–. Si averiguamos qué significa, lo habremos conseguido.

–¿No mencionó Penny algo sobre unos capítulos cuando estábamos en el reloj de vapor? –preguntó Hattie.

–Es cierto –asintió Isaac, devanándose los sesos–. Tengo la impresión de haber oído mencionar unas cadenas a alguien no hace mucho, pero ¿a quién?

Los guardias saludaron a Hattie con la cabeza en señal de reconocimiento mientras les dejaban entrar en el palacio.

–Mi padre tiene un mapa grande de Londres en casa –dijo ella–. Podemos usarlo para descubrir la siguiente pista.

Empezaron a subir la escalera de la casa del presidente, pero se detuvieron a mitad de camino al ver al tío Sol en el rellano. Claire Turnbull estaba de pie a su lado, con los brazos cruzados sobre el pecho.

–¿Papá? ¿Qué pasa?

–Harriet, Isaac. ¿Podéis venir un momento? –Les hizo señas para que entraran en su despacho.

–Está enfadado –susurró Hattie–. Solo me llama Harriet cuando pierde los estribos.

El estudio tenía vistas al río y al puente de Westminster. El tío Sol estaba de pie junto al escritorio, vestido con la toga negra y con una expresión severa.

–¿Qué ha ocurrido? –preguntó Isaac repentinamente nervioso–. ¿Se trata de mi padre?

–No –contestó Solomon, relajando un poco el ceño–, pero no tengo buenas noticias.

–¿Sabéis que es un delito grave deambular por el palacio fuera del horario de visitas? –les preguntó Claire. Hattie asintió con la cabeza–. ¿Y que le he advertido en varias ocasiones, señorita Bassala, que no incidiera en ese tipo de actividades ilegales?

–No hace falta que me lo repita –respondió Hattie.

–¿Niega acaso que ha estado husmeando por ahí e incumpliendo esa regla últimamente?

Hattie cruzó los brazos.

–Sí –respondió.

–De acuerdo. –Claire esbozó una sonrisa forzada–. Entonces, si le digo que mi equipo de seguridad inspeccionó esta mañana las zonas restringidas del palacio y encontró esto… –sacó una bufanda negra de debajo de la mesa con un gesto teatral– supongo que no podrá explicarme cómo llegó allí.

El corazón de Isaac dio un vuelco. Era la bufanda que Hattie le había prestado cuando habían subido a la torre del reloj.

–No –repitió Hattie desafiante–. ¿Por qué piensa que es mía?

–Porque es la de tu uniforme del colegio, Harriet, y tiene tu nombre bordado –dijo Solomon.

–¡No la llevaba puesta! –protestó Hattie.

–¡No! –Su padre dio un golpe en la mesa con la mano, e Isaac se sobresaltó–. No me mientas, Harriet. Ya te han advertido antes, y hasta ahora he sido muy comprensivo, pero este asunto es grave y debes tomártelo en serio.

–¡Fui yo! –terció Isaac. Los demás se volvieron hacia él–. No fue Hattie, sino yo. Quería... volver a la torre del reloj, así que le cogí prestada la bufanda. No quería que nadie me viera la cara. –Se dio cuenta de que su amiga lo miraba agradecida y triste a la vez–. Fui yo.

–Vaya, Isaac –dijo el tío Sol, sacudiendo la cabeza–. A tu padre no le gustaría nada. –El chico sintió que se le encogía el estómago–. Pero no hace falta que mientas. Te conozco lo suficiente como para saber que solo harías algo así con la ayuda de Hattie.

Esta apretó los dientes.

–No me queda más remedio que castigaros a los dos –dijo Solomon–. Sé que estás pasando por un momento muy difícil, Isaac, y que estás haciendo todo lo que puedes para sobrellevarlo, pero no puedo consentir un comportamiento como este. El palacio no es un patio de recreo. Os prohíbo que salgáis de este edificio durante el resto de la semana, ¿entendido? –Los dos asintieron en silencio–. Ahora, subid al piso –añadió.

Isaac sentía una opresión en el pecho mientras se dirigían hacia la residencia del presidente. Odiaba ver al tío Sol tan decepcionado con él.

–¿Y ahora qué? –preguntó mientras Hattie cerraba la puerta a sus espaldas.

–Vamos a descubrir el rumbo –contestó ella, mirándolo sin comprender.

–Pero tu padre…

–Me importa un comino lo que diga mi padre. –Lo empujó para entrar en la sala de estar y rebuscó en las estanterías hasta que sacó un mapa doblado–. Tenemos que resolver un misterio, y eso es justo lo que vamos a hacer.

–¿No te importa que nos haya castigado sin salir?

–Por supuesto que me importa. –Hattie desplegó el mapa sobre la alfombra y alisó la serpiente retorcida del río Támesis–, pero esto es prioritario. –Se puso en pie–. ¿Qué más necesitamos?

Isaac titubeó.

–Esto… una brújula o un transportador para los ángulos, supongo. Y algo para medir.

Hattie fue a su habitación y volvió con un estuche y un ovillo de cordel.

–Eso servirá –dijo Isaac. Dio unos golpecitos a la estación Victoria en el mapa–. Vale. Empezaremos aquí. El rumbo debe indicarnos la dirección y la distancia. Las palabras que aparecen en la tarjeta deben explicarnos cómo obtenerlas basándonos en la hora que marca la cara sur del Little Ben.

–En la esfera del reloj hay dos manecillas –observó Hattie mientras se enrollaba el cordel en un dedo–. ¿Es posible que una indique la distancia y la otra la dirección? La tarjeta decía:

«La hora señala el camino». ¿La manecilla de las horas es la dirección?

–Eran poco más de las tres –dijo Isaac, imaginándose la esfera del reloj. Sostuvo el transportador con el cero en lo alto–. Puede que sea el ángulo hacia el que apuntaba la manecilla de las horas. –Movió el dedo hacia ese lado, hacia el punto que correspondía a las tres y cuarto, y luego algo más allá–. Cien... puede que ciento dos grados.

–Intentémoslo –dijo Hattie. Tensó el cordel formando una línea blanca que se extendía hacia el sureste a través de la ciudad–. La distancia debe de indicarla el minutero –prosiguió–. «Nueve cadenas por capítulo» es la manera de enseñarnos a calcularla.

–Penny habló de capítulos verticales –recordó Isaac–. Y el reloj de vapor no tenía una esfera redonda, medía el tiempo de forma vertical, con las pesas sujetas a las varillas. –Chasqueó los dedos cuando un recuerdo borboteó entre el mar de palabras técnicas que su padre pronunciaba a veces mientras trabajaba–. ¡Creo que los capítulos son los espacios que marcan los minutos en el borde del dial!

–¿O sea que cada uno equivale a nueve cadenas?

–¡Eso es! La cadena es una unidad antigua de medida –dijo Isaac–. ¿No te acuerdas de que alguien la mencionó en el debate de esta mañana?

Hattie sacó el teléfono.

–¡Tienes razón! –exclamó–. Equivale a la longitud de un campo de criquet. Sesenta y seis pies, algo más de veinte metros.

–El minutero del Little Ben marcaba cincuenta y seis capítulos pasada la hora –dijo Isaac–. Cincuenta y seis por nueve son… –Entornó los ojos–. Quinientos cuatro.

–¿Cómo eres capaz de calcular tan rápido?

–Me encantan las matemáticas –respondió Isaac sonrojándose–. Entonces, quinientas cuatro cadenas son… –Entrecerró los ojos de nuevo.

–Un poco más de diez kilómetros –precisó Hattie. Se volvió para enseñarle la calculadora de su teléfono–. Es más rápida.

Valiéndose de la clave del mapa, marcaron la distancia en el cordel con un rotulador rojo. Mientras Isaac sujetaba un extremo en el Little Ben, midieron diez kilómetros en una dirección de ciento dos grados y después se inclinaron hacia el mapa para ver dónde habían caído.

TREINTA Y UNO

Hattie recorrió con un dedo la línea trazada en el mapa para ver dónde los llevaba.

–Está en medio de un parque –dijo examinando una mancha verde–. En el de Greenwich, en concreto.

–¿Solo hay césped? –preguntó Isaac, siguiendo el dedo de su amiga.

–Aquí hay un edificio –respondió Hattie al mirar más de cerca–. El Real Observatorio.

–Es un museo, ¿no? –preguntó Isaac.

–¿Por qué crees que tu padre quiere que vayamos allí? –dijo Hattie.

El chico no le contestó. En cambio, cogió el diario de su padre y lo abrió por la agenda que había al final, donde el engranaje que tan familiar les resultaba ya aparecía junto a la fecha de ese día y una hora: las 18.00.

–Algo va a pasar allí dentro de tres horas –aventuró mientras el sonido de las campanas del Big Ben se colaba por la ventana.

–De acuerdo. Vamos.

–Pero si tu padre nos ha castigado…

–Qué más da, nos vamos a Greenwich –dijo Hattie, y se cruzó de brazos–. Además, no saldrá de la cámara hasta las diez, así que no se dará ni cuenta. Y si descubrimos algo útil sobre tu padre, quizá nos levante el castigo por ser tan listos.

Con una punta de remordimiento por desobedecer a su padrino, Isaac recogió sus cosas y siguió a Hattie hacia el rellano.

–Vaya –susurró al asomarse por la barandilla. A los pies de la escalera había apostado un guardia de seguridad , silbando–. Uno de los compinches de Turnbull nos está vigilando.

–¿Eso significa que estamos atrapados?

–Por supuesto que no –respondió Hattie con una sonrisa–. Siempre y cuando no te importe ir por la ruta panorámica.

Lo llevó de vuelta a su habitación y abrió la ventana.

–Esta vez subiremos –le explicó Hattie, que salió y se agarró a un conducto. El viento le azotaba el pelo–. Pasaremos al tejado del palacio principal y luego bajaremos por una escalera.

–¡No se me dan nada bien las alturas! –objetó Isaac.

–Pues procura no fallar –replicó Hattie.

Acto seguido, se balanceó sobre el bajante y trepó por la pared como un gato.

Isaac la miró tragando saliva. Unas hojas crujieron en el canalón de abajo. El tejado era duro. Si se caía, se haría alguna herida.

–¡Agárrate con las dos manos! –le aconsejó Hattie desde el parapeto de arriba–. Ponte de puntillas en las partes que sujetan el conducto a la pared.

Isaac se mordió el labio. Trató de imaginarse que era un científico investigando si podía trepar por un bajante o si, más bien, era incapaz de hacerlo. Aferró el tubo e intentó darse impulso hacia arriba.

–Imagínate que es el tronco de un árbol –le gritó Hattie.

–¡Tampoco sé trepar a los árboles!

Isaac oyó el ruido del tráfico en el puente y el sonido de una sirena a lo lejos. La cabeza le daba vueltas.

–En la pared hay varios salientes que puedes utilizar a modo de peldaños –le dijo su amiga–. Justo al lado de tu rodilla derecha, ¿los ves?

Isaac los vio y levantó la zapatilla hasta que dio con un punto de apoyo. En cuanto se olvidó de la altura, le resultó más fácil de lo que pensaba. Hattie le tendió la mano desde el parapeto y él la agarró para que la niña tirara de él hacia arriba, hasta que pudo aferrarse con los dedos al tejado de piedra rugosa. Luego se impulsó hacia arriba y rodó sobre la espalda, aliviado.

–Dios mío –dijo, respirando hondo y con dificultad–. No puedo creerme lo que acabo de hacer. –Apretó los párpados y se tapó la cara con las manos.

–Es más divertido que los peldaños normales, ¿verdad? –Hattie le ayudó a ponerse en pie–. Vamos, justo después de esas chimeneas hay una trampilla que da a la escalera noreste.

Caminaron con cuidado por el tejado y, al poco rato, Hattie abrió la puerta de una escalera sucia y abandonada por la que salieron no muy lejos de la Strangers' Gallery. Se las arreglaron para pasar desapercibidos entre la multitud, atentos a los guardias de seguridad a cada paso que daban.

Mientras franqueaban la puerta de la galería, sonó una campana en el palacio y acto seguido fue como si una corriente eléctrica recorriera el edificio. La gente se ponía firme o cambiaba de dirección al oírla, precipitándose por los pasillos.

–Es la campana de la división –le explicó Hattie, mirando alrededor–. Mi padre debe de estar llamando a los diputados a votar.

–¿Sobre el nuevo tiempo?

–Sí –confirmó Hattie–. Desde aquí podremos verlo.

Entraron en la parte trasera de la Strangers' Gallery y miraron hacia abajo, hacia la sala, justo cuando los diputados se reunían en el centro.

–Cada vez que convocan una votación, suena esa campana en el palacio –prosiguió Hattie–. Los diputados tienen ocho minutos para entrar en la sala en caso de que aún no hayan participado en el debate. Al acto de votar lo llaman «división» porque eso es lo que hacen: se dividen en dos grupos. Mira.

A sus pies, los diputados se estaban separando en dos filas y se dirigían hacia sendas puertas que se encontraban al fondo de la estancia, junto al sillón de Solomon.

–Si votan que sí, entran por la puerta de la izquierda. Si votan que no, por la de la derecha. Pasados ocho minutos, Claire cierra las dos y nadie más puede votar.

–¿Los encierra?

–Sí. Y no salen hasta que no acaban de contar a todos los que están dentro. El lado donde hay más diputados gana la votación.

–Entonces ¿todos los que están en la fila de la izquierda van a votar a favor del nuevo tiempo? –preguntó Isaac.

–Sí, y los que están a la derecha, en contra –agregó Hattie.

Isaac vio a Miriam Khan en esta última cola; parecía vacilar mientras se dirigía hacia la puerta. De repente, se cambió a la de la izquierda, pero luego volvió a su posición inicial y se incorporó de nuevo a la fila de la derecha.

–No sé en cuál de las dos hay más gente –observó Isaac.

–Yo tampoco –dijo Hattie –. Tendremos que esperar a que lo anuncien. A menos que quieras irte.

–No, prefiero quedarme –respondió Isaac, que no perdía ojo a lo que sucedía en la sala.

Al cabo de unos minutos, Claire cerró las puertas con llave y los espectadores de la tribuna de visitantes esperaron lo que les pareció una eternidad a que los diputados regresaran a la cámara.

–Tenemos que irnos si queremos llegar a Greenwich antes de las seis –dijo Hattie, señalando el reloj con la cabeza.

–Un momento –le pidió Isaac.

Los diputados se habían reunido. Unos cuantos secretarios vestidos con traje de chaqueta se colocaron en fila frente a la maza dorada y se acercaron a ella con la cabeza gacha. La sala enmudeció. Un secretario leyó el resultado en un papel.

–Votos a favor, a la derecha, doscientos noventa y cuatro –anunció–. Votos en contra, a la izquierda, doscientos setenta y siete.

Un murmullo se extendió por la sala. Algunos aplaudieron.

–¿Qué significa eso? –preguntó Isaac.

–Que se ha aprobado –contestó Hattie, mientras se ponía de pie–. La ley ha entrado en vigor. La forma en que medimos el tiempo va a cambiar para siempre.

TREINTA Y DOS

Mientras Isaac y Hattie se dirigían hacia el muelle de Westminster, las pantallas situadas junto a la acera mostraban en letras rojas la noticia de ÚLTIMA HORA:

«¡El primer ministro gana por goleada!»
«¡El Reino Unido será el primer país del mundo en adoptar el tiempo métrico decimal!»

Estaba sucediendo de verdad. Dentro de cinco años, los días tendrían diez horas en lugar de veinticuatro. Todos los relojes serían diferentes. A Isaac se le revolvió el estómago.

Un barco se deslizó por el agua hasta el muelle y los dos amigos pasaron las tarjetas por el lector antes de subir a bordo.

Encontraron un sitio en la popa mientras los motores rugían bajo el agua y el barco zarpaba.

–No parece real –dijo Hattie al pasar por delante del London Eye–. Antes, el nuevo tiempo solo era una idea rara y extravagante. ¿En serio ahora las horas van a tener cien minutos?

–Supongo que sí –respondió Isaac, mirando el agua arremolinarse a sus espaldas–. Seguro que el que ha secuestrado a mi padre debe de estar encantado.

Se le formó un nudo en la garganta. De repente, sintió que lo añoraba más que nunca, deseó volver a estar con él en el cobertizo del jardín, trabajando juntos en la motocicleta.

–Debe de haber una razón para todo esto –prosiguió Hattie al cabo de un rato–. Me pregunto a qué se debe tanto interés por aprobar esa ley.

–Puede que se dediquen a la informática –sugirió Isaac–. Ahora tendrán mucho trabajo, porque habrá que asegurarse de que los sistemas no se vuelvan locos dentro de cinco años, cuando se aplique el cambio.

–¿Y los relojeros? –preguntó Hattie–. La gente tendrá que modificar los relojes antiguos, ¿no?

–No había pensado en eso –dijo Isaac–. A menos que la gente abandone por completo los relojes mecánicos, pero eso es justo lo que no quería mi padre.

–Si él estaba en contra del nuevo tiempo... –Hattie titubeó–. ¿No has pensado que podría ser uno de los Maquinistas?

–¡No! –respondió Isaac con firmeza–. Le encantan los relojes, sería incapaz de dañarlos.

Pero luego recordó lo que le había dicho Penny: «Hay muchas cosas de tu padre que no sabes». Volvió a sentir náuseas. El barco navegaba por el sinuoso río, pasó por debajo de la gran estructura de hierro dorada y azul del puente de la Torre y viró en la curva próxima a la isla de los Perros.

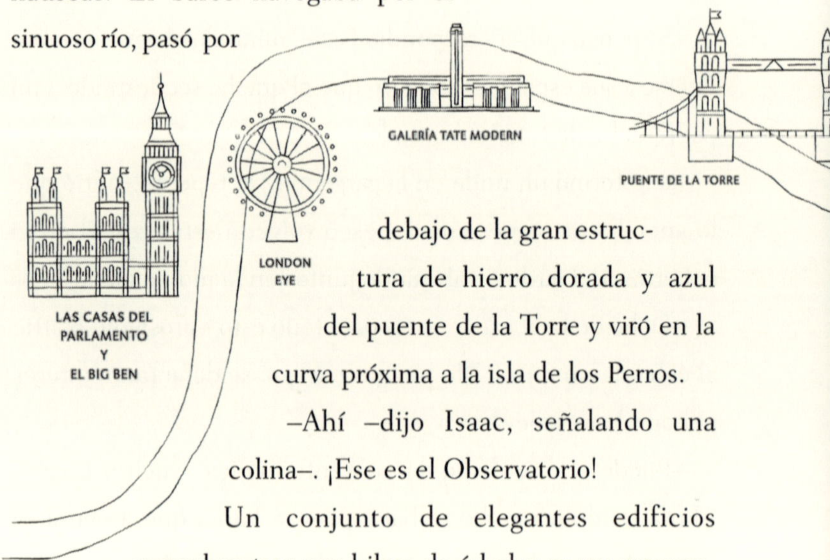

–Ahí –dijo Isaac, señalando una colina–. ¡Ese es el Observatorio!

Un conjunto de elegantes edificios asomaban tras una hilera de árboles en un promontorio que dominaba las bulliciosas calles de Greenwich. Cuando el barco atracó en el muelle, los dos amigos corrieron por la pasarela y se abrieron paso por las calles abarrotadas hasta llegar al parque. La subida era pronunciada, así que llegaron jadeando a la cima de la colina donde se encontraban los edificios del Observatorio. El sol se había puesto en el horizonte, de forma que el parque estaba envuelto en un profundo crepúsculo azul. Se detuvieron para recuperar el aliento al lado de unas altas puertas. Isaac se fijó en un gran reloj blanco y negro que estaba empotrado en la pared, junto a la verja. De unos dos metros de diámetro, se encontraba justo encima de sus cabezas, con las agujas apuntando hacia los números romanos que había en el borde. Una turista le sacó una foto y se alejó riéndose para sus adentros.

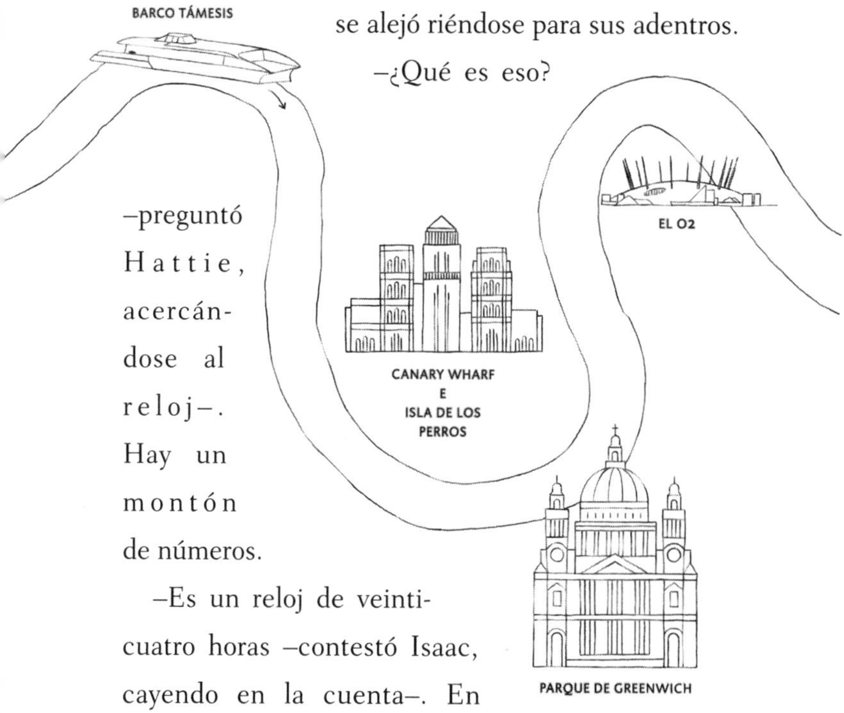

—¿Qué es eso? —preguntó Hattie, acercándose al reloj—. Hay un montón de números.

—Es un reloj de veinticuatro horas —contestó Isaac, cayendo en la cuenta—. En el dial hay veintitrés números. Marca la hora como un reloj normal, con una manecilla para los minutos y otra para las horas, pero esta gira una vez al día en lugar de dos. Echó un vistazo a un cartel que había debajo—. Se llama el reloj de la puerta del Pastor. El Observatorio lo instaló en su día para que los habitantes de la zona pudieran saber la hora con exactitud. Antes de que aparecieran los relojes electrónicos, determinaba la hora precisa en el Reino Unido. Todos los relojes del país se ajustaban a él.

Dieron un paso atrás para examinarlo.

–Es como si hubiéramos llegado a la casa del tiempo –dijo Hattie–. Algo parecido a… una nave nodriza.

Se dirigieron hacia la entrada del museo, pero un guardia de seguridad los detuvo.

–Lo siento, chicos –les dijo, plantado en medio con los brazos cruzados–. Hoy cerramos pronto porque hay un evento privado.

–¿Qué tipo de evento? –preguntó Isaac.

–Uno privado –contestó el guardia–. Marchaos, por favor.

–¿Qué tipo de evento privado crees que puede celebrarse en un observatorio? –preguntó Hattie después de que se hubieran alejado un poco para que no los oyeran.

Isaac no dijo nada y se asomó al patio por la verja.

–¿Has visto el suelo? –Señaló una línea de bronce que atravesaba las losas–. Creo que es el meridiano base. La línea cero.

–¿En serio?

–Sí, atraviesa el Observatorio. –Miró al guardia de seguridad–. Tenemos que entrar. –Echó una ojeada al reloj de la puerta del Pastor–. Son casi las seis.

–¿Se puede saber qué estamos buscando? –preguntó Hattie–. Ya sé que tu padre nos ha enviado aquí, pero ¿por qué?

–Lo sabré cuando lo vea –respondió Isaac, escrutando a la gente que se arremolinaba en el camino que pasaba por delante de la entrada–. Debe de tener algo que ver con esa fiesta privada. Él sabía que se iba a celebrar.

–Podría ser solo una gala para recaudar fondos –apuntó Hattie–. Mi padre no para de ir a ese tipo de celebraciones.

–No creo –repuso Isaac–. Espera. ¿Qué es eso?

Un elegante coche negro se había parado delante del Observatorio y un chófer se apeó para abrirle la puerta al pasajero. Una larga pierna blanca calzada con un zapato con tacón de aguja, también negro, se apoyó en los adoquines, y una mujer alta salió de la parte posterior del coche. Llevaba la cabeza envuelta en un chal a juego con los zapatos y los ojos ocultos por unas grandes gafas de sol. La mujer abrió el bolso de cuero y sacó un reloj con una cadena de oro, asintiendo para sí misma mientras lo examinaba. Apartó al chófer con un ademán de los dedos, se volvió hacia el Observatorio igual que una araña acechando una mosca y se encaminó hacia la puerta.

–¿A quién se le ocurre llevar gafas de sol por la noche? –preguntó Hattie.

–¿No lo has visto? –dijo Isaac, esforzándose por no alzar la voz a pesar de la excitación que se había apoderado de él–. ¡El reloj! ¡Es idéntico al de mi padre!

TREINTA Y TRES

Pascal apagó el motor de la furgoneta, le temblaba la mano. Habían dado las seis y aún no tenía la clave. A pesar de todo lo que había intentado –todo lo que había prometido–, había fracasado. Cerró la mano en un puño mientras pensaba en los dos chicos y golpeaba el volante. Sin ellos habría sido coser y cantar.

El golpe pareció romper un sello en el interior de su cabeza y liberar la vida de burlas y mofas, cada vez más fuertes, que anidaba en su memoria. Los niños del colegio lo maltrataban porque tenía la piel grasienta y el pelo de color blanco. Los cadetes del ejército lo llamaban lameculos. Y los científicos e ingenieros decían que era demasiado ambicioso, que estaba loco, y se negaban a escuchar sus ideas.

Se estremeció al oír sonar el teléfono y tardó mucho en contestar.

–Lo siento –murmuró–. No lo he conseguido. Te he defraudado.

–Lo sé –la persona que llamaba estaba sorprendentemente tranquila–, pero ya no importa.

–¡Claro que importa! Sin la clave, ¿cómo vamos a encontrar…?

–Hay otra manera –dijo su interlocutor–. Se ha abierto una nueva posibilidad. Aún no está todo perdido.

–¿Quieres decir que…?

–Nuestro plan puede seguir adelante tal y como lo hemos previsto. Siempre y cuando cumplas con tu parte, Pascal.

El corazón de Pascal se aceleró mientras la persona que estaba al otro lado de la línea le explicaba la situación.

–Haré todo lo que pueda –dijo–. Te lo prometo.

–No habrá más oportunidades. Ya sabes cuál es el siguiente paso: o todo o nada.

–Comprendo –dijo Pascal con la piel erizada por la emoción–. Haré todo lo que acordamos. Siento haberte decepcionado antes. No volverá a ocurrir. Eres… eres el único que me escucha, y yo…

–No pasa nada –dijo la persona al otro lado de la línea mientras Pascal se reponía–. Claro que te escucho. Soy el único que te entiende y que sabe que tienes un cerebro brillante. Lo único que he pretendido en todo momento es hacer realidad tus ideas, y esta es la mejor que has tenido hasta ahora; el mundo merece conocerla.

–Gracias –respondió Pascal, sintiendo que recuperaba las fuerzas.

–Esta noche tenemos la posibilidad de cambiarlo todo y tú debes ser quien lo haga –afirmó su interlocutor.

Pascal pensó de nuevo en los chicos y entornó los ojos.

–No permitiré que nada se interponga en mi camino.

TREINTA Y CUATRO

Isaac señaló el camino que se abría frente al Observatorio.

–¡Aún hay más!

Después de que el coche de la mujer se alejara, vieron a un hombre tocado con un turbante andando a toda prisa por el camino de entrada con otro reloj de oro en la mano. Se volvió al oír el timbre de una bicicleta sobre la que viajaba una joven vestida con un largo abrigo de color rosa, que se acercaba por detrás. La muchacha levantó una mano en ademán de saludo; llevaba un reloj colgando del cuello. Un taxi negro se detuvo mientras se aproximaban al edificio, y una mujer con la cabeza rapada y unos grandes pendientes de oro salió del interior; esta lucía una cadena de oro de reloj colgada de una muñeca a modo de joya.

–Es Gloria, la amiga de mi padre a la que vi en la Cámara de los Comunes –susurró Isaac–. ¡La que me avisó de que estaba en peligro!

–Están entrando todos en el Observatorio –dijo Hattie observando a los recién llegados mientras estos se dirigían hacia la puerta.

–Vamos a preguntarles qué están haciendo –propuso Isaac, pero su amiga lo detuvo.

–Espera –dijo–. Que todas esas personas tengan el mismo reloj no significa que sean de fiar.

–De acuerdo, pero mi padre nos envió aquí –objetó Isaac.

–¿Porque son sus amigos o porque son sus secuestradores? –preguntó Hattie–. Hay algo misterioso en ellos. No sabemos si es bueno o malo.

–Tenemos que averiguar qué está sucediendo –dijo Isaac.

–Vale, pero hemos de ir con cuidado –advirtió Hattie–. Ya tenemos a un tipo persiguiéndonos. –De repente, se le iluminó la cara–. Se me ha ocurrido un plan.

–¿Por qué será que empiezo a sentirme preocupado? –preguntó Isaac.

–Porque eres un miedica –contestó Hattie–. Venga, sígueme.

La noche había sumido al parque en la oscuridad y apenas unas pocas farolas dispersas iluminaban el camino. El guardia de la entrada había desaparecido tras cerrar la puerta. Hattie miró alrededor para asegurarse de que no había moros en la costa y se metió entre los arbustos que rodeaban el edificio.

Isaac fue tras ella empujando las matas, que crujían al moverse.

–¿Estás segura de que es una buena idea?

–Se me ha ocurrido a mí, así que sí –susurró Hattie–. Siempre hay una forma de entrar, y yo siempre doy con ella.

Se abrió paso a través de los setos que estaban junto al muro.

–¿Y si el guardia anda por aquí? –preguntó Isaac mirando a sus espaldas para comprobar si los estaban vigilando. Cuando se volvió, la chica ya no estaba–. ¿Hattie? –susurró.

–Estoy aquí arriba.

Isaac vio a su amiga en lo alto, arrastrándose entre las ramas de un árbol.

–¿Cómo lo has hecho? –preguntó.

–Es fácil –contestó ella–. Al otro lado del tronco hay un agujero, puedes agarrarte a él.

A continuación, se puso en pie y se balanceó como una equilibrista sobre la rama extendida, luego dio unos pasos por ella hasta que, con un movimiento ágil, saltó, aterrizó en el muro y recuperó el equilibrio.

–Ahora te toca a ti –dijo.

Tragando saliva, Isaac tanteó el otro lado del árbol. Encontró un nudo en la madera lo suficientemente grande para poner un pie. Se apoyó en él y trató de aferrar la rama que estaba encima de su cabeza, pero la madera resbaló entre sus dedos y cayó hacia atrás sobre el barro y las hojas con un ruido sordo.

Hattie lanzó un sonoro resoplido, después se tapó la boca con una mano a la vez que oteaba alrededor para asegurarse de que nadie los había oído.

–Lo siento, ha sido muy gracioso. ¿Estás bien?

–Sí –contestó Isaac, sacudiéndose las hojas de los pantalones.

Le dolía el trasero, pero no pensaba admitirlo. Se acercó otra vez al árbol y volvió a intentarlo, pegándose lo más posible a su corteza rugosa. Esta vez agarró la rama y se las arregló para abrazar el tronco mientras trepaba por él como si fuera una escalera torcida.

–Ahora salta –dijo Hattie, al ver que salía por la rama.

–¿Y si me caigo?

–Te harás mucho daño –respondió ella–. Así que procura no hacerlo.

Isaac inspiró hondo y se lanzó hacia delante. En el preciso momento en el que sus pies se separaban del árbol supo que no lo iba a conseguir. De hecho, ya se estaba precipitando hacia el suelo mientras Hattie lo miraba alarmada. A pesar de que no estaba muy alto, caía muy deprisa. Al final, se estrelló contra el muro, sus costillas chocaron con los ladrillos a una altura suficiente como para agarrarse con las manos.

–¡Sí! –susurró Hattie entusiasmada–. Ahora trata de subir. Es como salir de una piscina.

Isaac intentó decir «¡Ay!», pero tenía los pulmones vacíos. Alzó la mirada hacia Hattie y negó con la cabeza en tanto que sus piernas pateaban en vano contra el muro. Su amiga se agachó y tiró de él por el cuello del jersey. Los brazos de Isaac se tensaron para auparse hasta que, por fin, se tumbó en lo alto, respirando con dificultad.

Tras tomarse un momento para ajustarse las gafas, Isaac inclinó la cabeza y vio que Hattie estaba señalando un punto al otro lado del complejo del Observatorio. La mayoría de las ventanas estaban a oscuras, solo aparecían iluminados unos cuantos cristales finos en un edificio distante.

–Podemos llegar por los tejados –dijo Hattie.

Empezó caminar con habilidad por las tejas y el plomo martillado y luego subió por una escalera de incendios metálica. Isaac la siguió hasta que llegaron a un tejado más alto que los demás. Se apretujaron el uno contra el otro hasta alcanzar una ventana delgada que estaba entreabierta por arriba. En el interior sonó una campana e Isaac miró hacia abajo, hacia la habitación iluminada, y lo que vio lo dejó boquiabierto.

TREINTA Y CINCO

A sus pies se extendía una sala octogonal con el suelo de parqué, que brillaba bajo la titilante luz de las velas. En el centro había doce sillones de cuero de respaldo alto, orientados hacia el interior. Solo cinco estaban ocupados. Gloria, la mujer que había advertido a Isaac del riesgo que corría, se encontraba sentada en uno que parecía más alto que los demás. En una mano tenía una campana, cuyo sonido aún resonaba en la estancia. El instrumento recordó a Isaac las campanadas de un reloj, y en ese instante comprendió que los sillones estaban dispuestos como si se tratara de una esfera, y el de Gloria se hallaba en la posición que correspondía a las doce en punto. La mujer dejó la campana en el suelo y juntó las manos.

–Doy por iniciada la reunión. Creo que no podemos esperar que lleguen más miembros, a pesar de lo mucho que me duele que Penny no ocupe su lugar.

–¿Qué le ha pasado? –preguntó la mujer que lucía la blusa rosa. Hablaba con acento japonés y parecía asustada–. ¿También la han secuestrado?

–No, Naoko –contestó la mujer de los tacones de aguja que había llegado al Observatorio en el coche conducido por un chófer–. Me imagino que le sucede lo mismo que a Bruno: que le daba mucho miedo venir.

–Cobardes –refunfuñó el hombre del turbante.

–Esa actitud no sirve para nada, Amir –le reprochó Gloria con aire severo–. En cuanto a vosotras, Naoko, Veronica –añadió, mirando a la mujer de los tacones de aguja–, seguiremos el procedimiento habitual. Paolo, por favor.

Un hombre con alzacuellos sacó del bolsillo un bloc de notas y un lápiz e hizo anotaciones mientras Gloria examinaba la pantalla de la tableta que tenía en el regazo.

–Ausencias –dijo–. Bruno y Masud se han disculpado. No tenemos noticias de Penny, Jay, Luc, Diggory e Irina.

Isaac aguzó el oído al oír el nombre de su padre.

–Los presentes somos yo, que presido la reunión en ausencia de Penny –continuó Gloria–, Veronica, Amir, Naoko y Paolo, que hace las veces de secretario.

–No se sabe nada de ellos –murmuró Amir en tono

grave–. Se los han llevado. ¿Quién será el siguiente en desaparecer?

Isaac sintió que la cabeza le daba vueltas. Su padre debería haber asistido a esa reunión. Fuera lo que fuese lo que estaban debatiendo, él formaba parte del grupo. Pero ¿podía confiar en ellos?

–El orden del día es el siguiente –prosiguió Gloria–. Punto uno: las implicaciones inmediatas de la aprobación de la ley del nuevo tiempo. Veronica nos informará sobre las reacciones de la opinión pública, Amir, sobre la manera en que esta norma puede volver a convertir al Reino Unido en una potencia mundial. Masud me ha enviado el dosier sobre las implicaciones que el nuevo tiempo tiene para los tratados marítimos en el Pacífico, y yo os comunicaré la respuesta del Pentágono en materia de seguridad cibernética. Punto dos: el impacto que puede tener a largo plazo el nuevo tiempo en la cadena de suministro de instrumentos de relojería. Naoko…

–Disculpa –dijo Veronica, levantando la mano–. Siento mucho interrumpir el blablablá, pero ¿se puede saber qué demonios estamos haciendo?

–Debemos respetar el procedimiento, Veronica –respondió Gloria–. Dentro de un momento…

–Puede que no tengamos un momento –objetó Amir acaloradamente–. Hemos perdido a cinco de los nuestros. ¿De verdad esperas que nos dediquemos a hablar de cadenas de su ministro?

–Para eso estamos aquí –replicó Gloria–. Cuando lleguemos al cuarto punto del orden del día podremos...

–Nuestros amigos podrían estar en grave peligro –la interrumpió una vez más Amir–. Quiero hablar de eso. ¿Quién está conmigo?

Veronica volvió a alzar la mano. Naoko la imitó, cautelosa.

–Son mayoría. –Paolo se encogió de hombros y dejó el lápiz. Hablaba con un leve acento italiano.

–De acuerdo –dijo Gloria, cruzándose de brazos–. Tienes la palabra, Amir.

–Esta organización lleva en funcionamiento cientos de años y nunca se había visto tan amenazada como ahora –afirmó Amir, inclinándose hacia delante–. Alguien está secuestrando a nuestros miembros. ¿Quién? Y, además, ¿por qué?

–Supongo que para impedir que hagamos nuestro trabajo –aventuró Veronica–. Para sabotearnos.

–No creo que el momento elegido sea una casualidad –dijo Naoko–. Es evidente que quieren deshacerse de nosotros para poder intervenir en el nuevo tiempo.

–O evitar que intervengamos nosotros –añadió Veronica, esbozando una sonrisa llena de ironía–. Ese suele ser nuestro trabajo, ¿no?

–Nuestra labor es mantener el equilibrio –la atajó Gloria en tono seco.

–¿En serio? –repuso Amir–. En ese caso, ¿por qué no votaste

para invalidar la ley del nuevo tiempo en la última reunión, como hice yo? No veo cómo vamos a mantener el equilibrio en el uso y control del tiempo si millones de personas empiezan a medirlo de forma diferente.

–Creía que querías hablar de nuestros amigos desaparecidos –respondió Gloria con frialdad.

–Todos tenéis razón –terció Paolo antes de que Amir pudiera replicar–. Las desapariciones son muy inquietantes y es probable que, dado el momento en el que se produjeron, tengan que ver con la ley del nuevo tiempo.

–La verdad es que no veo que exista ninguna relación entre ellos –dijo Naoko–. Los miembros de nuestro grupo desempeñan diferentes papeles en varios países. Ni siquiera concuerdan sus opiniones sobre el nuevo tiempo. Diggory y Luc se opusieron radicalmente; en cambio, Irina y Jay eran neutrales y estaban de acuerdo con Gloria en que debíamos dejar que el Gobierno británico siguiera la política que decidiera, sin interferir en ella.

–El Gobierno está formado por una pandilla de locos –murmuró Amir.

–Por favor, intenta ser civilizado –dijo Paolo, tendiéndole una mano.

–Como única británica presente –continuó Veronica, alzando la barbilla–, protesto por tu comentario, Amir. Los argumentos del primer ministro a favor del nuevo tiempo son excelentes. Además, si la voluntad del pueblo es que se apruebe la ley, ¿por qué debemos interponernos en su camino?

–Tal vez por lo que nos dijo Diggory –contestó Gloria en voz baja.

–¿Te refieres a que es peligroso? –soltó Veronica–. ¿Cómo? No tenemos ninguna prueba de ello. Presionamos a Diggory para que nos lo demostrara y nunca lo hizo.

–Bueno, creo que ahora sabemos por qué, ¿no? –dijo Amir, frunciendo el ceño.

Los presentes callaron, e Isaac percibió su angustia.

–Debemos procurar no sembrar la desconfianza –advirtió Paolo.

–Ya es un poco tarde para eso –dijo Amir en tono de mofa–. A estas alturas todos pensamos lo mismo.

Isaac se acercó más, respirando tan silenciosamente como podía.

–El secreto de nuestra identidad está muy bien guardado –continuó Amir–. ¿Cómo es posible que desaparezcan tantos miembros en unas semanas sin que nadie de este círculo haya traicionado a los demás? –Recorrió los sillones con la mirada–. Uno de nosotros está detrás de todo esto.

–Como dice Veronica, no es prudente llegar a una conclusión sin tener pruebas –replicó Gloria.

–Pero ¿por qué haría alguien algo así? –preguntó Naoko–. Todos hemos llevado a cabo un juramento sagrado. Romperlo sería…

Un fuerte golpe en la puerta la interrumpió, y después esta se abrió de sopetón. Isaac y Hattie recularon un poco en la ventana. Las miradas de todos los ocupantes de los sillones se volvieron hacia el dintel, donde había aparecido una figura encorvada y casi sin aliento.

–¡Es Penny! –susurró Isaac.

–Siento llegar tarde –jadeó esta, entrando lentamente en la sala.

–Creíamos que no ibas a venir –dijo Gloria, levantándose para ayudarla a sentarse en el sillón de respaldo alto.

–Pensábamos que tenías miedo –añadió Naoko, poniéndose de pie y haciendo una reverencia a modo de saludo.

–Confieso que así era –corroboró Penny–, pero entonces alguien me convenció de que esconderse por miedo es una cobardía. Una persona muy sabia a la que estáis a punto de conocer.

Se agarró al respaldo del sillón y alzó la mirada al techo, apuntando hacia Isaac y Hattie como un láser.

–Hola, chicos –dijo con calma–. ¿Isaac? ¿Hattie? Creo que será mejor que bajéis y os unáis a nosotros.

TREINTA Y SEIS

Paolo, el sacerdote italiano, sacó una escalera de mano de una esquina y la apoyó contra la tubería. Isaac bajó por ella, seguido de cerca por Hattie, que lanzó una mirada desafiante al hombre.

–¿Os han seguido? –preguntó este.

–No –respondió Isaac, pensando en el hombre al que habían burlado en la estación Victoria.

–¿Estás seguro?

Isaac asintió con la cabeza.

–¿Por qué debemos responderle? –preguntó Hattie–. ¿Quiénes son ustedes?

–Entre, señorita Bassala –dijo Paolo, ignorándola–. Tenemos muchas cosas que contarle.

Isaac sintió que los desconocidos lo escudriñaban con recelo mientras entraban en la sala octogonal. En un principio solo se oyó el lento tictac de dos relojes empotrados en los paneles de madera de las paredes.

–No los han seguido –dijo Paolo, cerrando la puerta–. Además, el recinto está protegido.

–Debería haber imaginado que acudiríais a pesar de mi advertencia, Isaac. –Penny se levantó del sillón que correspondía a las doce y lo miró con una sonrisa afable.

–No me quedaba más remedio –dijo él con franqueza.

–Lo sé. –Penny asintió con la cabeza–. A mí tampoco. Cuando te vi en el tejado, supe que había hecho lo correcto.

–¿Quién es usted? Dígame la verdad, ¿de qué conoce a mi padre?

–Siéntate y te lo explicaré todo –dijo Penny.

–Hattie, puedes ocupar el sitio de Bruno. Isaac, tú puedes tomar asiento en el sillón de tu padre.

Isaac miró el puesto vacío.

–No, gracias –dijo–. Prefiero quedarme de pie.

–¿Por qué se reúnen aquí en secreto? ¿Dónde está el padre de Isaac? –preguntó Hattie.

–Espero que no se te haya ocurrido contarles a estos críos lo que sabemos, Penny –dijo Veronica en tono burlón–. Solo porque han subido a un tejado.

–Dado que ocupo el sillón de la medianoche, haré lo que

me plazca –repuso Penny con un destello acerado en los ojos–. Isaac, Hattie, os acabáis de unir a una reunión clandestina. Los aquí presentes formamos parte de una antigua organización conocida como los Guardianes del Tiempo, compuesta por doce miembros elegidos entre instituciones de gran relevancia de todo el mundo. Todos hemos hecho voto solemne de velar por la integridad y la imparcialidad de la fuerza más importante que conoce la humanidad: el tiempo.

Isaac miró alrededor, a las caras que lo observaban desde los demás sillones.

–Tu padre es miembro de esta organización, Isaac –prosiguió Penny, a la vez que Gloria la ayudaba a sentarse–. Vigila en nuestro nombre las idas y venidas del Parlamento y, además, es uno de los relojeros más hábiles y talentosos que existen.

–En este momento estás rodeado de representantes de las distintas iglesias y gobiernos, del mundo científico, de las fuerzas armadas y de las empresas de todo el mundo –continuó Gloria–. Nos reunimos cuatro veces al año para debatir sobre cualquier acontecimiento mundial que pueda perjudicar el tiempo. Y, cuando es necesario, tomamos medidas para evitar dicho riesgo.

A Isaac le daba vueltas la cabeza. Pensar que su padre formaba parte de esa sociedad y del gran secreto que custodiaba le hacía sentir que las paredes de su vida se derrumbaban.

–¿Cómo nos habéis encontrado? –preguntó Naoko.

–El reloj de bolsillo de mi padre nos llevó hasta el Little Ben.

Isaac les habló de las coordenadas.

–Además, tenían la tarjeta con la clave –precisó Penny–. Fueron lo bastante inteligentes como para resolverla, a pesar de que intenté impedírselo.

Guiñó un ojo a los chicos.

–¿Por qué dejaron todas esas pistas? –preguntó Hattie.

–Por cautela –contestó Veronica–. Cada vez que convocamos una reunión, elegimos un reloj público en una ciudad diferente. Uno de nosotros se encarga de organizar el próximo encuentro y deja en el reloj elegido un indicio para que el resto del grupo pueda dar con el sitio donde tendrá lugar la reunión. Luego envía con antelación las tarjetas negras donde figura la pista que permite dar con él. Así pues, solo puede encontrarnos alguien que sepa dónde se halla dicho reloj público y que tenga acceso a la tarjeta con la clave que explica cómo interpretar las indicaciones.

–Es completamente analógico –añadió Gloria–. Imposible de rastrear en internet.

–No acabo de entenderlo –confesó Hattie–. La gente no puede dañar el tiempo porque este existe, sin más. A menos que estén hablando de ciencia ficción. ¿Para qué se reúnen?

Se oyeron unas risas en el círculo.

–Es un gran consuelo para nosotros que nuestro trabajo no sea muy conocido –dijo Penny.

–¿Habéis oído hablar del error del Milenio? –les preguntó Gloria.

–Sí –respondió Isaac–. En 1999 se creía que todos los ordenadores se iban a estropear el día de Año Nuevo, pero al final no ocurrió nada.

–Exacto –corroboró Penny con picardía–, y fue gracias a nosotros.

–Un cambio en una zona horaria puede causar un caos tremendo –prosiguió Amir–. Cuando México canceló el horario de verano, estuvo a punto de provocar un desastre económico.

–Cuando las religiones declaran sagradas ciertas fechas o los gobiernos se niegan a reconocerlas como días festivos, se puede originar también un gran conflicto –añadió Paolo.

–Además, hay que pensar en el reloj parlante, en la línea internacional de cambio de fecha... –continuó Veronica, contando con los dedos–. En el fin de semana.

–¿Qué pasa con el fin de semana? –preguntó Hattie.

–Lo inventamos nosotros –respondió Veronica–. Nosotros lo inventamos todo.

–¿Quiere decir que alguien tuvo que inventar el fin de semana? –se asombró Hattie.

–Por supuesto –asintió Naoko–. El tiempo en su totalidad es pura invención. El fin de semana solo tiene unos cien años de antigüedad. Ayudó a evitar que los patrones de las fábricas explotaran a los trabajadores.

–La gente ha utilizado el tiempo para controlarse entre sí desde que le dimos nombre –explicó Paolo–. Cuando construyeron un reloj de sol público en el foro de la antigua Roma, se produjeron disturbios. Antes de eso, cada persona podía considerar el tiempo a su manera, pero en cuanto el lugar más poderoso de la ciudad tuvo una manera de medir el mundo, de trocear el día, el tiempo se transformó en algo que controlaban cllos.

–Como el timbre del colegio –dijo Penny–. Cuando suena, vais adonde tenéis que ir. Decide cuándo debéis trabajar, comer o jugar.

–Por eso todas las iglesias tienen relojes –continuó Paolo–. Con frecuencia, también el edificio más grande y bonito de un pueblo o de una ciudad está presidido por uno. No es para ayudar a la gente, sino para recordarle que está vigilada.

–Pero… ¿eso es malo? –preguntó Hattie–. El tiempo sirve para organizarnos, ¿no?

–El tiempo es como el agua –dijo Penny–. Está en todas partes y todos lo usamos. No es malo de por sí, pero ¿quién controla el agua? ¿Quién nos dice cómo, cuándo y cuánta podemos usar? Se puede medir. La tarea de los Guardianes del Tiempo, la de tu padre, Isaac, consiste en impedirlo.

–¿Consideran que eso es lo que va a suceder con el nuevo tiempo? –preguntó Isaac.

–Eso es lo que temía tu padre –contestó Penny, y el

ambiente de la sala cambió extrañamente–, pero no todos estamos de acuerdo con él.

–Ya nos habéis dicho cómo nos habéis encontrado –dijo Veronica en tono suspicaz–, pero no por qué habéis venido.

–Pensaba que tal vez sabrían algo más –respondió Isaac–. Mi padre me ha traído hasta aquí. Supuse que si les explicaba lo que le sucedió, ustedes me ayudarían a encontrarlo.

Los presentes se miraron discretamente de un lado a otro del círculo.

–Lo siento, Isaac –dijo Gloria–. Como sabes, la desaparición de Diggory no es la única. Alguien ha desvelado el secreto de los Guardianes del Tiempo. Ahora todos somos posibles blancos. Me temo que no sabemos mucho más que tú sobre el paradero de tu padre.

TREINTA Y SIETE

—¿De verdad no saben dónde puede estar? –preguntó Isaac desalentado. Recorrió con la mirada la circunferencia que formaban los Guardianes del Tiempo–. ¿Tampoco quién puede haberlo secuestrado?

–Me temo que no –contestó Penny con dulzura–. No sabemos quién nos está atacando, pero es evidente que los secuestros confirman las sospechas de tu padre. Tanto si el nuevo tiempo es una buena idea como si no, alguien está muy interesado en impedir que los Guardianes interfieran en él.

–Desde que el Gobierno propuso el nuevo tiempo, a Diggory le preocupaba que pudieran secuestrarlo –agregó Gloria–. Pensaba que podrían utilizar ese método para desestabilizar el equilibrio de poder en el mundo.

–Solo que no nos dijo cómo –prosiguió Veronica–, cosa que me parece muy sospechosa.

–¿Por qué? –preguntó Isaac.

–Veronica cree que tu padre ha traicionado a los Guardianes del Tiempo –respondió Amir, y su voz grave resonó en la sala–, pero yo me niego a considerarlo.

–Mi padre no es un traidor –replicó Isaac–. ¡Lo han secuestrado!

–Los culpables también pueden esfumarse –dijo Veronica, cruzando los brazos–. Esta organización lleva siglos funcionando sin el menor problema, y ahora cuatro de sus miembros se han desvanecido en un mes. Es evidente que uno de nosotros es un traidor, tanto si está en esta sala como si no.

–La pregunta es con quién nos ha traicionado –dijo Naoko–. ¿Quién puede beneficiarse de explotar el nuevo tiempo?

–Muchas fuerzas desean borrar del mapa a los Guardianes del Tiempo –razonó Gloria–. Gobiernos, organizaciones radicales. Nos pueden haber pinchado los teléfonos, hackeado las cuentas… Nadie está del todo a salvo.

–No nos vayamos por las ramas –dijo Penny, levantando los brazos–. Isaac, ¿tienes ahí el diario de tu padre?

–Sí –respondió este, rebuscando en su mochila–. Sé que dice algo sobre el nuevo tiempo, pero está en clave. –Lo abrió por la página donde aparecía escrito «PELIGRO» debajo del reloj decimal.

–Recuerdo que me lo enseñaste –comentó Penny, cogiendo el diario que el chico le tendía–. ¿Naoko? –Acto seguido, se lo entregó a la mujer que lucía la blusa de color rosa–. ¿Puedes echarle un vistazo? Si hay algo de cierto en las sospechas de Diggory, puede que la clave esté en este diario.

Naoko se quitó un lápiz de una oreja y se puso el diario sobre el regazo.

–Sí –dijo, examinando la página mientras, profundamente concentrada, apoyaba la lengua en el borde de los labios–. Sí, ya veo. –Empezó a anotar algo en la página.

–¿Quién organizó esta reunión? –preguntó Hattie mientras Naoko seguía estudiando el diario–. ¿Cuál de ustedes?

–Luc, el físico parisino –respondió Penny–. Le tocaba a él. Envió las tarjetas negras. Elegimos reunirnos en Londres porque sabíamos que el Parlamento iba a votar sobre el nuevo tiempo.

–¿No podría ser él el traidor? –preguntó Hattie.

–Es posible –corroboró Amir–. Si Veronica está en lo cierto y uno o varios de los secuestros no son lo que parecen. –Se miró los zapatos–. Quizá hayamos sido unos necios.

Isaac escrutó el sillón vacío de su padre. Sintió que la duda le retorcía el estómago.

–He encontrado algo. –Los presentes se volvieron hacia Naoko mientras esta alzaba la vista del diario–. El código parece cambiar, no he conseguido descifrarlo todo, pero aquí dice: «El LNF será vulnerable si se aprueba el nuevo tiempo». –Deslizó el dedo por la página–. «Hay que protegerlo como sea, piense lo que piense Max».

–Debe de referirse a Max Anderson –dijo Penny, asintiendo con la cabeza–. Trabaja en el LNF. Debemos localizarlo de inmediato.

–Nosotros creíamos que LNF era una persona –dijo Hattie.

–Es el Laboratorio Nacional de Física –le explicó Gloria–. Es un centro científico muy importante que tiene su sede aquí, en Londres.

–Si Diggory consideraba vulnerable a Max, debemos contactar con él cuanto antes –sentenció Penny–. El nuevo tiempo ya es ley.

–Voy a llamarlo –dijo Amir.

–No –lo atajó Gloria–, nos pueden haber pinchado los teléfonos. No debemos revelar lo que sabemos, porque podrían estar vigilándonos.

–En ese caso, hay que ir hasta allí –dijo Penny–. A Max le tocará trabajar esta noche después de las noticias. Iremos en mi coche.

–¿A qué viene tanta prisa? –preguntó Veronica–. No pienso plantarme en el laboratorio esta noche por unas simples palabras escritas en un diario. Es absurdo.

–¿Qué alternativa tenemos? –dijo Penny–. Nos están eliminando uno a uno. Esta es la pista más fiable. Sea lo que fuere lo que sospechaba Diggory, Max podría arrojar un poco de luz. ¿O prefieres que desaparezca alguien más?

Veronica no dijo nada.

–Iremos con ustedes –dijo Isaac con determinación.

–No, de eso nada –se negó Penny–. Has demostrado ser muy valiente, pero esto te supera. A partir de este momento, nosotros nos encargaremos del asunto.

–No he llegado hasta aquí para rendirme ahora –repuso Isaac con firmeza–. Mi padre me envió al Observatorio para que les echara una mano, así que los acompañaré al laboratorio.

–No, Isaac –insistió Gloria–. Es peligroso, y tu padre querría que te protegiéramos.

–¿Cómo piensan protegernos? –preguntó Hattie–. No es por ofender, pero parecen un grupo de frikis.

–Soy una oficial del ejército especializada en ciberseguridad y trabajo en el Pentágono –respondió Gloria–. He participado en dos misiones de servicio activo. Puede que sea una friki, pero sé defenderme. Por eso deberíais haberos quedado en el palacio, como os dije antes. Es el lugar más seguro.

–Pero si a mi padre lo secuestraron allí –argumentó Isaac–. No es más seguro que cualquier otro lugar.

–En ese caso, podemos asignaros unos guardaespaldas.

–No necesitamos vigilancia –dijo Hattie enfadada–. Ya nos hemos encargado de ese tipo espeluznante.

–¿De quién? –preguntó Gloria con brusquedad.

–En la estación Victoria había un hombre –le explicó Isaac–. Quería robarme el reloj de mi padre, pero al final huyó.

–¿Estaba en el Little Ben? –inquirió Naoko. Parecía atemorizada.

–Yo ya lo había visto –dijo Hattie–. La noche que desapareció el padre de Isaac. Estaba en el palacio.

–¿Era el mismo hombre? –preguntó Amir–. ¿Y ahora nos lo decís? ¡Menudos zoquetes!

–¡Amir! –lo reprendió Paolo.

–Quizá os haya seguido todo el tiempo –dijo Veronica–. ¡Es posible que lo hayáis traído hasta aquí!

–Tenemos que irnos –apuntó Naoko, levantándose apresuradamente de la silla–. Este lugar no es seguro. No quiero desaparecer yo también.

–Haremos una breve pausa –dijo Penny, agarrando la campana–. Tomaremos un poco el aire, nos calmaremos y luego reanudaremos la reunión. Aún no hemos hablado de...

–No, Penelope –la interrumpió Amir con brusquedad–. Estos chicos han puesto en peligro nuestra seguridad y tú has roto el voto de reserva. Aquí no estamos seguros. Debemos irnos de inmediato. –Se puso en pie mientras Naoko se precipitaba hacia la puerta.

–Pero ¡¿y mi padre?! –gritó Isaac tras ella–. ¡Por favor! Tiene que ayudarme.

La mujer lo ignoró. Paolo y Veronica también se estaban levantando.

–No pueden dejarnos solos –dijo Hattie, acercándose a

Penny–. ¿Primero nos dice que estamos en peligro y luego nos abandona así?

–No os vamos a abandonar –respondió ella sin perder la serenidad–. Es que están asustados. ¿Gloria?

–Yo puedo ocuparme de ellos –dijo la estadounidense, levantándose del sillón donde estaba sentada–. Los llevaré al palacio y le explicaré todo al señor Bassala –añadió.

–¡NO! –vociferó Isaac–. No pienso permitir que nos dejen fuera del plan. Mi padre me guio hasta aquí para que los ayudara. Voy a acompañarlos a ese laboratorio y nada de lo que puedan decir me lo impedirá.

–Yo también –corroboró Hattie.

Penny y Gloria intercambiaron una mirada mientras los demás Guardianes del Tiempo salían de la sala.

–Me sentiré más segura si vienes con nosotros, Gloria –dijo Penny.

–Faltaría más –contestó esta.

–De acuerdo, pues –dijo Penny, aunque parecía incómoda–. Vamos. El LNF no queda lejos.

–¿Qué es exactamente el Laboratorio Nacional de Física? –preguntó Hattie mientras se encaminaban hacia la puerta.

–Es el instituto científico más avanzado del país –respondió Gloria mientras salían al patio–, además del hogar del reloj atómico.

TREINTA Y OCHO

El motor del Peugeot verde menta de Penny tosió y petardeó por las calles del sur de Londres. Isaac iba sentado en el asiento trasero con Hattie, con las piernas pegadas a la tela desgastada del asiento del copiloto.

–¿Puede subir la calefacción? –preguntó la niña. Le castañeteaban los dientes.

–Me temo que está estropeada –contestó Penny, girando el volante y derrapando al tomar una curva–. Además, esa ventana está un poco suelta. Pero tengo algo que te ayudará a entrar en calor. Gloria, en mi bolso hay un termo, ¿te importaría sacarlo?

Esta rebuscó bajo el asiento del copiloto y extrajo un termo decorado con cuadros escoceses, desenroscó el tapón y se lo pasó a Penny, quien bebió un sorbo.

–Té caliente –dijo, devolviéndoselo antes de cambiar de marcha–. Es mi mezcla especial. Prueba un poco.

Hattie e Isaac se miraron mientras Gloria daba un gran trago.

–Mmm, está… fuerte –dijo Gloria entre toses.

–¿Queréis un poco, chicos?

–No, gracias –respondieron Isaac y Hattie al unísono, recordando el terrible sabor del que habían probado en casa de Penny.

–Anda, anda –replicó esta–. Si estáis helados. Insisto.

A continuación, cogió el termo de manos de Gloria y se lo pasó a los dos amigos, agitándolo sin parar.

–Está asqueroso –articuló Hattie en silencio a la vez que fingía beber un poco del contenido–. ¡Qué rico! –dijo en cambio mientras Isaac también simulaba beber–. Ya no tengo tanto frío.

–¿Por qué estás en los Guardianes del Tiempo, Gloria? –preguntó Isaac a la mujer al devolverle el termo–. ¿Qué tiene que ver la ciberseguridad con el tiempo?

–Todo –contestó ella–. Hasta el último ordenador del mundo ejecuta su código en función de una hora precisa. Trabajo en el Pentágono y me ocupo de las ciberamenazas nacionales; de los piratas informáticos que irrumpen en el mercado de valores o en las centrales nucleares para dañarlos. Hasta una superpotencia mundial como Estados Unidos puede quedar paralizada si se nos estropean los ordenadores.

–¿El reloj atómico es un ordenador? –preguntó Hattie.

–No del todo –respondió Gloria–, pero hace falta uno para manejarlo. Es la medida del tiempo más precisa de la que disponemos.

–Mi padre dijo que el LNF podría ser vulnerable –afirmó Isaac–. ¿Qué ocurriría si se detuviera el reloj atómico?

–No sería un gran desastre –contestó Gloria–. En el mundo hay varios relojes atómicos, y todos están coordinados por la Oficina Internacional de Pesos y Medidas, la única que define el «cuándo», esto es, el momento en el que tienen lugar las cosas. Es el patrón al que se ajustan el resto de los relojes.

–¿La Oficina Internacional de Pesos y Medidas? –Hattie arrugó la cara–. Parece el lugar más aburrido del planeta.

–Gracias a ellos, conocemos el tamaño del nuestro –replicó Penny, cambiando de carril de forma, por así decirlo, alarmante–. Luc trabaja allí. Le hablé de vosotros, es otro miembro de los Guardianes del Tiempo desaparecido.

–Como mi padre, la científica espacial rusa y el hombre de negocios de Pekín –agregó Isaac.

–Exacto, Irina y Jay, quienes estaban relacionados con el sistema GPS y con la bolsa de valores –precisó Gloria–. Otras instituciones muy valiosas que requieren que el tiempo sea preciso y constante.

–¿Cómo afectará el nuevo tiempo al reloj atómico? –preguntó Hattie.

–Creo que habrá que construir otro –respondió Gloria–. Los nuevos segundos serán distintos de los antiguos, así que los relojes tendrán que medir algo diferente. Por eso la nueva ley nos concede cinco años para adaptarnos.

–Me parece una gran estupidez –aseveró Hattie–. ¡Los segundos no se corresponderán con los de los demás países!

–¿Y qué? –dijo Gloria–. Todos medimos las cosas de forma distinta. En Estados Unidos no utilizamos el sistema métrico; no existen el metro ni el kilogramo, que, en cambio, se usan en casi todas partes. Y eso no nos ha impedido viajar a la Luna.

–No presumas, Gloria –le reprochó Penny–, pero tienes razón. –Miró a Hattie a través del espejo retrovisor–. Las mayores transformaciones del mundo han comenzado con un gran cambio o descubrimiento.

–Pensaba que vuestra labor consistía en conservar el tiempo siempre igual –dijo Isaac.

–Nuestra labor es protegerlo –le explicó Gloria–. Los cambios no son malos en sí mismos, pero si atribuyen algún tipo de poder sobre el tiempo… eso los Guardianes del Tiempo no lo podemos permitir.

–Hemos llegado –dijo Penny.

El coche se aproximó a una barrera y Gloria mostró un pase a un vigilante apostado junto a una verja alta de color blanco. Este asintió con la cabeza, intrigado, y la barrera se levantó. Acto seguido, subieron por un largo camino y se pararon al lado de una fuente que se encontraba frente a un edificio de piedra blanca.

–¿Seguro que no preferís quedaros en el coche? –preguntó Penny al echar el freno de mano–. No sé si al profesor Anderson le gustará verme llegar con dos muchachos…

–Vamos a entrar con usted –dijo Isaac con firmeza.

Penny lanzó un suspiro.

–De acuerdo –accedió.

En la recepción, de mármol blanco, Gloria habló con el guardia de seguridad que estaba detrás del mostrador, quien comunicó su llegada.

–Ojalá el profesor Anderson no trabajara hasta tan tarde –dijo Gloria entre bostezos–. El desfase horario me está destrozando.

–El tiempo nunca duerme –afirmó Penny.

Un hombre delgado, con el pelo negro revuelto y una bata blanca impecable, apareció en el vestíbulo para recibirlos.

–¿Penny? –dijo sorprendido–. ¿Qué demonios haces aquí?

–Hola, Max –contestó esta–. Siento haber venido tan tarde, pero es urgente. Ella es mi socia, Gloria, trabaja en el Pentágono, y él…

–Soy Isaac, el hijo de Diggory Turner –la interrumpió este dando un paso adelante–. Y ella es mi amiga Hattie.

–¿Diggory? –preguntó el profesor, mirando a todos con aire confuso.

–Usted trabajaba con mi padre –prosiguió Isaac–. Él estaba preocupado por el LNF y por el nuevo tiempo. Ha desaparecido. Necesitamos que nos cuente todo lo que pueda sobre lo que hablaron al respecto.

El profesor Anderson miró a Penny, quien asintió con la cabeza.

–De acuerdo –dijo, abriendo de par en par una doble puerta–. Creo que será mejor que entremos.

TREINTA Y NUEVE

—Conozco a Diggory desde hace mucho tiempo –respondió Max mientras los guiaba por un pasillo blanco–. Fuimos juntos a la universidad. A los dos nos gustaban los relojes, pero él prefería los mecánicos, y yo, los más avanzados.

Llegaron frente a unas puertas metálicas dobles. El científico sacó una tarjeta magnética del cinturón y la pasó por el escáner de la pared, que emitió un pitido. Los imanes eléctricos que estaban encima de las puertas se desactivaron y Max las empujó para abrirlas.

–Adelante –dijo a Penny.

Isaac y Hattie siguieron a esta y a Gloria al interior. En esa zona del laboratorio no había ventanas. Los largos pasillos de color blanco estaban iluminados por unas brillantes luces fluorescentes que pendían del techo.

–¿Qué le dijo mi padre sobre el nuevo tiempo? –preguntó Isaac–. Sé que le preocupaba que pudiera afectar a algo.

–Diggory siempre se muestra escéptico frente a todo –contestó Max suspirando–. Sospecha de cualquier novedad, sea cual sea.

–De acuerdo, pero ¿qué comentó en concreto sobre el reloj atómico? –preguntó Gloria.

–Me dio la lata durante meses para que predijera cómo se podría hacer mal uso del nuevo tiempo –respondió Max.

–¿Y usted qué le dijo? –preguntó Hattie–. ¿De verdad podría utilizarse mal?

Llegaron a una puerta donde había un letrero con la advertencia «CUIDADO: RADIACIÓN». El profesor pasó la tarjeta magnética y la abrió.

–Ahora os lo enseño.

Isaac lo siguió al interior de una sala de paredes blancas sin ventanas, donde se oía el suave zumbido de maquinaria eléctrica. El aire tenía un sabor seco y metálico. Hacía calor, lo cual era un alivio después del frío que habían pasado en el coche de Penny. A lo largo de una pared había un banco de trabajo, donde unos tableros con circuitos a medio montar hicieron que Isaac sintiera una repentina punzada de nostalgia por el escritorio que tenía en casa.

En el centro de la sala se erigía un cilindro alto de color gris, colocado dentro de un armazón cuadrado, tan ancho como Isaac y el doble de alto que él. De la base y la parte superior salían unos cables negros que se elevaban hacia el techo, donde se enredaban con otros formando una gigantesca telaraña. En la pared del fondo zumbaba un banco con maquinaria, y un técnico de laboratorio vestido con una bata blanca pulsaba un teclado. En una pantalla digital parpadeaban unos números rojos y brillantes que marcaban las horas, los minutos, los segundos y los milisegundos, bajo una etiqueta que rezaba «Tiempo Universal Coordinado».

–Este es el reloj atómico más potente del país –les explicó Max–. Marca la hora del Reino Unido. Se comunica con la oficina de París a través del sistema internacional para coordinar el tiempo de todo el planeta –añadió, señalando los ordenadores que zumbaban con sus luces intermitentes.

Isaac se quedó mirándolo. El aparato se cernía sobre ellos, extrañamente silencioso.

–No hace tictac –apuntó.

–En realidad sí –replicó Max, esbozando una sonrisa–, pero no se oye. Emite más de nueve mil millones de tictacs por segundo.

–¿Es peligroso? –preguntó Hattie–. En el cartel ponía «Radiación».

–No, para nada –contestó el profesor–. A menos que se te caiga encima, supongo.

–¿Cómo funciona? –inquirió entonces Isaac.

–Para medir el tiempo, necesitas tres cosas: algo que haga tictac, algo que mida los tictacs y saber cuántos tictacs hay en un segundo –respondió Max.

–¿Dónde está el tictac? –indagó Hattie.

–Los relojes como el Big Ben tienen un péndulo que se mueve a un ritmo regular –explicó Max–. Creo que una vez cada dos segundos.

Isaac asintió con la cabeza.

–Pero, debido a variables como la fricción, el calor y la oxidación, estos métodos no son muy precisos a largo plazo.

–Mi padre utiliza peniques viejos para mantenerlo en funcionamiento.

–Exacto. El reloj atómico no necesita peniques. En cambio, usamos algo mucho más preciso. ¿Conocéis los átomos? Son los ladrillos que construyen el universo. Pues bien, nosotros cogemos nubes de átomos de un elemento llamado cesio, las enfriamos hasta ponerlas casi a cero y medimos la velocidad a la que vibran. –Apoyó una mano sobre el tubo elevado del reloj electrónico–. Luego las lanzamos al aire por el interior de este tubo, como si se tratara de una gran fuente de agua. Entonces las nubes caen y nosotros medimos cómo se comportan mediante radiación de microondas.

Isaac se imaginó una fuente de átomos en el interior del

tubo y a las diminutas partículas precipitándose mientras unos sensores invisibles las detectaban.

–Cada segundo –prosiguió Max–, un átomo de cesio vibra nueve mil ciento noventa y dos millones seiscientas treinta y una mil setecientas setenta veces. Eso es lo que medimos. Ese es nuestro péndulo.

Isaac trató de imaginar el lento péndulo del Big Ben oscilando de un lado a otro a esa velocidad. Imposible. Era increíblemente rápido.

–El reloj de tu padre es el reloj mecánico más preciso del mundo, Isaac –afirmó Max–. Tiene una desviación de dos segundos a la semana, pero este… –Golpeó ligeramente con un dedo el armazón del reloj–, la de este es de un segundo cada sesenta millones de años.

Se hizo un momento de silencio.

–De manera que solo es un reloj –dijo Hattie al cabo de un rato–. Aunque muy exacto.

–No estoy seguro de ese «solo» –objetó Max, parpadeando divertido–, pero sí.

–¿Perderá el reloj atómico precisión cuando se aplique el nuevo tiempo? –preguntó Isaac–. Si cambian los segundos, los minutos y todo lo demás, ¿no tendrían que construir uno nuevo?

–Para nada –respondió Max–. Este reloj sigue sirviendo. Podemos contar los tictacs. Lo único que cambia es que en el nuevo segundo ya no serán nueve mil millones de vibraciones, sino otro número. Podemos volver a programarlo. Nuestro reloj, al igual que todos los demás, permanecerá invariable. En realidad, el nuevo tiempo cambia lo que medimos, no cómo lo medimos.

Isaac miró el reloj que se erigía por encima de ellos.

–¿Por qué dijo mi padre que podía correr peligro?

–A tu padre le preocupaba el enlace con la Oficina de París –respondió Max, aproximándose al banco de ordenadores, donde estaba sentado el técnico de laboratorio–. Le inquietaba que una inexactitud en la medición del nuevo tiempo pudiera… «infectar» de alguna manera el sistema mundial de cronometraje. –Se rio y negó con la cabeza–. Tonterías, por supuesto. El sistema internacional es bastante seguro. Se supervisa y se mantiene mediante ciberseguridad en varios países.

–Mmm –asintió Gloria, recostada contra un banco de trabajo y pellizcándose la frente.

–Y mi magnífico socio, aquí presente, se ha ocupado del enlace con el sistema –continuó Max, dando golpecitos en un hombro del técnico de laboratorio. El hombre se giró en el banco de ordenadores–. ¿Podrías saludar a mis amigos, Pascal?

Este esbozó una sonrisa mientras su mirada se cruzaba con la de Isaac.

Horrorizada, Hattie lanzó un grito ahogado.

–Es él –gritó, pero, antes de que cualquiera pudiera responder, Pascal tocó el pecho de Max y le lanzó una descarga eléctrica con el táser que empuñaba.

El científico se arqueó y cayó de rodillas, agarrándose a la pared y gimiendo de impotencia.

–¡Corred! –vociferó Isaac mientras Hattie repetía:

–¡Es él!

Gloria se precipitó desde el banco de trabajo, pero algo fallaba. Alargó una mano y tropezó, haciendo caer con gran estrépito una bandeja de transistores metálicos. Hattie corrió hacia ella.

–Mareada… –murmuró–. Penny, ¿qué… qué…?

–Me alegro de volver a verte, Penelope –la saludó Pascal, poniéndose en pie y caminando con toda tranquilidad por el suelo blanco y resplandeciente. Isaac dio un respingo y tropezó con la puerta, pero Penny se plantó frente a ella y giró la cerradura, que emitió un clic. Miró a Isaac con expresión de pesar.

–Ojalá te hubieras quedado en el coche –dijo.

CUARENTA

Isaac la miró atónito.

–¿Qué pasa aquí?

–Siento mucho que hayas presenciado esto, Isaac –dijo Penny, retorciéndose las manos–. Intenté por todos los medios mantenerte al margen, pero insististe demasiado.

Gloria gimió y se desplomó al suelo. Se arrastró hacia su bolso, pero Pascal se lo apartó de una patada.

–El té –dijo Hattie, retrocediendo hacia un rincón con Isaac–. ¿La drogaste?

–Supongo que vosotros no bebisteis –dijo Penny–. Qué pena.

–¡Tú eres la que ha traicionado a los Guardianes del Tiempo! –afirmó Isaac. Después se volvió hacia Pascal–. ¡Y estás trabajando con él para secuestrarlos a todos!

–Una observación bastante obvia a estas alturas –apuntó Pascal–. Y no hace falta gritar.

–¿Dónde está mi padre? –preguntó Isaac.

–A salvo –contestó Penny–. No pretendo hacerle daño. Si Luc no hubiera sospechado de mí, todo habría sido más fácil. Se negó a enviarme la tarjeta negra porque sabía que estaba filtrando secretos. Por eso os persiguió Pascal, para decirme adónde debía ir.

–Pero vosotros se la llevasteis a Penny –prosiguió Pascal–. Eso sí que fue un golpe de suerte.

Metió la mano en la chaqueta de Gloria y sacó una cartera delgada.

–¿Por qué los secuestraste? –preguntó Isaac–. ¿Por qué querías ir a la reunión?

–Gloria es la última que necesitamos –dijo Penny en voz baja mientras Pascal sacaba una tarjeta dorada de la cartera de la estadounidense.

–¿Para qué? –preguntó Hattie–. ¿Qué pretendéis?

–Cambiar el mundo –contestó Pascal.

A continuación, examinó la tarjeta y volvió al banco de ordenadores. Max gimió y se retorció en el suelo para agarrarle un tobillo a Pascal. Este se zafó de él.

–Todos los vuelcos sociales empiezan con un gran cambio –aseveró Penny. Lo dijo como si fuera un mantra–. La máquina de vapor. Internet. Nuestro mundo se está desmoronando por un exceso de problemas. Lo único que necesita es un gran impulso para resolverlos.

–Pero los relojes no pueden resolver los problemas del mundo –objetó Isaac.

–Por supuesto que no –corroboró Penny–, pero las personas sí. ¡El nuevo tiempo nos obligará a cambiar! Barrerá esas formas de pensar viejas y agotadas que tenemos hoy en día: ¡los sistemas obsoletos de los hospitales, de las escuelas, del Parlamento, tendrán que reconstruirse mejor que antes! El nuevo tiempo es más eficiente, más intuitivo, ¡piensa en la creatividad que puede generar!

–¿De verdad crees que podemos salvar el mundo rompiéndolo? –le preguntó Hattie.

–Si cortas las flores muertas de un rosal, las siguientes crecen más bonitas si cabe –afirmó Penny con un brillo de alegría en los ojos que incomodó a Isaac.

–Pero el Parlamento ya ha votado a favor del nuevo tiempo –insistió Hattie–. Ya lo han puesto en marcha.

–Dentro de cinco años –replicó Pascal–. Y solo se aplicará en este país decrépito, y eso siempre y cuando sus volubles legisladores no cambien de opinión. –Introdujo la tarjeta de Gloria en una ranura de la máquina–. Creo que podemos permitirnos el lujo de pensar a lo grande.

–¿Qué vas a hacer? –preguntó Isaac.

Hizo amago de acercarse a él, pero Pascal cogió la pistola

eléctrica y la levantó. El aire crepitó. Isaac vaciló.

–Todo acabará pronto –dijo Penny con una sonrisa nerviosa–. Lo siento.

–El nuevo tiempo morirá si solo se implanta aquí –explicó Pascal–. Para lograr la máxima eficiencia, es necesario que el mundo entero haga la transición. Todos a la vez.

–Pero no podéis obligar a la gente a usar el nuevo tiempo si no quiere –protestó Hattie.

–Claro que sí –repuso Pascal, tecleando violentamente–. La gente hace lo que marcan los relojes.

Pulsó un botón y en la sala resonó un profundo gemido eléctrico procedente de la oscura torre del reloj atómico. Las luces parpadearon.

–¿Qué estás haciendo? –preguntó Isaac, retrocediendo.

–Gracias a Luc Bouchard, tengo acceso al ordenador internacional de cronometraje que se encuentra en París –contestó Pascal–, lo que convierte a este reloj en la autoridad que establece la hora de todos los demás. –Pulsó un botón–. Con los códigos de Irina puedo dirigir la señal a los sistemas satelitales que orbitan alrededor del planeta. –Pulsó otro–. Jay permitirá que la bolsa y las empresas se basen en él para disponer de su señal horaria. –Lo pulsó de nuevo–. Y, dada la relación que tiene Gloria con el Pentágono, nadie podrá impedírmelo.

Pulsó el botón por última vez y el gemido eléctrico se intensificó.

–Pero el nuevo tiempo no entrará en vigor hasta dentro de cinco años –protestó Hattie, alzando la voz para que la oyeran a pesar del ruido.

Se acercó a Isaac y le aferró una mano.

–No puedo esperar tanto –dijo Pascal. Giró un dial, las luces parpadearon y la pantalla horaria roja de la pared se convirtió en un caos de formas borrosas y cambiantes–. Espero que estés listo para celebrar –dijo mientras bloqueaba la rosca. El gemido eléctrico enmudeció y Pascal se levantó para examinar la pantalla–. Feliz Año Nuevo.

Isaac observó la pantalla roja que estaba en la pared, sobre la etiqueta que decía «Tiempo universal coordinado».

–¿Qué has hecho? –preguntó, aunque podía verlo por sí mismo.

La hora de la pared era exacta. Era la hora definitiva para el resto del mundo. Y el año había cambiado.

Pascal les había hecho dar un salto de cinco años hacia el futuro.

CUARENTA Y UNO

Isaac escrutaba el reloj de la pared, mareado.

–No es real –afirmó, señalando el año con aire incrédulo.

–Te equivocas, sí que lo es –lo contradijo Pascal con los ojos brillantes–. Todos los relojes del mundo lo confirman. ¡Cinco años! –Chasqueó los dedos–. Así, como si nada.

–El nuevo tiempo se ha convertido en ley –dijo Penny con una expresión de alegría en la cara. Una lágrima le resbaló por la mejilla–. Cuánto he esperado a que llegara este momento.

–¿Habéis secuestrado y drogado a esas personas con la única intención de cambiar los relojes? –soltó Hattie–. ¿Estáis locos?

–Los relojes son muy importantes –aseveró Penny con firmeza–. Me he pasado la vida entera luchando para que el Gobierno actuara con sensatez y abrazara el futuro. Siempre me han ignorado, como si fuera una anciana chiflada, pero ahora que estamos tan cerca de alcanzar el objetivo, me niego a darme por vencida. Lamento que haya sido tan doloroso –añadió, mirando a Isaac con pesar–, pero valdrá la pena. Ya lo veréis. El nuevo tiempo se aplica ya en todas partes. Los avances científicos… la optimización de nuestras vidas…

–Pero la gente no quiere eso –objetó Hattie.

–La gente no sabe lo que le conviene –replicó Penny–. A veces hay que actuar en su nombre. La sociedad de los doce es una estupidez, nos pasamos la vida discutiendo. No hacemos nada. Así que, cuando Pascal sugirió este plan, pensé que la oportunidad era demasiado buena para desaprovecharla. –Sonrió a los demás–. No hay vuelta atrás.

–Tienes toda la razón –asintió Pascal–. No volveremos atrás, nunca.

Acto seguido, agarró un destornillador del banco de trabajo y lo clavó hasta el fondo en la hilera de ordenadores. Al atravesar la pantalla, sonó un chirrido de chispas.

–¡Espera! –gritó Penny furiosa–. ¿Qué estás haciendo? ¡Es un aparato delicado!

–No podemos permitir que nadie revierta el cambio –respondió Pascal.

Se agachó debajo del escritorio y arrancó un montón de cables, rompiéndolos como si fueran hierbajos.

–Pero ¡la comunidad científica pensará que somos unos monstruos! –balbuceó Penny, tambaleándose hacia él–. Nos odiarán, deberían verlo con buenos ojos, comprender los beneficios, ¡jamás aceptarán el nuevo tiempo si piensan que somos iguales que los Maquinistas!

–Es que sois los Maquinistas, Penny –dijo Pascal.

–¿Qué?

Penny parecía horrorizada.

–Lo siento –dijo Pascal, negando con la cabeza–, pero alguien ha de asumir la culpa.

A continuación, le clavó la pistola eléctrica en un costado. La mujer se estremeció y se desplomó.

Isaac no pudo soportarlo más. Con un bramido, se abalanzó sobre Pascal y lo empujó contra la pila de ordenadores rotos, de forma que el táser cayó con gran estrépito al suelo. Intentó golpearlo, pero Pascal alargó una mano y aferró el puño de Isaac como si fuera una pelota de béisbol. Apretó con tanta fuerza que el muchacho lanzó un grito. Era como si lo oprimiese algo metálico. Con la otra mano, Pascal lo sujetó por el hombro y lo levantó por encima de los restos chisporroteantes y destellantes de los ordenadores, con intención de arrojarlo al otro lado de la sala. Isaac se retorció indefenso. No podía liberarse.

En ese momento, se oyó un disparo, Pascal tropezó y dejó caer a Isaac al suelo. Este retrocedió a gatas, como un cangrejo, y vio al hombre agarrándose la pierna. La bata blanca de laboratorio que llevaba puesta estaba manchada de sangre.

–Vete... –gimió Gloria desde el rincón donde yacía al lado de su bolso, empuñando un revólver.

La mujer apretó el gatillo y se oyó otro disparo, que fue a parar a la pared, por encima de Pascal. Este se apartó de la línea de tiro.

–¡Gloria! –Hattie se precipitó hacia ella.

–Salid ahora mismo de aquí –dijo la estadounidense entre dientes.

–Pero...

–¡YA!

Isaac se volvió hacia Pascal y vio que estaba buscando algo en la bata. Lo sacó y el objeto brilló con la luz. Era una especie de frasco.

Sin esperar ni un segundo más, Isaac agarró a Hattie del brazo y la arrastró hacia la puerta. La abrieron mientras Pascal vociferaba algo y Gloria se tapaba los ojos. Mientras Isaac salía corriendo al pasillo, se oyó un estruendo y todo se cubrió de blanco.

CUARENTA Y DOS

Atravesaron corriendo las puertas del vestíbulo mientras sonaba una alarma por todo el edificio.

A Hattie le zumbaban los oídos y veía borroso. Isaac y ella corrieron por el camino de entrada, dejaron atrás el coche de Penny, se dirigieron hacia la barrera de seguridad que había junto a la carretera y se agacharon para pasar por debajo. El guardia que estaba en la cabina les hizo señas con las manos en tanto que miraba desconcertado hacia el edificio que estaba a sus espaldas; la radio crepitaba.

–¡Sigue corriendo! –gritó Hattie al salir a la carretera principal y doblar hacia la izquierda por la acera.

Los coches pasaban rugiendo. Le ardían las piernas, pero no podía parar: corría como si su vida dependiera de ello. Isaac se quedó rezagado y ella se arriesgó a mirar por encima del hombro al enfilar una calle lateral.

–Tranquilo –dijo jadeando cuando Isaac le dio alcance–. No nos sigue nadie.

Se encogió para recuperar el aliento, le ardían los pulmones.

–¡Taxi! –Isaac la agarró por el hombro e hizo señas a un coche negro que avanzaba lentamente por la carretera periférica.

–¿Tienes dinero?

–Mi padre me dio una tarjeta de crédito por si tenía una emergencia –contestó Hattie. El taxi se arrimó a la acera y bajó la ventanilla–. Al palacio de Westminster –dijo.

El conductor asintió y los dos amigos entraron al asiento trasero.

–¿Estáis bien, chicos? –preguntó el taxista, mirándolos por el espejo retrovisor.

–Nos hemos quedado sin aliento –lo tranquilizó Hattie–. Y me zumban los oídos –añadió en voz baja dirigiéndose a Isaac.

–A mí también –asintió su amigo, restregándose los ojos–. Ese bote era una especie de bomba, pero sin la bomba. Seguro que ha quemado el sistema eléctrico.

El taxi cruzó un puente que atravesaba el río y el conductor renegó cuando la música de la radio cambió y se transformó en un collage de sonidos.

–Maldito trasto –dijo apretando los botones.

La radio pasó a toda velocidad por docenas de frecuencias, llenando el coche de interferencias hasta que, por fin, el hombre la apagó.

–¿Qué hora es? –preguntó Isaac, sacando el viejo reloj de su padre de debajo del jersey.

–Es… no sé. –La pantalla del teléfono marcaba 94:71. Al verla, Hattie se quedó horrorizada–. No es real, ¿verdad? No han hecho lo que parecía que hicieron.

–¿Qué año marca tu teléfono?

–No lo marca –respondió ella–. Solo hay estrellas, signos de la libra y cosas así.

El taxi dio un bandazo y Hattie salió despedida hacia delante, sujeta por el cinturón de seguridad.

El conductor gritó cuando un camión se desvió y agitó el puño hacia la ventana.

–¿Qué ha pasado? –preguntó Isaac.

–Se han estropeado los semáforos –contestó el taxista–. Están todos desincronizados. –Avanzó con cautela por el cruce–. Es muy peligroso. –Hattie observó al hombre mientras toqueteaba el teléfono, que tenía fijado al salpicadero, con el sistema GPS abierto–. Vamos, inútil –murmuró, sacudiéndolo. Una espiral giratoria en el centro de la pantalla indicaba que no lograba encontrar la ubicación–. Caramba, todo parece haberse roto de repente.

Hattie miró a Isaac.

–GPS, ordenadores –susurró–. Son ellos.

–No os preocupéis, chicos, conozco el camino, lo tengo todo aquí –dijo el taxista para tranquilizarlos, dándose golpecitos en la sien.

Acto seguido, cambió de marcha y el vehículo se dirigió rugiendo hacia el centro de la ciudad.

Hattie apoyó la cara en la ventanilla mientras atravesaban las calles a toda velocidad. La gente se agolpaba confusa alrededor de las estaciones. Los semáforos parpadeaban. Se veían peleas fuera de los supermercados. A medida que se acercaban al puente de Westminster, el tráfico se aglutinaba en torno al concurrido cruce, donde los tres colores de los semáforos brillaban a la vez o resplandecían intermitentes como en una discoteca.

–Sucede en todas partes –dijo Hattie un poco asustada–. ¿Cómo ha podido ocurrir?

–El nuevo tiempo ha entrado en vigor y ha pillado a todos desprevenidos –explicó Isaac–. No han tenido cinco años para prepararse. Todo aquello que requiera un reloj digital se desajustará, va a ser un auténtico caos.

El taxista tocó el claxon para sumarse a la sinfonía que interpretaban los conductores enfurecidos. Hattie miró por la ventanilla y vio la torre del Big Ben brillando al otro lado del río.

–Nos apeamos aquí –dijo al hombre–. Gracias por habernos traído.

–De nada, cielo –respondió el taxista, tendiéndoles el datáfono–. Con este lío puede que lo mejor sea caminar.

Hattie acercó la tarjeta al lector, pero éste emitió un pitido crispado.

–Dice que está caducada –dijo el taxista–. ¿Tienes otra?

–No –respondió Hattie.

Nerviosa, enseñó la tarjeta al conductor.

–Qué raro, me parece que es válida hasta el año que viene –dijo este.

–La máquina cree que caducó hace cuatro –susurró Isaac–. Nadie va a poder utilizarlas para pagar.

El corazón de Hattie latió aún más deprisa. La máquina volvió a emitir un pitido de exasperación.

–Por favor –dijo–. No puedo pagarle de otra forma.

El taxista la miró con lástima y cogió el auricular de la radio.

–El sistema no funciona –dijo tras un tenso minuto. A continuación, copió el número de la tarjeta y les escribió un recibo–. Bajad, chicos. Ya lo arreglaremos.

Al salir a la acera, aliviados, Isaac y Hattie vieron el atasco que se extendía a lo largo del río.

–Es como si todo hubiera enloquecido –constató Hattie, escuchando los bocinazos que se oían a lo lejos, los gritos y las sirenas propios de una ciudad en apuros–. Cualquier cosa que tenga un reloj incorporado ha dejado de funcionar. Es decir, todo. Solo ha pasado… –Observó la confusión que aparecía en su móvil–. Ni siquiera sé cuánto tiempo. ¿Menos de una hora? ¿De las antiguas? ¿Qué va a pasar cuando la gente no pueda comprar comida? –Oyó las campanadas del Big Ben llamándolos desde la otra orilla del río, dando las nueve en punto del viejo tiempo. Le parecieron reconfortantes; además, la luz de la esfera del reloj resplandecía como un faro–. Volvamos a casa –dijo.

Pero Isaac no se movió. Escrutaba la esfera del reloj a través del río con la boca ligeramente abierta y la frente arrugada en su característico ceño.

–Sigue funcionando –dijo–. ¡Claro!

–Claro, ¿qué? –le preguntó Hattie perpleja.

–Creo que sé lo que le sucedió a mi padre –dijo.

–¿Qué?

–¡Sé cómo desapareció! –contestó Isaac–. Sé cómo se esfumó del Big Ben.

CUARENTA Y TRES

El teléfono del despacho de Solomon no paraba de sonar. En cuanto colgaba, volvían a llamar.

–Sé lo mismo que usted, lord Marlborough –dijo, secándose el sudor de la frente con un pañuelo mientras una voz angustiada chillaba a través del auricular–. Creemos que se trata de un ciberataque importante. Mi equipo está en contacto con el Ministerio de Defensa.

Apuntó el mando a distancia hacia el televisor y pasó de un atasco en una autopista a unos pasajeros confusos en la estación de Paddington, donde los tablones de las salidas se habían quedado en blanco.

–Por lo visto, las cadenas de televisión terrestre siguen funcionando –dijo–. También los teléfonos fijos, por supuesto. Pero parece estar afectando a los bancos, a los teléfonos inteligentes, a un montón de sitios web... El Ministerio de Sanidad acaba de comunicarme que los historiales médicos están todos revueltos. Los ordenadores ya no saben la edad de nadie.

Al otro lado de la línea, la voz le graznó furibunda.

–Por supuesto, señor –dijo Solomon–. En cuanto sepa algo más. –Colgó y desenchufó el cable de la pared–. Así está mejor –exclamó, exhalando un suspiro.

La puerta del despacho se abrió de golpe y entraron Hattie e Isaac. Llevaban la ropa sucia y desgarrada.

–¿Qué ha sucedido? –preguntó, poniéndose en pie tan alto como era–. ¡Creía que estabais en el piso de arriba!

Los dos hablaron a la vez, balbuceando deprisa y a gritos sobre torres de reloj y explosiones y piratas informáticos.

–Despacio, despacio –dijo Solomon, levantando las manos.

Entonces se turnaron. Según iban relatando la historia, las cejas de Solomon cada vez subían más, hasta tal punto que casi parecía que iban a salírsele de la cabeza.

–¿Me estáis diciendo que después de haberos castigado por ser unos irresponsables abandonasteis el palacio? –dijo, apoyándose en un brazo del sofá–. ¿Para hacer una yincana? ¿Y que todo terminó con una especie de explosión?

–¡Sí, pero es que no nos quedó más remedio! –respondió Hattie–. Fuimos a buscar al padre de Isaac y...

–¡Se han apoderado del reloj atómico! –añadió este–. ¡Han

hecho trizas el tiempo de todo el mundo! ¡Estábamos allí! Lo presenciamos.

Solomon se arrodilló y, sin mediar palabra, abrazó a los dos muchachos y los estrechó contra su cuerpo.

–Estoy más enfadado que nunca con vosotros –dijo en voz baja, metiendo la cabeza entre ambos–, pero a la vez me siento increíblemente feliz de que estéis a salvo. –Los soltó y respiró hondo–. ¿Quién os llevó a ese laboratorio?

–Unos amigos de mi padre –respondió Isaac.

–Si queréis que os tome en serio, tendréis que darme más detalles –dijo Solomon. Señaló el televisor con un gesto de la cabeza–. Ya veis lo grave que es esto. La gente está aterrada.

–Se llaman Gloria Gracefield y Penelope Braithwaite –contestó Hattie.

–¿Gloria? –Solomon frunció el ceño–. Me llamó ayer para preguntarme si sabía algo de tu padre, Isaac. Dijo que trabajaba en el Pentágono. Pero acabo de hablar con el comisario de policía y me ha dicho que ella y esa tal Braithwaite han sido detenidas. Los agentes las encontraron en el laboratorio, forman parte de ese grupo de manifestantes violentos, los Maquinistas.

–¡No, no es cierto! –exclamó Isaac–. Gloria no sabía nada, y a Penny la engañaron. Tenéis que buscar a un suizo de nombre Pascal. Él las utilizó para hacerse con el control del tiempo y ahora les ha tendido una trampa. También secuestró a mi padre.

–¿En serio? –Solomon aguzó el oído–. ¿Sabes cómo lo hizo? ¿Dónde está?

–Pues… –Isaac cerró la boca como si se estuviera tragando algunas palabras–. No estoy seguro –dijo–. Todavía.

–Papá, tienes que resolver esta situación –le rogó Hattie, mirando fijamente el televisor–. Nada de esto habría ocurrido si no se hubiera aprobado el nuevo tiempo. Hay que conseguir que reviertan la decisión. ¿Cómo se llama cuando deshaces una ley?

–Derogar.

–Eso es, tienes que lograr que los parlamentarios vuelvan a la cámara y deroguen la ley del nuevo tiempo.

–El Parlamento ya ha sido convocado –respondió Solomon–. Nos vamos a reunir mañana para debatirlo, pero recuerda que he de ser imparcial. No puedo obligarlos a nada. Si quieren derogar el nuevo tiempo, tendrán que proponerlo ellos.

–¿No puedes hacer trampas? –preguntó Hattie–. ¿Forzarlos?

–No funciona así, cariño –contestó Solomon–. Hay unas reglas, y he de seguirlas.

–Pero eres amigo del primer ministro –insistió Isaac–. ¿Y si le explicases que tiene que derogar la ley y obligar a los demás a que hagan lo mismo?

–Qué curioso –dijo Solomon–. Llevo intentando localizar a Simon desde que me enteré de la noticia, pero no consigo hablar con él. No obstante, el daño que el nuevo tiempo ha causado al país es evidente, no creo que haya mucha oposición a derogar la ley.

En ese momento, llamaron a la puerta y asomó la cabeza Femi, el secretario de Solomon.

–Disculpe que lo moleste, señor presidente –dijo, mirando a los muchachos con precaución.

–No pasa nada, Femi –respondió Solomon–. ¿Ha llamado Simon?

–Por eso he venido, señor. –El hombre parecía preocupado–. El primer ministro estaba regresando de su visita a Washington. Debería haber aterrizado en el aeropuerto de Heathrow hace media hora, pero el fallo... –Señaló la pantalla del televisor con la cabeza–. Está afectando a todo, incluso al control del tráfico aéreo. Y, señor... Según parece, el avión del primer ministro ha desaparecido.

CUARENTA Y CUATRO

Isaac vio una expresión de miedo y confusión en la cara del tío Sol. Este murmuró algo, se llevó la mano a la frente y tropezó con un lado del escritorio mientras buscaba a tientas el teléfono.

–Ponme con Downing Street –le pidió a Femi, sacudiendo el auricular hasta que se dio cuenta de que no estaba enchufado.

El secretario asintió con la cabeza y salió del despacho.

–¿Quién gobierna el país si el primer ministro desaparece? –preguntó Isaac.

–Es complicado –contestó Solomon, sacando un pañuelo del bolsillo para enjugarse la frente–. Isaac, Hattie, creo que es mejor que subáis al piso de arriba.

Isaac vio que la niña apretaba la mandíbula, pero después asintió con la cabeza. Ambos salieron en silencio de la estancia y fueron a toda prisa a la planta superior. Mientras cerraban la puerta a sus espaldas, oyeron las campanadas que anunciaban la media hora en el Big Ben. Isaac pensó que sonaban tristes, como el eco de otro mundo.

–Es una locura –dijo Hattie, encendiendo el televisor y mirando a la gente que, desconcertada, trataba de comprender lo que estaba ocurriendo–. Está afectando a todo.

–Pero los diputados lo arreglarán, ¿verdad? –preguntó Isaac–. Tu padre dijo que derogarán el nuevo tiempo.

–Eso espero –respondió Hattie, no muy convencida. Escrutó a Isaac–. ¿Por qué no se lo has contado a mi padre?

–¿El qué?

–Dijiste que sabías cómo había desaparecido tu padre de la torre del reloj –le recordó Hattie–. ¿Qué sucedió? ¿Por qué te callaste?

–No tengo ninguna prueba –contestó Isaac–. Además, dudo que me creyese.

–Cuéntamelo a mí –replicó Hattie, sentándose en el sofá–. Yo te creeré.

Isaac tragó saliva.

–La noche que desapareció estábamos a punto de enrollar las pesas –le explicó–. Es necesario hacerlo cada tres o cuatro días para que el reloj no se pare. Yo las enrollo un poco, no mucho. Hace un rato, cuando bajamos del taxi, me di cuenta de que el reloj seguía funcionando. Eso significa que alguien le ha dado cuerda, porque ya han pasado dos días.

–¿Por qué lo dices? –preguntó Hattie.

–Esa noche mi padre solo podía salir de la torre del reloj por la puerta principal o por la trampilla del sótano. No había huellas cerca de esta última, y es imposible que alguien se acercara a la entrada desde el campanario sin que yo lo viera.

–En ese caso, ¿cómo salió? –preguntó Hattie.

–No salió –respondió Isaac–. Creo que... mi padre no se movió de la torre del reloj.

Hattie se quedó boquiabierta.

–¿Qué?

–Subí al campanario para buscarlo, lo llamé –prosiguió Isaac–. No estaba allí, pero si el secuestrador, es decir, Pascal, me oyó, podría haberse escondido arriba, en la Ayrton Light. No subí hasta allí. En cuanto encontré el reloj, bajé corriendo para pedir ayuda.

–Así que Pascal y tu padre estuvieron solos en lo alto de la torre del reloj mientras tú bajabas corriendo, encontrabas al guardia y volvías a subir. ¿Cuánto tiempo tardaste en hacer todo eso, cinco minutos?

–Exacto. El tiempo suficiente para encontrar un buen escondite.

–Pero ¿dónde? Si lo registraron todo.

–No, todo no –replicó Isaac–. No buscaron en el hueco de las pesas.

Hattie frunció el ceño.

–No querrás decir…

–Alguien subió las pesas, sí. ¿Por qué? Para llevarlas a la parte superior del agujero, justo debajo de la trampilla de la sala del reloj. En el campanario vimos los arneses y las cuerdas que usan los limpiadores. ¿Y si Pascal escondió a mi padre en esa cavidad? ¿Atado a la pesa principal, debajo del reloj?

–Pero ¡tu padre se habría defendido! ¡Habría peleado! ¡Habría gritado! Jamás lo habría permitido.

–El problema es que yo estaba presente –repuso Isaac–. ¿Y si Pascal tenía un arma? Si hubiera hecho ruido, yo habría acudido corriendo a ver qué ocurría, y mi padre lo sabía. Haría lo que fuera para evitar que alguien me hiciese daño.

–Entonces, cuando la policía buscó a tu padre esa noche y al día siguiente…

–Estaba debajo del suelo –continuó Isaac, estremeciéndose–. A oscuras. En el agujero. Apuesto a que atado y amordazado. O drogado. –Guardó silencio–. A nadie se le ocurriría mirar ahí abajo.

–¿Y Pascal?

–Quizá se escondiese con él o bajara por el hueco: dejando una de las pesas más baja que las demás, podría haberse deslizado por los cables hasta llegar a los sacos de arena que están al fondo con bastante facilidad. Después, solo tenía que escabullirse por la puerta principal mientras el guardia y yo estábamos en lo alto de la torre, antes de que llegaran los demás. Pascal no podía sacar a mi padre de esa manera después de que dieran la voz de alarma, pero él sí que tuvo ocasión de huir. Tú y yo lo sabemos bien.

Hattie asintió.

–Entonces ¿tu padre se quedó allí? –preguntó Hattie–. ¿Hasta cuándo?

–Pascal volvió al día siguiente –contestó Isaac, pensando en voz alta–. Lo vi a través de la ventana cuando salimos de la oficina de Miriam.

–Después de que se fuera la policía –puntualizó Hattie–. Cuando ya no había moros en la costa.

–Volvió y lo sacó de la torrede alguna manera –continuó Isaac.

–¡La campana! –exclamó Hattie chasqueando los dedos–. ¿Recuerdas que dijiste que estaba en una caja de embalaje la noche que se atrasaron los relojes? ¿Y si Pascal la abrió al regresar y metió a tu padre en ella? ¡Podría haberse vestido de repartidor! En una caja tan grande cabe fácilmente una persona.

–Desembaló la campana, metió a mi padre y volvió a enrollar las pesas –prosiguió Isaac, asintiendo con la cabeza.

–¿Por qué iba a hacer lo de las pesas? –preguntó Hattie.

–Es muy meticuloso –observó Isaac con tristeza–. Y le gustan los relojes.

–La vigilancia es estricta, pero a nadie se le ocurriría registrar una caja que saliera del palacio –reflexionó Hattie en voz alta–. En cualquier caso, sabemos quién entregó la campana, Isaac.

La chica fue a su habitación y volvió un momento después con el albarán que habían encontrado en la sala del reloj.

–Fleet Logistics –leyó Isaac–. La dirección es en Paddington. No queda lejos. Podemos…

Miró el televisor al ver aparecer en la pantalla unas fotografías de Gloria y Penny. «Las dos mujeres que se encontraban en el lugar de los hechos parecen ser miembros de los Maquinistas –dijo el presentador–, banda responsable de los actos de sabotaje perpetrados contra relojes públicos en todo el Reino Unido. Según parece, la causa del fallo es el ataque que sufrió el reloj atómico. La Policía metropolitana también ha pedido información sobre los dos chicos que, por lo visto, se encontraban en el lugar de los hechos y cuya identidad aún se desconoce…»

–Mecachis –exclamó Hattie consternada–. ¿En serio creen que tenemos algo que ver con este asunto?

–No han entendido nada –constató Isaac–. Se han liado.

La mente le iba a toda velocidad mientras intentaba comprender qué podían hacer a continuación.

–Si la Policía descubre que estábamos allí, nos detendrán –afirmó Hattie–. No podemos arriesgarnos.

–Las calles están llenas de agentes –dijo Isaac cuando el telediario mostró las imágenes de una pelea que había tenido lugar en el centro de una ciudad–. No harán nada por mi padre. Nadie lo está buscando –añadió preocupado.

–En ese caso, tendremos que dar con él por nuestra cuenta –replicó Hattie con firmeza–. Es nuestra obligación.

CUARENTA Y CINCO

Pascal contrajo la mandíbula a la vez que se apretaba el vendaje sobre la pierna herida. La bala solo lo había rozado, pero había sido suficiente para hacerlo trastabillar. Le dolía y estaba mareado, pero las nociones de primeros auxilios que había aprendido en el ejército se le habían quedado grabadas en la memoria y ya estaba acostumbrado a sufrir. Eso no lo detendría.

En el laboratorio se había producido un verdadero caos. Otra vez por culpa de esos mocosos. Lo habían seguido como una sombra, pero al final él había sido más astuto que ellos. Nada podía empañar la alegría que sentía por haber impuesto el nuevo tiempo al mundo de una vez por todas.

Se le iluminó el móvil. Pascal cortó el extremo sobrante de la venda y lo dobló cuidadosamente antes de responder a la llamada.

–Bien hecho, Pascal.

–Gracias. –Se sintió aliviado al oír que su interlocutor lo aprobaba–. Ya está listo. De verdad.

–Lo sé, pero aún no es momento para celebrar. Tenemos que dar un último paso.

Sus palabras apagaron el entusiasmo de Pascal.

–¿Todavía quieres seguir adelante con eso?

–¿Acaso dudas de mí?

–No... –Pascal carraspeó–. Es solo que... Con toda esa destrucción...

Destrozar los controles del reloj atómico le había parecido excesivo.

–Sé que te disgusta, pero es inevitable. Todos deben ver de qué son capaces los Maquinistas.

–¿Estás seguro de que no hay otra manera de hacerlo?

–Completamente –corroboró el otro–. Tiene que ser así. Un gran espectáculo. Y entonces... Tu sueño, Pascal. El nuevo tiempo se impondrá para siempre. Habrás ganado.

Este recordó a los matones del patio del colegio. Las piedras que le habían lanzado los cadetes. Los científicos que lo habían llamado lunático, que se habían negado a creer que el nuevo tiempo funcionaría, que les ayudaría, que él tenía razón. No lo escuchaban. Jamás lo habían escuchado. Ahora, sin embargo, no les quedaría más remedio.

–Cuenta conmigo –dijo.

–¿Has colocado la carga?

–Sí.

–¿Justo donde te dije?

–Sí.

–En ese caso, ya sabes lo que debes hacer.

Cuando se cortó la llamada, Pascal levantó un aparato del suelo y extrajo una larga antena de la parte superior. En el centro había un gran botón rojo. Lo pulsó y empezó a contar. Exhaló y, de repente, se sintió más sereno. La señal había sido enviada y ya no había vuelta atrás. Estaba a punto de completar su tarea.

En unas horas, todo habría terminado.

CUARENTA Y SEIS

A la mañana siguiente, Isaac se despertó determinado a actuar.

–¿Estás listo? –preguntó Hattie, asomando la cabeza por la puerta–. Mi padre está hablando por teléfono en su despacho. Tenemos que darnos prisa

–Estoy listo –respondió él, subiéndose los calcetines–. Vamos.

Con el mayor de los sigilos, salieron por segunda vez por la ventana para que no los viera el guardia que estaba apostado a los pies de la escalera. Isaac trepó con habilidad por el tubo de desagüe y llegó hasta la azotea con una expresión de firmeza en la cara.

–Debemos tener cuidado –dijo Hattie mientras avanzaban por el canalón–. Turnbull nos pondrá en busca y captura.

Tras entrar por la claraboya de servicio del tejado del palacio, Hattie lo guio por las escaleras traseras hasta los conductos de ventilación que llevaban al horno abandonado que se encontraba debajo del Big Ben.

Isaac se detuvo un momento, miró hacia arriba y se imaginó la torre del reloj erigiéndose por encima de ellos. Se imaginó a su padre atado, balanceándose en la cavidad de las pesas, mientras la Policía lo buscaba por toda la estructura. Se estremeció.

Llegaron a la rejilla metálica que comunicaba con el aparcamiento subterráneo y tiraron de ella. Estaba atornillada a la mampostería.

–Un momento –dijo Isaac.

Acto seguido, sacó la navaja suiza del bolsillo de los pantalones y aflojó los tornillos con un pequeño destornillador. La rejilla se soltó y cayó ruidosamente sobre el frío hormigón.

–¡Chis! –siseó Hattie–. ¡Rápido!

Se dejaron caer por el hueco. El techo del aparcamiento era bajo, y las luces, tenues; además, el suelo estaba cubierto de charcos y manchas de aceite. Un coche ronroneó mientras se dirigía hacia las barreras de salida, donde un guardia de seguridad vigilaba la entrada desde una cabina. Hattie tiró del brazo de Isaac y lo arrastró hasta el coche, luego los dos caminaron agachados, pegados a un lado del vehículo, para que el vigilante no los viera.

–¡Vamos! –susurró ella mientras el coche se detenía y el guardia se asomaba a la ventanilla del conductor.

Subieron a toda prisa por la rampa y la luz del día los saludó al emerger a la calle sin ser vistos. Luego corrieron por la acera y se metieron entre un arbusto. Lo habían conseguido.

La sede de Fleet Logistics estaba cerca de la estación de Paddington. Llegaron a ella utilizando un mapa de Londres que habían cogido en el piso; la aplicación del teléfono de Hattie no funcionaba. Se trataba de un tranquilo callejón adoquinado, protegido del tráfico y de los bocinazos de la calle principal. A él daban las entradas traseras de los comercios y, además, había un gran contenedor de basura lleno a rebosar con los restos de una tienda de ropa: maniquíes desmembrados, perchas de alambre y pilas de cajas de cartón mojadas.

–Allí –señaló Hattie.

Vieron una furgoneta negra aparcada al fondo del callejón. Tras acercarse sigilosamente a ella, la niña echó un vistazo alrededor para asegurarse de que estaban solos. Detrás del vehículo había una puerta que daba a una oficina destartalada, donde unas letras desconchadas formaban las palabras «FEET LOGISTICS».

Isaac empujó la puerta y esta chirrió.

–Han forzado la cerradura –constató Hattie a la vez que la examinaba.

Escudriñó la habitación. Había entrado basura por la puerta abierta. El interior consistía en una sala diminuta de techo bajo, del tamaño de su dormitorio. A excepción de las baldosas de moqueta gris que se levantaban en algunos puntos, no estaba amueblada.

–Aquí no hay nada –dijo Isaac con el corazón en un puño.

Había abrigado la esperanza de encontrar a su padre.

–Debe de ser una tapadera –supuso Hattie–. Un negocio falso. Igual que en las novelas de espías.

–Entonces ¿hemos llegado a un callejón sin salida? –preguntó Isaac.

Hattie miró alrededor y volvió a la furgoneta. Acercó la cara a la ventanilla y vio una moderna pantalla táctil acumulando polvo sobre la palanca de cambios.

–Puede que no –contestó.

Echó un vistazo al callejón y sus ojos se posaron en el contenedor de basura lleno de torsos de maniquíes.

–¿Qué vas a hacer? –preguntó Isaac mientras su amiga se encaminaba hacia este y se arremangaba.

–Tu padre tuvo que salir del Parlamento de alguna manera –respondió Hattie, rebuscando en la basura–. ¿Y si lo trajeron hasta aquí a bordo de la furgoneta?

Agarró una percha de alambre y, tras regresar al vehículo, la desenrolló con cuidado hasta formar una varilla larga con un gancho en un extremo. Isaac examinó la furgoneta con aire pensativo.

–Vale –dijo–, pero pueden haberlo llevado a cualquier sitio.

–Pásame la navaja suiza.

Hattie se metió en la oficina abandonada y levantó una baldosa de la moqueta. Isaac le entregó la navaja y ella desplegó una pequeña herramienta metálica que parecía diseñada para abrir botellas. Era fina, pero resistente. Se acercó a la furgoneta y pasó los dedos por el borde de la puerta del conductor.

–Avísame si viene alguien –dijo.

A continuación, metió la herramienta entre el borde de la puerta y la carrocería. Esta se hundió en la ranura con sorprendente facilidad.

–¿Qué estás haciendo? –susurró Isaac.

Ignorándolo, Hattie utilizó el mango de la navaja a modo de palanca y abrió un poco la puerta, forzando la cerradura junto a la manija.

–Pásame la moqueta –dijo, alargando la mano.

Isaac se la entregó y Hattie la metió en el resquicio de la parte superior de la puerta. Después, sacó la navaja, y la moqueta mantuvo la puerta abierta unos milímetros, como una toalla atrapada en un armario.

–Ahora el alambre –pidió.

Isaac le pasó la percha y Hattie fue bajando la varilla a través de la rendija: primero introdujo el gancho y luego la hizo resbalar con las manos a la vez que observaba cómo se balanceaba mientras entraba a la cabina del conductor.

–¿Estás forzándola? ¡Eso es delito!

–No estoy atracando un banco –argumentó Hattie–. Esos tipos son unos delincuentes. Además, no vamos a robar nada.

El gancho había alcanzado la parte superior de la puerta y oscilaba cerca de la manija. Hattie lo movió arriba y abajo intentando enganchar el tirador como si se tratara de un juego de feria.

–No se ve un alma –dijo Isaac, asomándose agitado por una esquina de la furgoneta.

–Estupendo –contestó Hattie.

El gancho agarró la manija y entonces la niña tiró con fuerza del alambre. La puerta se abrió con un chasquido y, acto seguido, resonó en el callejón la quejumbrosa sirena de la alarma de la furgoneta. Hattie abrió la puerta de golpe y se encaramó al asiento del conductor. Pulsó el botón de arranque. Dado que no tenían la llave, el motor permaneció en silencio, pero la pantalla táctil de la consola se encendió.

–¡Nos van a oír! –exclamó Isaac preocupado–. ¿Qué estás haciendo?

–Averiguar dónde realizan las entregas.

La chica pulsó el botón de navegación y en la pantalla apareció un mapa borroso con un mensaje de error que decía «Sin GPS». Entonces, apretó el botón del historial.

–Date prisa –la apremió Isaac.

–¡Ya está! –alardeó Hattie, mientras veían una lista de tres direcciones: las últimas registradas en el sistema de navegación–. El Parlamento el sábado por la noche. Escribe las siguientes.

–¿Con qué?

–¡Bueno, pues memorízalas! –le soltó Hattie–. Lannister Place número dieciséis y Holland Park.

–Lannister Place número dieciséis y Holland Park –repitió Isaac–. Pero ahora ¡vámonos!

Tiró de su amiga hacia atrás, pero esta se resistió y volvió a pulsar el botón de arranque para apagar el salpicadero. Luego se apeó de un salto de la furgoneta y cerró la puerta. Corrieron por la calle como una exhalación mientras la alarma seguía sonando.

CUARENTA Y SIETE

—En resumen –dijo Isaac, agachándose detrás de un buzón en la esquina de Lannister Place–, ¿qué hemos averiguado?

Habían tardado un buen rato en encontrar la dirección en el mapa. Se hallaba en las inmediaciones de la estación de metro de Holland Park. Las calles seguían sumidas en el mismo caos de la noche anterior. Además, los dos amigos tenían miedo de que los descubriera la Policía. Aun en el caso de que no los hubieran identificado las cámaras de seguridad del Laboratorio Nacional de Física, Hattie estaba segura de que su padre debía de haberse dado cuenta ya de que se habrían ido y a buen seguro había dado la alerta para que los llevaran de vuelta a casa.

–Los secuestradores vinieron hasta aquí con la furgoneta –afirmó Hattie, mirando la calle.

–Exacto. De manera que, si es así como se llevaron a mi padre de la torre del reloj –aventuró Isaac–, lo más probable es que lo trajeran aquí. Y quienquiera que viva en esta casa debe de estar implicado en el asunto.

–Tenemos que averiguar quién es el dueño.

Examinaron el gran edificio de piedra que se encontraba al otro lado de la calle. Una puerta de hierro negro poco acogedora impedía el acceso al camino de grava blanca.

–Supongo que no podemos llamar –observó Isaac.

–Todas estas casas tienen sistemas de seguridad –dijo Hattie–. No nos dejarán entrar.

–Pero eso nunca te ha detenido, ¿verdad?

Hattie esbozó una sonrisa.

–Allí. –Señaló la casa de al lado. Era de tamaño similar y en su día debía de haber sido igual de grandiosa, pero en ese momento estaba cubierta de andamios, porque la estaban reformando. Una lona azul ondeaba, sacudida por la brisa–. Tengo un plan.

Cruzaron la calle a toda prisa y empujaron la puerta de la verja, que se entreabrió, estirando unas cadenas, lo suficiente para que los dos amigos se deslizaran a través de la rendija que estas dejaban. Acto seguido, corrieron hacia la parte trasera de la casa para que no los vieran desde la calle.

–Por aquí.

Isaac se subió a un contenedor lleno de escombros y tablones de madera y avanzó tambaleándose hasta quedar suficientemente cerca del andamio para poder trepar por él.

–Vaya, bien hecho –dijo Hattie–. Veo que estás aprendiendo.

Subieron con agilidad por el andamio hasta que pudieron ver por encima del muro el jardín japonés del número dieciséis.

–¿Ves esa ventana abierta ahí arriba? –preguntó Hattie, señalando el primer piso de la casa–. Hay un enrejado debajo. Si somos rápidos, podemos saltar al jardín y trepar hasta ella sin que nos vean.

–¿Por qué siempre tenemos que saltar? –rezongó Isaac cabizbajo.

Hattie cogió un tablón del andamio y lo empujó hacia el muro del jardín para formar una estrecha barra de equilibrio.

–Ya está –dijo–. ¿Mejor?

–Un poco.

–Voy yo primero, tú mira lo que hago y sígueme, ¿vale?

Isaac asintió con la cabeza, pero cuando Hattie se disponía a subir al tablón, vaciló.

–¿Estamos seguros de que queremos hacer esto? Podemos encontrarnos con cualquier cosa en esa casa.

Isaac reflexionó un instante y luego asintió.

–Tengo que averiguar qué le ha pasado a mi padre –respondió.

Hattie avanzó por el tablón con perfecto equilibrio y luego bajó al jardín en silencio. Isaac la observó mientras subía por el enrejado, encontrando fácilmente dónde agarrarse entre las sinuosas rosas que trepaban por él. Una vez en lo alto, empujó la ventana para abrirla de par en par y entró en la casa rodando sin mayor problema. En total tardó unos quince segundos.

«De acuerdo», murmuró para sí Isaac. Extendió los brazos y empezó a caminar por el tablón. En ese instante, se levantó una ráfaga de viento que lo hizo tambalearse, así que se lanzó hacia delante y se agarró al muro. Sus pies empujaron el tablón, de forma que el borde resbaló y cayó al suelo con gran estrépito. Isaac escaló por el muro y saltó al interior del jardín japonés, aterrizando en un arbusto, que crujió bajo su peso.

En un lateral de la casa se abrió una puerta. Isaac se agachó. Un hombre fornido y vestido con un traje de chaqueta recorrió el jardín con la mirada. Isaac se acurrucó más, sin atreverse a respirar. El viento eligió ese instante para levantarse de nuevo y aulló a través de la lona que cubría la casa de al lado. El hombre corpulento alzó la mirada, negó con la cabeza y volvió a entrar.

Después de aguardar un tiempo razonable, Isaac corrió por el jardín y trepó por el enrejado con tanta habilidad que solo se pinchó un par de veces la palma de la mano con las espinas del rosal. Hattie sacó una mano por la ventana y tiró de él hacia dentro.

–Esto es allanamiento de morada –dijo Isaac con el corazón acelerado por la gravedad de lo que estaban haciendo–. ¡Somos unos delincuentes!

–Para nada, lo hacemos por el bien común –replicó Hattie, cerrando la ventana–. Y no nos van a pillar, solo vamos a averiguar quién vive aquí.

La habitación en la que estaban parecía un armario gigante. A ambos lados había percheros con chaquetas, estanterías con zapatos de cordones en todos los tonos de negro y marrón, y cajones llenos de corbatas y gemelos; además de tres espejos junto a un lavabo. Olía a betún y a colonia cara.

–Por aquí.

Hattie abrió unas puertas correderas que daban a un dormitorio y caminó de puntillas sobre la moqueta en dirección al rellano, donde oyeron unas voces a lo lejos. Isaac la siguió intranquilo y observó a su amiga abrir con sigilo la puerta, arrastrarse por el rellano y pegar la cara a la barandilla. En el pasillo de abajo estaba teniendo lugar una conversación.

–Las previsiones parecen excelentes –decía una voz femenina entrecortada y con acento estadounidense–. Mañana saldrá a la venta una línea de productos tecnológicos de marca Whitethorne a los que no les afecta el problema técnico. –Sonaba metálica, como si procediera de un ordenador–.

Las ventas superarán con mucho lo que hemos visto hasta la fecha.

Isaac y Hattie se asomaron por encima de la barandilla y vieron a través de un arco los zapatos de un hombre trajeado que estaba de pie en lo que parecía un despacho.

–Me alegro mucho –dijo. Los zapatos chirriaban cuando caminaba por la moqueta.

–¿Es...? –susurró Isaac, pero Hattie le tapó la boca con la mano.

–¿Cómo vamos con la imagen pública? –preguntó otra voz en la pantalla donde estaba teniendo lugar la videollamada–. Nuestros clientes no deben darse cuenta de que Whitethorne los está explotando en este momento tan difícil.

–Hemos rebajado mucho tanto el hardware como el software –respondió la estadounidense–. Los compradores agradecerán tener justo lo que necesitan por un precio irrisorio. Después, cuando cambien a Whitethorne, podremos subir los precios sin la menor dificultad, ya que dependerán totalmente de nosotros.

–Y, entretanto, yo puedo aplaudir la generosidad de la empresa y manifestar la gratitud del país por la ayuda que Whitethorne nos ha prestado en unos tiempos tan duros –añadió el hombre del traje.

–Me alegro de que haya vuelto con nosotros, señor Rose –dijo la mujer, riéndose entre dientes.

–Bueno, es mucho más fácil dirigir una empresa que un país –respondió el hombre del traje.

A Isaac se le heló la sangre: señor Rose. Esa era la voz que había reconocido. El hombre que estaba asistiendo a la llamada era el primer ministro.

–¿Qué ha sido de los Guardianes del Tiempo? –preguntó el otro participante en la conversación–. ¿Debemos preocuparnos por ellos?

–Nuestro infiltrado los ha manejado a la perfección –contestó el primer ministro–. No pueden hacer nada.

–¿Y los dos chicos? –preguntó la mujer.

–Son un leve inconveniente –contestó el señor Rose, crispándose un poco–. De hecho… –Miró el reloj, que parecía haber recibido un mensaje–. Creo que ya no tenemos por qué inquietarnos por ellos. Buenos días a todos.

La pantalla que tenía delante se apagó y él se metió las manos en los bolsillos y giró sobre las suelas de sus elegantes zapatos de cuero.

–Hola, Isaac –dijo, volviéndose para mirar fijamente a los niños a través de la barandilla–. Y Harriet, por supuesto. ¿Qué demonios hacéis en mi casa?

Isaac y Hattie recularon de golpe al mismo tiempo, pero al hacerlo se dieron cuenta de que el fornido guardia de seguridad los sujetaba por los hombros.

Los habían atrapado.

CUARENTA Y OCHO

—¿Esta es su casa? –preguntó Hattie en tanto que el guardia los empujaba al interior del despacho del primer ministro–. Pero si vive en el número diez de Downing Street. Y se supone que ha desaparecido, o, mejor dicho, su avión está en paradero desconocido. ¿Qué está ocurriendo aquí?

–Señorita Bassala, para tener unos padres tan bien educados como los suyos, me decepciona mucho –dijo el señor Rose–. Tengo más de una casa, igual que tu padre. Como comprenderás, no puedo urdir una conspiración para derrocar el Gobierno que dirijo desde el despacho del primer ministro. –Le sonrió–. En cuanto a mi avión, no se ha desvanecido, está en un hangar, en un terreno privado propiedad de mi antigua empresa, la Whitethorne Corporation. Permanecerá allí hasta que mi reaparición me beneficie políticamente y me pueda hacer cargo de esta crisis como un auténtico héroe. –Miró a Isaac–. Os agradezco mucho que hayáis venido a verme, así podré atar los dos últimos cabos que me quedaban sueltos.

–¿Dónde está mi padre? –preguntó Isaac–. Se lo llevó usted, lo sé.

–Sí, tu padre. –El señor Rose cabeceó–. Un hombre de mucho talento, pero testarudo. Descubrió demasiadas cosas sobre mis planes, y por eso tuve que eliminarlo, aunque sigue resultándonos útil. Todavía necesito que haga un trabajo muy importante para mí.

–¿Dónde está? –preguntó Isaac.

–Lo verás a su debido tiempo. –El señor Rose se rio entre dientes–. Lo siento, me cuesta mucho no bromear. ¡No puedo evitar sentirme profundamente satisfecho conmigo mismo! ¡El tiempo ha quedado bajo mi control!

–Ha creado un gran caos –replicó Hattie–. Todos están asustados y no funciona nada. ¿Por qué lo ha hecho?

–Algunas cosas sí que funcionan, Hattie –la corrigió el primer ministro–. Los productos de la Whitethorne Corporation se han desarrollado para afrontar el desafío que supone el nuevo tiempo. Sería un tremendo desperdicio conceder cinco años a los competidores para ponerse al día. Al fin y al cabo, soy un hombre de negocios. Dimití como director de la empresa antes de entrar en política, pero aún poseo la mayoría de las acciones. Dominar el tiempo es bueno para los negocios.

–Pero ¿por qué? –preguntó Isaac–. ¡Si usted ya es rico!

–¡Y el hombre más poderoso del país, además! –añadió Hattie.

–¿Ah, sí? –preguntó el primer ministro–. Pues a mí no me lo parece. Tengo que esperar a que tu padre me diga cuándo puedo hablar. Si quiero hacer algo, antes he de engatusar y mimar a seiscientos cincuenta diputados polémicos, es como lidiar con una bolsa llena de gatos irascibles. No puedo llevar a cabo lo que deseo. No puedo tener poder. –Negó con la cabeza–. En este país nos asusta mucho el poder de verdad.

En el pasado teníamos reyes y reinas como Dios manda, que gobernaban a la gente, y esta los amaba y los temía a la vez. Eso sí que era poder. En cambio, ¿qué tengo yo? Un comité sometido a nuestras patéticas tradiciones. En cualquier caso, eso se acabó. Voy a ser un auténtico líder. Ahora que el tiempo me pertenece, podré moldear este país a mi gusto y, gracias al apoyo de Whitethorne, el mundo me seguirá. Inglaterra se convertirá en el país más potente del planeta, y yo seré el gobernante más poderoso.

–Pero usted no controla el tiempo –replicó Isaac–. Contarlo de forma diferente no convierte al día o a la noche en algo que no son, y tampoco impide que nieve en invierno.

–¿Por qué deberían importarme la luz del sol o la nieve? –preguntó Rose–. No me detendré en las horas y los minutos. Los años tendrán cien días. No veo la necesidad de vincular mi ambición al sol. Con los relojes informatizados puedo dar forma y adaptar el tiempo a mi voluntad. Si quiero que un año sea más largo, lo será. Si deseo que pase un lustro, así se hará. El Sol y la Tierra ya no serán los árbitros del tiempo, lo seré yo. Seré tan omnipotente como un dios, Isaac. Y nada ni nadie podrán impedírmelo.

Su boca se curvó y la mirada que ardía en sus ojos estremeció al chico.

–El Parlamento lo detendrá –advirtió Hattie–. Usted no es un dios, sino un cargo electo. Y los diputados están reunidos para derogar la ley del nuevo tiempo y volver a la normalidad.

–No me cabe duda –asintió el primer ministro impasible–, pero ni siquiera tu padre sabe lo que he preparado para esa chusma de idiotas con ganas de murga. –Miró su reloj y sonrió–. Todo terminará al atardecer. La última puesta de sol importante.

Hattie abrió la boca.

–Nunca...

–Ahórrame la humillación de decirme que no me saldré con la mía, Harriet –dijo el primer ministro. A continuación, miró al guardaespaldas–. Mételos en el sótano.

Isaac se abalanzó hacia la puerta, pero el guardia lo agarró. Ni Hattie ni él pudieron hacer nada mientras los introducían por una robusta puerta metálica que se hallaba debajo de la escalera, que luego cerraron a cal y canto.

–¡Déjennos salir!

Hattie golpeó la puerta, pero esta estaba bien cerrada.

–No sirve de nada –dijo Isaac, dejándose caer al suelo–. Estamos atrapados.

Por su mente pasó todo lo que les había dicho el primer ministro. Había planificado el caos desde el principio para lograr más poder del que jamás había tenido nadie. La idea de que pretendiese arrancar el tiempo de raíz lo ponía enfermo. El mundo ya no funcionaría según el ritmo de los relojes de sol ni de las estaciones; un segundo, un minuto, una hora o un año serían tan largos o cortos como quisiera el señor Rose, y nada iba a poder impedírselo.

–¿Isaac?

En el preciso momento en el que estaba a punto de engullirlo un maremoto de pánico, la voz que sonó al fondo de la escalera del sótano llenó de alegría su corazón. Se volvió.

–¿Papá?

CUARENTA Y NUEVE

Diggory Turner estaba al pie de la escalera, con los ojos muy abiertos, feliz de volver a ver a su hijo. Tenía la barba desaliñada y llevaba un delantal manchado de grasa. Además, sujetaba en las manos una pluma y una regla. Los dos se escrutaron un momento, luego Isaac bajó corriendo hacia él y saltó a sus brazos.

–Papá. –Lo estrechó contra su cuerpo–. Lo sabía. Sabía que estabas bien.

–¡Y yo estaba seguro de que me encontrarías! –dijo Diggory, riendo y llorando a la vez–. Siempre lo he sabido, mi chico es listo e inteligente.

Lo abrazó con fuerza y levantó la vista cuando Hattie bajó la escalera de puntillas.

–¿Hattie? –preguntó perplejo–. ¿Qué haces aquí?

–Encontramos las pistas que dejaste –balbuceó Isaac–. El tío Sol me llevó a vivir a su casa y Hattie me ayudó a buscar en el Gran Reloj. ¡Conocimos a los Guardianes del Tiempo! Penny nos ayudó al principio, pero luego nos traicionó, el tipo suizo hizo saltar por los aires el reloj atómico para que el nuevo tiempo se aplicase en todas partes y no podemos…

–Tranquilo, tranquilo –dijo Diggory–. Respira hondo. ¿Qué ha hecho Penny?

–Ha traicionado a los Guardianes del Tiempo –contestó Hattie–. Te secuestraron por su culpa.

–Sabía que no era de fiar.

Isaac se estremeció al oír otra voz en el sótano. Un hombre se movió en la penumbra y apareció vestido con un traje arrugado bajo el resplandor de una lámpara que colgaba del techo bajo.

–Os presento a Luc Bouchard –dijo Diggory–. A él también lo secuestró Pascal.

–Hace tiempo que sospechaba que Penny era la traidora –confirmó este–, pero tu padre no me creía.

–Es mi amiga más antigua, la conozco desde hace mucho tiempo –argumentó Diggory con pesar–. Jamás te habría enviado a buscarla si hubiera sabido que no era de fiar.

–Ella nos traicionó, pero luego Pascal la traicionó a ella –dijo Isaac, y a continuación les explicó lo que había sucedido en el reloj atómico.

–*Mon Dieu!* –Luc apoyó la cabeza en las manos–. Ese hombre es un monstruo.

–Igual que los Maquinistas –dijo Isaac.

–Los Maquinistas no existen –repuso Diggory.

–¿Qué quieres decir? –preguntó Hattie–. Los hemos visto en las noticias.

–Ese fue el primer indicio de que estaba ocurriendo algo raro –les explicó Diggory–. Cuando empezaron a destrozar relojes, intenté investigar sobre el asunto. Pensé que, si podía hablar con ellos, comprenderían que sus protestas no servían para nada. Pero no había forma de localizarlos y, cuando indagué más, no pude encontrar a ningún miembro. Era un grupo de protesta falso, creado con el objetivo de hacer pasar por irracionales a todos los que se oponían al nuevo tiempo, por eso cometieron esos actos violentos.

–Pascal debió de destruir los relojes por orden del primer ministro –apuntó Hattie.

–Los Maquinistas procuraron una tapadera para el ataque contra el reloj atómico –corroboró Luc–. Pobre Gloria. Le echarán la culpa. –Negó con la cabeza–. Irina, Jay, Gloria... Debería haberlo comprendido. Ellos le dieron a Simon Rose lo que necesitaba.

–Pero ¿por qué quiso secuestrarte a ti? –Isaac frunció el ceño y se volvió hacia su padre–. ¿Por qué te trajo a su casa? –Escrutó el delantal sucio que llevaba puesto su padre y los instrumentos de dibujo que tenía en la mano–. ¿Qué has hecho estos días?

–Simon sabía que no tardaría en averiguar la verdad –respondió Diggory–. Sabía que el tiempo se podía secuestrar a través del Laboratorio Nacional de Física, pero desconocía quién querría hacer algo así. Tenía que quitarme de en medio antes de que lo descubriera. Así que me trajo aquí para que diseñara un reloj.

–¿Para el nuevo tiempo?

–Exacto, pero no un reloj cualquiera. Uno que sustituya al Gran Reloj.

Diggory encendió una lámpara inclinada sobre un tablero de dibujo. Isaac vio las líneas familiares de los diseños de su padre.

–Su visión del futuro se basa en el nuevo tiempo –les explicó Diggory–. Simon pretende que sustituir el Big Ben por un reloj mecánico con una esfera de diez horas. Bueno, a decir verdad, solo parecería mecánico. Estaría a su merced, por descontado. Aspira a dominar el tiempo por completo.

–Eso nos dijo también a nosotros –confirmó Isaac–. El tiempo ya no guardará ninguna relación con la Tierra. Tampoco con las estaciones, ni con la luz del día… Va a ser horrible.

–¿Te obligó a diseñarlo? –preguntó Hattie–. ¿Un sustituto para el reloj del que te ocupas?

–Es un castigo por intentar detenerlo –contestó Diggory–, pero para fabricarlo tendrá que pasar por encima de mi cadáver.

–¿Por qué no se limita a cambiar la esfera del reloj? –preguntó Isaac, mirando el diseño del edificio que rodeaba el artefacto de su padre–. Sé que el mecanismo también se ha de cambiar, pero ¿por qué quiere complicarse la vida y desmontar el Gran Reloj para sustituirlo por otro nuevo?

–Porque el Big Ben ya no existirá –razonó Hattie lentamente–. Dios mío.

–¿Qué? –inquirió Isaac–. ¿Qué pasa?

–Tú también oíste lo que dijo –respondió ella con inquietud en la cara–. Los diputados se van a reunir en el Parlamento para derogar el nuevo tiempo, pero eso no le preocupa. Dijo que todo habría terminado al anochecer y considera que será el líder supremo, que no tendrá que esperar a que el Parlamento apruebe sus planes…

–¡Ay, no! –susurró Diggory.

–No creerás que… –masculló Isaac–. No puede…

–Claro que puede –replicó Luc–. Mira lo que ha hecho hasta ahora.

–Echa un vistazo a esos dibujos –añadió Hattie–. Creo que pretender destruir el Parlamento. Y el Big Ben también, ¡todo el palacio!

–¿Con todos dentro? –preguntó Isaac.

–Así ya no tendrá que seguir escuchándolos. –Hattie palideció–. Mi padre está allí –dijo–. Miriam, Femi, todos. ¡Tenemos que evitarlo como sea, Isaac!

CINCUENTA

—Si consiguiéramos salir de este sótano –dijo Diggory–, podríamos detener el plan de Simon, pero es imposible. Estamos encerrados. No hay forma de escapar.

–Tiene que haber alguna manera –repuso Hattie–. Soy capaz de entrar o salir de todas partes.

–¿Hay un desagüe? –preguntó Isaac–. ¿Una ventana secreta, una escotilla oculta? Quizá podríamos abrir un agujero en la pared.

–Las paredes son de hormigón macizo y no hay otra forma de entrar o salir más que por esa puerta de acero –contestó Luc–. Lo siento, chicos, ya lo hemos intentado.

–Siempre hay una salida –replicó Hattie con firmeza.

A continuación, empezó a inspeccionar el sótano.

–¿De qué herramientas disponemos? –preguntó Isaac, poniendo el cerebro en acción.

Pasó las manos por la sólida puerta metálica en busca de un punto débil.

–Hay tuberías de agua en la pared –dijo Hattie mientras examinaba el lugar–. Además, hay una caldera y un extintor. Un montón de botellas de vino, una escoba…

–Yo lo único que tengo son los útiles de dibujo que me dio Simon para diseñar el reloj –respondió Diggory, levantando una regla y un portaminas.

–¿Qué más? –insistió Isaac.

–Una brújula –tartamudeó Diggory–. Una calculadora. Unas cuantas escuadras. Nos da de comer una vez al día, todavía tengo el plato que nos trajo antes. Huesos de pollo. Cubiertos.

–¿Cómo podemos atravesar una puerta de acero con esas cosas? –preguntó Luc.

Isaac palpó las bisagras.

–Pensé en desenroscarlas –dijo su padre–, pero son viejas. Los tornillos están oxidados.

–El óxido es metal debilitado –afirmó Isaac, pensando en voz alta–. ¿Qué tipo de extintor es, Hattie?

–Uno de dióxido de carbono. –La muchacha lo agarró–. ¿Por qué?

–Tráelo.

Hattie lo subió por la escalera y se lo dio a Isaac. Pesaba mucho.

–Sometido a presión, el dióxido de carbono se almacena como un sólido –les explicó–. Hielo seco. Cuando sale, está frío, a unos menos setenta grados centígrados. El metal, cuando se enfría mucho, se resquebraja, igual que la loza. Si apunto hacia las bisagras…

–Podremos romperlas –dijo su padre, completando la frase–. Una idea brillante, Isaac. Dámelo, no vayas a quemarte.

Isaac y Hattie dieron un paso atrás y vieron cómo Diggory apuntaba el extintor hacia la bisagra inferior. Una nube de aire blanco como el hielo salió disparada por la boquilla. Al cabo de unos segundos, el relojero paró y golpeó la bisagra con la botella roja con toda la fuerza que pudo.

–Ha funcionado –jadeó.

Isaac se levantó para comprobarlo. La bisagra estaba intacta, pero la parte oxidada que la cubría se había partido como un pedazo de chocolate. Debajo había salido a la luz el pasador que mantenía unido el mecanismo.

–Haz lo mismo con la otra –pidió–. Se me ha ocurrido una idea.

Bajó hacia el escritorio mientras su padre atacaba la segunda bisagra y cogió el portaminas. Cuando volvió a subir la escalera, la tapa de la segunda bisagra ya estaba rota.

–Aún queda el pasador que las mantiene unidas –dijo su

padre, soltando el extintor–. Necesitamos algo muy fino para empujarlo hacia fuera.

–Lo tengo –contestó Isaac.

Desenroscó el capuchón y sacó la mina. Con cuidado, la introdujo por la parte inferior de la bisagra, empujando el pasador a través de la tapa que habían roto.

–Ya están los dos –dijo, tirándolos al suelo–. Ahora podemos echar abajo la puerta.

–Ven aquí, Luc –lo llamó Diggory.

Los dos hombres la agarraron por arriba y por abajo y tiraron de ella con un gesto de dolor. Isaac vio que las bisagras se abrían, resbalando como unos dedos entrelazados. La puerta crujió y se soltó del cerrojo.

Diggory gruñó, ya no podía sostenerla más. La puerta cayó sobre la pared. Isaac se apartó mientras el armazón metálico rodaba por la escalera con un estruendo lo bastante fuerte como para despertar a los muertos. Los cuatro se miraron.

–¡Corred! –gritó Hattie.

Salieron a toda prisa al pasillo en el preciso momento en el que el fornido guardia de seguridad bajaba la escalera como una exhalación para averiguar lo que había pasado.

–¡ALTO! –gritó, a la vez que obstruía con su mole la puerta frontal.

Se precipitaron entonces hacia el comedor. Una vez allí, Diggory levantó una silla y la lanzó hacia un par de puertas de cristal, que se hicieron añicos en un estallido de esquirlas.

–¡Cuidado, papá! –gritó Isaac cuando el guardia hizo ademán de asestarle un puñetazo en la cabeza a Diggory, pero este se apartó justo a tiempo.

Luc golpeó con el puño las costillas del hombre, que se dobló dolorido.

–¡Vamos! –gritó el francés, forcejeando con el guardia–. *Vite, vite!*

Mientras Luc ganaba tiempo, los otros tres saltaron a través de las ventanas rotas al patio al mismo tiempo que sonaba una alarma. Isaac corrió hasta la verja metálica. Hattie ya la había saltado y se estaba colocando para tirar de él. Isaac sintió los brazos de su padre a sus espaldas, ayudándolo a levantarse, y se volvió para hacer lo mismo que Hattie había hecho con él. Mientras tiraba de su padre hacia lo alto de la verja, oyó un grito y vio a Luc caer al suelo en el interior del salón tras haber recibido un puñetazo del guardia de seguridad. Isaac y Diggory saltaron de la verja mientras el hombretón avanzaba tambaleándose sin dejar de gritar. Corrieron como alma que lleva el diablo, alejándose de la casa del primer ministro mientras el sonido de las sirenas invadía el aire.

CINCUENTA Y UNO

Los bancos de color verde brillante de la Cámara de los Comunes bullían de actividad a medida que los diputados entraban en tropel en la cámara. Solomon estaba de pie junto al sillón del presidente, envuelto en su toga oscura, observando la escena.

–La maza está lista, señor presidente –le dijo Claire, asintiendo con la cabeza cuando volvió a su lado tras colocarla en el centro de la sala–. Pero aún no han llegado todos los diputados.

–No podemos esperar más –dijo él–. Los rezagados ya tomarán asiento cuando lleguen. ¡ORDEN, ORDEN! –rugió, alzando las manos mientras ocupaba su sillón–. Gracias por haber vuelto para esta sesión de emergencia, sé que es una hora inusual…

–¿Cómo puedes saber qué hora es? –gritó alguien.

–El plan del Gobierno para el nuevo tiempo es un desastre –terció otro.

En los bancos de la oposición, algunos entonaron y gritaron «¡Eso es!».

–El problema no es el nuevo tiempo, sino los Maquinistas –vociferó un diputado al que sus compañeros abuchearon furiosos, caldeando aún más el ambiente de la sala.

En la última fila de la galería pública, Pascal se apretó con nerviosismo las manos. La caótica escena lo estaba poniendo nervioso. Miró su reloj, cuyos números blancos y nítidos avanzaban hacia lo inevitable.

Dudó un instante, pensando en lo que iba a suceder, pero luego recordó las palabras que Simon le había dicho por teléfono: era su momento, su triunfo. Debía estar ahí para presenciarlo.

Simon siempre se había portado bien con él, desde que fundó la Whitethorne Corporation con Pascal como ingeniero jefe. Lo había ayudado a hacer realidad sus ideas. Él se ocupaba de las relaciones, en tanto que Pascal era el cerebro. Pero siempre lo escuchaba. Incluso había prestado atención a su idea más audaz: imponer al mundo el nuevo tiempo a fin de aplicar un sistema de medición adecuado, una ciencia más certera, por el bien que conllevaba que todos se atuvieran a las mismas reglas.

–¡ORDEN! –La voz de Solomon irrumpió en la algarabía como un mazo. La sala enmudeció–. Nos hemos reunido en unas circunstancias sin precedentes –continuó–. Estamos aquí para debatir sin demora la derogación de la ley del nuevo tiempo que aprobamos… esto… ayer, o lo que es lo mismo, hace cinco años. La oposición ha presentado una moción especial y actuaremos tan rápido como nos sea posible. Cedo la palabra al muy honorable miembro del sur de Devon.

Señaló con la cabeza a un diputado que se encontraba a su izquierda, quien se puso en pie y empezó a hablar.

Pascal volvió a mirar el reloj.

Faltaba una hora.

El debate había comenzado.

CINCUENTA Y DOS

—Espero que llegue a tiempo –dijo Isaac, mirando la brillante esfera del Big Ben, que resplandecía en el cielo crepuscular. Faltaba poco para que anocheciera. El tiempo se estaba agotando.

–Llegará –afirmó Hattie con confianza–. No me cabe duda.

Un maltrecho Volvo de color azul se abrió paso a bocinazos entre el tráfico y los manifestantes y avanzó dando tumbos hasta que se detuvo a su lado en la plaza del Parlamento. Las ventanillas se bajaron y Miriam Khan los saludó desde el interior.

–Subid –gritó.

Isaac y Hattie se metieron en la parte de atrás y Diggory se apretujó en el asiento del copiloto. El coche estaba hecho un asco, olía a perro mojado y a sándwiches viejos.

–¿Qué demonios ocurre? –preguntó Miriam, dando marcha atrás apresuradamente y volviendo a pegar un bandazo hacia delante al cambiar la marcha–. Diggory, ¿qué te ha pasado? Hattie, ¿qué es eso de que te busca la Policía?

–No podemos explicártelo, es peligroso –contestó el relojero–. Tanto para ti como para el resto de la Policía Militar. Solo necesitamos que nos eches una mano para entrar en el palacio. Si tratamos de hacerlo solos, intentarán arrestarnos.

–Sin problema –dijo Miriam, girando el volante mientras avanzaban por una calle de un solo sentido–. Tu llamada llegó justo a tiempo, porque, en caso contrario, ya estaría dentro. Han convocado a todos los diputados a una votación urgente.

–Ya lo sabemos –asintió Isaac con tristeza.

–No nos queda más remedio que pasar el control de seguridad. Estaremos como sardinas en lata, pero vosotros, chicos, podéis meteros en el maletero. Tengo varias mantas y otras cosas bajo las que ocultarte, Diggory. Daré la vuelta a la manzana y llegaremos en dos minutos. Será mejor que os pongáis en marcha.

Isaac y Hattie treparon al maletero y tiraron de la cubierta para esconderse debajo. Después oyeron que Diggory pasaba, disculpándose, del asiento delantero al posterior.

–Ahora calladitos y quietos –les dijo Miriam–. Si uno estornuda, iremos todos a la cárcel.

Isaac se dio cuenta de que el coche aminoraba la marcha y

oyó que Miriam bajaba la ventanilla para presentar su documento de identidad.

–Buenas noches, señora Khan. –Se oyó la voz de un agente de policía.

El haz de luz de una linterna brilló entre las rendijas de la tapa del maletero. Isaac tragó saliva.

–Tiene un montón de cosas ahí dentro, ¿le importa si echamos un vistazo?

–Estaba de acampada y he tenido que regresar a toda prisa –respondió Miriam–. No hay tiempo para registros, debo presentarme al debate urgente que está teniendo lugar en el Parlamento.

–Me temo que debo insistir –dijo el policía.

–En ese caso, necesitará guantes –advirtió Miriam–. Mis perros se encontraron mal durante el viaje y dejaron la parte de atrás hecha un asco. A los dos lados, me temo. Lo he tapado de cualquier manera para llegar a tiempo para la votación, pero si insiste en registrar el coche con las manos...

–No, seguro que todo está en orden –dijo el oficial. Hattie contuvo una risita–. Puede pasar.

–Gracias –respondió Miriam mientras el guardia le devolvía su carnet de identidad; a continuación, pisó el acelerador.

Isaac sintió que el coche doblaba una curva y permaneció inmóvil como una estatua. Al cabo de unos instantes, oyeron el clic del freno de mano y que el motor se apagaba.

–Ya está –anunció Miriam cuando Hattie retiró la cubierta del maletero–. Estamos dentro. Pero ahora, ¿podéis decirme por qué corremos peligro?

–Tienes que confiar en nosotros, Miriam –dijo Diggory al salir de debajo de la manta–. El primer ministro está involucrado en el fallo técnico y en el caos que este ha provocado. Él fue quien me secuestró.

–¿Simon Rose? –preguntó Miriam con aire de incredulidad–. Eso es imposible.

–Y a nosotros también –corroboró Hattie, y después le explicó rápidamente lo que les había sucedido.

–Va a aprovechar esta reunión de emergencia para atentar contra el Parlamento –añadió Isaac.

–¿Cómo? –preguntó Miriam–. ¿Qué tipo de ataque?

–No lo sabemos –contestó el muchacho–, pero creemos que tiene que ver con la torre del reloj.

–En ese caso, debemos avisar a los diputados –dijo Miriam.

–Tenemos que sacarlos de la cámara –agregó Hattie–. A mi padre también. Hay que evacuar el edificio entero.

–Interrumpiré el debate –dijo Miriam, asintiendo con la cabeza–. Ahora mismo. Ven conmigo, Hattie, responderé por ti. En cuanto a vosotros dos –añadió, mirando a Isaac y a Diggory–, espero que tengáis un plan.

–Más o menos –dijo el relojero.

–Aseguraos de que salga todo el mundo del palacio –insistió el chico–. Eso es lo esencial.

Miriam asintió con la cabeza y se apeó del coche. Isaac vio que estaban en el aparcamiento subterráneo, fuera de la vista del guardia que vigilaba la entrada.

–Por aquí, Hattie –dijo Miriam, agarrándole una mano.

Corrieron hacia la escalinata por la que se accedía al vestíbulo, el Westminster Hall.

–¿Papá? ¿Qué debemos…?

Isaac se detuvo cuando su padre lo abrazó con fuerza.

–Me has rescatado –dijo–. Gracias, hijo. Me alegro mucho de que estés a salvo.

Y aunque sabían que no había tiempo que perder, el chico dejó que su padre lo estrechara entre sus brazos durante unos segundos maravillosos.

–¿A la torre del reloj? –preguntó Diggory mientras se separaba de él.

–Rose dijo que su plan comenzaría al atardecer –respondió Isaac–. No nos queda mucho tiempo.

–Acabo de recordar que Pascal me quitó la llave, no puedo abrir –dijo Diggory con semblante preocupado.

–Da igual –apuntó Isaac, sonriendo–. Conozco otra manera de entrar.

CINCUENTA Y TRES

Isaac trepó por la rejilla para salir al estrecho pasillo del sistema de ventilación y se dio la vuelta para ayudar a su padre a subir tras él.

–Pascal entró por aquí –susurró el chico, guiando a su padre por el pasillo.

Al llegar al viejo horno, Isaac señaló la trampilla del techo. Treparon hasta la habitación llena de sacos de arena.

–Caramba, estamos en la cavidad de las pesas –dijo Diggory impresionado–. No sabía que se podía entrar por aquí.

–Sígueme –indicó Isaac, dirigiéndose hacia la puerta de la escalera y subiendo los peldaños de dos en dos.

–¿Qué estamos buscando? –preguntó su padre, corriendo detrás de él.

–Supongo que Pascal hizo algo cuando estuvo aquí

–contestó el chico pensativo–. ¿Podría haber saboteado el reloj? ¿O roto algo?

–Nada que pueda destruir la torre –contestó Diggory mientras cruzaban un rellano–. A menos que haya conseguido introducir algún material en la estructura. Aunque me sorprendería que hubiera podido burlar la seguridad.

–¡Eso es! –exclamó Isaac–. ¡Por eso utilizaron una empresa de reparto falsa! No fue solo para sacarte de aquí dentro de una caja de embalaje vacía, ¡sino también para traer algo que necesitaban tener en el palacio!

–Pero lo único que nos entregaron aquí fue…

–¡La campana! –gritó Isaac, subiendo la escalera aún más rápido–. ¡Es la campana!

Entró como una exhalación en la sala del reloj y estuvo a punto de caerse de agotamiento; le ardían las piernas.

–Mira –dijo sin aliento cuando su padre apareció detrás de él en la puerta.

La campana estaba en el centro de la pared sur, justo al lado de los tres engranajes del reloj. La escudriñaron en silencio, solo se oía el suave tictac del Gran Reloj.

–Pero ¿para qué les puede servir una campana? –preguntó Diggory.

Isaac se arrastró hasta ella frunciendo el ceño.

–Qué raro –dijo, mirándola de cerca–. ¿No debería ser de bronce?

–Se supone que pesa más de una tonelada –dijo Diggory, también enfurruñado–. Un hombre solo no podría desembalarla.

Agarró una palanca del suelo y la metió por el agujero que se abría en lo alto de la campana. Al levantarla, descubrió que podía inclinarla hacia un lado. En la sala retumbó un sonoro golpe seco.

–¡Caramba! –exclamó, apoyándose en el tren de sonería–. Esto no pesa ni de lejos una tonelada. No es de bronce. La pintaron para que lo pareciera. Es de algún tipo de polímero.

Intrigado, Isaac se asomó al amplio fondo del instrumento y vio que su interior era plano y gris, a diferencia de la pintura metálica lisa y brillante que cubría el exterior.

–Ahí dentro hay algo pegado, del tamaño de un zapato –dijo, inclinándose más–. Se ven unas lucecitas.

–Déjame echar una ojeada.

Diggory se arrodilló y miró dentro de la campana, observando de cerca el extraño dispositivo que estaba fijado justo encima del borde.

–Tiene unos números –añadió Isaac–. Y… cables.

El corazón le dio un vuelco cuando cayó en la cuenta de lo que estaba viendo.

–¿Qué demonios…?

Su padre se asomó más, confuso, pero al chico ya no le cabía la menor duda. Alargó un brazo y presionó con el pulgar la base de la campana. Notó que esta se deformaba un poco y, cuando retiró la mano, vio que su huella dactilar había quedado impresa en la superficie. Tenía la impresión de haber hundido el dedo en un pedazo de arcilla blanda.

–Es maleable –susurró–. Como la masilla. Y esa caja, esos números…, es un temporizador. Los cables van directamente al cuerpo de la campana. Papá…

–Ya lo sé –lo interrumpió Diggory. Tenía la cara pálida–. No es una campana. Es una bomba.

CINCUENTA Y CUATRO

Hattie y Miriam atravesaron corriendo el amplio espacio del Westminster Hall, sin detenerse siquiera cuando los guardias les ordenaron a voz en grito que lo hicieran.

–¡Apártense! –les gritó Miriam–. Soy miembro electo de este Parlamento y llego tarde, ¡no se interpongan en mi camino!

Atravesaron a toda velocidad la capilla de san Esteban y llegaron al concurrido cruce del vestíbulo central. El corazón de Hattie latía con fuerza en su pecho, hasta tal punto estaba desesperada por reunirse con su padre.

–Ven conmigo a la sala de los Comunes –dijo Miriam.

–¿Y si no nos hacen caso? –preguntó Hattie insegura, sintiendo un escalofrío en el cuerpo.

–Los obligaremos –respondió Miriam.

Corrieron hacia la sala. Los guardias que estaban apostados en el Members' Lobby, la sala de los diputados, salieron de sus puestos en el exterior de la doble puerta, pero Mirian pasó por delante de ellos a toda prisa aferrando a Hattie por una muñeca.

–¡Viene conmigo! –gritó, entrando bruscamente en la sala.

Al entrar, Hattie sintió que la envolvía el calor de la estancia, que ardía con los gritos de los seiscientos parlamentarios.

–Esto no es más que otro intento del Gobierno de desviar la atención de su pésima gestión…

–El primer ministro está en peligro, el país carece de líder, ¿no deberíamos concentrarnos en cosas más importantes?

–¡Eso es!

–¡Orden, orden! –rugía el presidente de la cámara.

Abrió la boca para hablar, pero se detuvo.

Había visto a Hattie.

La cólera y el alivio parecían haberlo paralizado. Se puso en pie de golpe, como si fuera a echar a correr hacia ella, pero en lugar de eso agarró el brazo verde del sillón que tenía detrás por instinto, como si estuviera pegado a él. La chica recordó que no podía abandonar su asiento sin antes dar por terminada la sesión. Sus ojos se posaron en Miriam, que señaló los bancos. Solomon asintió con la cabeza.

–¿Qué hace aquí? –preguntó Claire Turnbull, acercándose a Hattie desde el asiento que ocupaba entre los bancos, con la espada balanceándose en un costado–. Esta vez ha ido demasiado lejos, señorita Bassala.

–No lo entiende –replicó Hattie–. Todos corren peligro, ¡tienen que salir ahora mismo!

–He aguantado sus tonterías demasiado tiempo, jovencita –dijo Claire, ordenando a uno de los guardias que se aproximara con un ademán–. La declaro una amenaza para la seguridad y voy a entregarla a la Policía.

–¡ORDEN! –gritó Solomon en un desesperado intento de silenciar el alboroto que reinaba en la sala–. Cedo la palabra a la honorable diputada por Leyton y Wanstead.

–Gracias, señor presidente. –Miriam se levantó de un salto–. Tengo un asunto muy grave y urgente que comunicar a todos ustedes. ¡SUELTE A ESA CHICA! –vociferó a Claire, quien había agarrado un brazo de Hattie y se lo había doblado a la espalda. Los diputados ahogaron un grito de sorpresa–. Ella es la única oportunidad de sobrevivir que tiene nuestra democracia.

–¡No debería estar aquí! –bramó Claire.

–¡Suelte a mi hija hasta que le ordene lo contrario, sargento! –vociferó Solomon–. Continúe –añadió, dirigiéndose a Miriam.

–El primer ministro nos ha tomado a todos por tontos –afirmó Miriam. La cámara estalló en gritos de protesta, pero ella se hizo oír por encima del barullo–. ¡Él es el responsable del caos que estamos viviendo! Además, tiene intención de destruir esta misma noche el centro de este palacio, el tictac del corazón de la democracia. Tenemos que evacuar la sala de inmediato.

Pero el alboroto era demasiado fuerte y ahogó la voz de Miriam como una marea.

–Debo pedir a la honorable dama que se retracte de los comentarios que ha hecho sobre el primer ministro –le ordenó Solomon, alzando la voz–. No se le puede llamar traidor, eso socava la integridad de esta cámara...

–Pero ¡es un mentiroso! ¡Un sinvergüenza! –gritó Hattie.

Nadie la oyó. La chica trató de desasirse de Claire.

–He visto muchas estratagemas para intentar evitar una votación, pero esta es la más extraña –aseguraba un diputado a voz en grito.

–¡ORDEN! –rugió de nuevo Solomon–. Sargento, escolte a la honorable dama fuera de la sala. La votación debe continuar YA.

Claire soltó a Hattie, quien avanzó a trompicones por la alfombra verde.

–¡NO! –dijo a pleno pulmón–. ¡No pueden votar! ¡Tienen que irse! ¡Ahora mismo!

Pero el mecanismo ya se había puesto en marcha. Hattie podía ver a su padre pasando notas a los secretarios que lo flanqueaban. En cuanto diese comienzo la votación, los diputados se encaminarían hacia los correspondientes salones, donde los encerrarían, de forma que sería imposible evacuarlos. Era su última oportunidad.

–¡Deténganse! –gritó, corriendo hacia la caja ceremonial que tenía delante su padre–. ¡Paren la votación!

Movida por un impulso, agarró la maza y la sacó de su soporte. Los presentes lanzaron gritos ahogados y se estremecieron.

–¡Tienen que detener la votación! –repitió Hattie, alzando la voz–. ¡No es seguro! ¡Deben salir cuanto antes!

–¡Quite las manos de las pertenencias del rey! –le ordenó Claire, aproximándose a ella, pero Hattie se volvió y la golpeó

con la maza, de forma que la mujer perdió el equilibrio y cayó al suelo.

–¡No pueden votar si la maza no está en su sitio! –afirmó Hattie–. Hablo en serio, papá. Da por terminada la sesión. ¡Ya!

–Tiene razón. –Miriam se adelantó, agarró la maza y la sujetó, junto con Hattie–. Podemos explicártelo todo, pero ahora debes cerrar el Parlamento.

–No hay tiempo –tartamudeó Solomon.

–¡Pues sácalo de donde sea! –gritó Hattie–. Da por terminada la sesión. ¡Ya!

Mientras la sala caía presa de un estallido de furia y los guardias capturaban por fin a las intrusas, Solomon se puso en pie.

–¡Doy por concluida la sesión! –vociferó–. Sargento, declare una amenaza contra la seguridad nacional. Debemos evacuar el palacio cuanto antes.

CINCUENTA Y CINCO

Isaac se quedó mirando la campana y el resplandor de la falsa pintura metálica.

–Es explosivo plástico –afirmó Diggory, presionando con el pulgar el material igual que había hecho Isaac y llegando a la misma conclusión.

–Moldeado para que parezca una campana. ¿Cuánto pesará, doscientos kilos?

–Suficiente para partir por la mitad un edificio al estallar –reflexionó Isaac. Pensó en la vista del Parlamento que había contemplado con Hattie, cuando los dos habían subido a los tejados y habían visto la torre erigiéndose por encima del edificio–. Está en el lado sur. La explosión destrozará la torre del reloj y esta se derrumbará sobre el palacio.

–Justo encima de la Cámara de los Comunes –dijo Diggory con gravedad–. Isaac, quiero que vuelvas a bajar la escalera, vayas corriendo hasta la puerta y te dirijas al primer policía que veas; pídele que llame al equipo de artificieros. Después, aléjate todo lo que puedas de aquí.

–No pienso dejarte solo –dijo Isaac–. Otra vez no.

–Isaac, no estoy bromeando.

–¡Yo tampoco! ¡Mira el reloj! Apenas quedan diez minutos de los nuevos. Para cuando encuentre a alguien, casi será demasiado tarde. ¡Tenemos que trabajar juntos! Lo único que debemos hacer es reconectar unos cables. Sabemos de sobra, ¿no?

Diggory miró la campana, apretó los dientes y soltó un gruñido exasperado.

–Eres el niño más terco del mundo –dijo–. Trae las herramientas.

Isaac se precipitó hacia la esquina, encontró la bolsa de herramientas de su padre y la abrió en el suelo, a su lado. Pensó en los cientos de personas que había en el edificio, debajo de ellos.

–Veamos –dijo Diggory.

Con mano firme, se inclinó hacia la boca de la campana y siguió con cuidado el recorrido de un cable, aferrándolo con el pulgar y el índice, hasta alcanzar un terminal metálico fijado al explosivo plástico.

–Dios santo –exclamó Diggory al cabo de unos instantes que se hicieron eternos.

–¿Qué pasa? –preguntó Isaac–. ¿Puedes desactivarla?

–No soy experto en explosivos –contestó su padre–, pero creo que tiene un sistema de seguridad. Varios detonadores. Si quito uno, se activarán los demás.

–En ese caso, céntrate en la parte del reloj, en el temporizador –dijo Isaac con el corazón acelerado–. Puedes pararlo, ¿no?

–No es mecánico –susurró su padre–. Es digital. Yo solo sé arreglar relojes mecánicos. –Se miraron–. No sé si podemos pararlo, Isaac –añadió Diggory–. Lo siento.

–Pero ¡hemos de hacerlo! –dijo el chico indignado–. No podemos tirar la toalla ahora. ¡Papá! ¡He hecho todo lo que he podido! –Sentía que se le llenaban los ojos de lágrimas.

–Lo sé, hijo –asintió Diggory, poniendo una mano en la parte posterior de la cabeza de Isaac, que temblaba–. Sé que lo has intentado, pero no tengo las herramientas ni los conocimientos necesarios para arreglar esto. Es mejor que salgamos de aquí.

–¡No! –gritó Isaac–. Si dejamos que el reloj explote, el Parlamento saltará por los aires, y él es la máquina, papá. La pieza que hace funcionar el Gobierno. Deben derogar la ley del nuevo tiempo; de lo contrario, el señor Rose se saldrá con la suya. Tenemos que salvar el edificio. Es la única manera.

–Pero ¿cómo vamos a salvar el edificio de una bomba que no podemos desactivar?

Isaac vaciló. En el silencio oyó el tictac constante y familiar del péndulo del Gran Reloj. Viejo. Mecánico. Previsible.

–Se me ha ocurrido una idea –dijo.

–Jamás funcionará, Isaac –replicó Diggory, cabeceando mientras su hijo se la explicaba.

Pero le brillaban ojos igual que cuando jugaban a los exploradores en el jardín o trasteaban con la motocicleta: el tipo de alegría extraordinaria que solo parecen sentir los científicos.

–Jamás funcionará..., pero podría.

–Hay que darse prisa –dijo Isaac con una sonrisa de oreja a oreja–. Nos hará falta una cuerda.

–Y los cálculos tendrán que ser exactos –advirtió su padre–. ¿Tienes un bolígrafo?

El chico se palpó los bolsillos y luego cogió la tiza de su padre del borde del tren de sonería.

–No, pero casi.

–Pues ponte manos a la obra. Tenemos que salvar un país.

CINCUENTA Y SEIS

Pascal cojeaba por el vestíbulo central cuando las puertas de los Comunes se abrieron de golpe. Oyó el alboroto propagarse por todas las salas, y sus ojos apuntaron hacia la marea de diputados que abandonaban la estancia. Le ardieron las fosas nasales. Eso no debía suceder. Esa mocosa. Era obra suya. Los diputados deberían haberse quedado dentro. El plan al que había dedicado tanto tiempo estaba fallando.

Una alarma sonó por los viejos altavoces ocultos en la madera ornamentada. Los empleados, los limpiadores y los guardias de seguridad corrieron hacia las salidas mientras empezaban a evacuar el palacio.

–¿Señor? –Una joven vestida con el uniforme negro de la guardia del palacio le tocó un brazo–. Tenemos órdenes de evacuar el edificio, señor.

Pascal se la quitó de encima y se encaminó hacia la multitud de diputados. Divisó a la muchacha entre los trajes y las pisadas. Los ojos de esta se iluminaron de miedo al reconocerlo, pero ya era demasiado tarde, porque Pascal la agarró de una muñeca y le tapó la boca con la otra mano. La arrastró a través de una puerta lateral hasta una tranquila sala de reuniones que olía a polvo y lustre, que pasaba desapercibida en medio de la conmoción.

–¿Se puede saber qué has hecho? –le espetó–. ¿Cómo te escapaste? ¿Dónde está el relojero?

–¡Es demasiado tarde! –dijo Hattie, retorciéndose para desasirse de él, pegada a una mesa de madera. El brillo de sus ojos denotaba más picardía que miedo–. Todo el mundo sabe lo que habéis planeado, y lo hemos evitado.

Pascal apretó la mandíbula.

–Nunca podréis detener el futuro –gruñó.

Se abalanzó sobre Hattie, pero esta se agachó y se escondió bajo la mesa. Pascal golpeó una de las sillas para apartarla y, al hacerlo, se le clavó una astilla en una mano, pero no sintió nada. Hattie se escabulló entre los muebles. Él resistió, sin embargo, el impulso de perseguirla. Le fallaba la pierna y, si la chica creía que su plan había fracasado, eso solo podía significar que ella era una simple distracción.

Se dio media vuelta y fue tan rápido como pudo a la torre del reloj.

CINCUENTA Y SIETE

Diggory se puso manos a la obra: quitó el sistema de poleas del hueco de la escalera y ató la cuerda en el suelo de la sala del reloj. Mientras trabajaba, Isaac iba marcando frenéticamente las tablas del suelo con tiza para calcular la fórmula de su plan. Las marcas blancas se iban extendiendo por la madera oscura mientras la tiza se deslizaba entre sus dedos sudorosos. Los números empezaron a tomar forma poco a poco, los engranajes hacían clic en su mente.

–Creo que lo tengo, papá –gritó por encima del hombro.

–¿Estás seguro? –preguntó Diggory, arrodillándose a su lado.

–Me parece que sí –contestó Isaac. Señaló tres números–. Esta es la hora y esta es la longitud.

–Tenemos que medir las dos cosas –dijo el relojero pensativo–. Puedes marcar la cuerda con la tiza, pero necesitamos una cinta métrica, no podemos fiarnos de las estimaciones. Necesitamos algo para medir.

–¡Yo mismo! –exclamó Isaac–. Mido exactamente ciento sesenta centímetros.

Dicho esto, se tumbó en el suelo y juntó brazos y piernas. Negando con la cabeza, Diggory metió un extremo de la cuerda bajo las zapatillas de Isaac y la desenrolló hasta la coronilla.

–De acuerdo –dijo a la vez que marcaba la cuerda con la tiza–. Una nueva unidad de medida: esto es un Isaac. Ahora solo tenemos que volver al principio y duplicarlo. ¿Estás listo para multiplicar?

Midieron la longitud de la cuerda según la estatura del chico hasta que enrollaron la cantidad que necesitaban. Isaac contaba mentalmente. Diggory recogió la tiza del suelo y dibujó otra gruesa marca blanca en la cuerda marrón.

–La ataremos aquí –dijo–. Un nudo rápido. Así podremos tirar de ella en el momento adecuado. Pero ¿cómo vamos a medir el tiempo? –Se palpó los bolsillos–. No tengo el reloj de bolsillo.

Se volvieron para mirar el mecanismo del Gran Reloj.

–Podríamos usarlo –dijo Isaac–. Debe tener doce segundos de los antiguos. Exactos.

–Las campanadas suenan cada cuatro segundos –dijo Diggory, reflexionando–. Si empezamos con la primera, terminaremos con la cuarta. Puedo darle cuerda mientras tú te pones en posición.

–Vale –contestó Isaac, agarrando la cuerda–. Entonces, llevaré esto al campanario y haré el nudo.

–Suelta en la cuarta campanada, no lo olvides –dijo Diggory–. Ni antes ni después. Cientos de vidas dependen de ello.

–Ya lo sé –corroboró Isaac.

A continuación, se enrolló la cuerda desde un hombro hasta la cintura, cruzándosela en el pecho a modo de banda, como si fuera un escalador. A causa de las numerosas vueltas que tuvo que darle, al final la cuerda pesaba, pero él se sentía animado con la misión que debía desempeñar.

–Quedan cinco minutos –dijo su padre, mirando la campana–. Minutos nuevos, que corresponden a quinientos segundos de los de ahora. Los mediré exactamente. Espera. –Se levantó y abrazó a Isaac antes de que se marchara–. Buena suerte –le dijo.

Isaac asintió con la cabeza y salió corriendo por la puerta; después subió por la escalera hasta el campanario. Al llegar, lo azotó el aire frío que soplaba a través de la piedra abierta en lo alto de la ciudad.

Siguió corriendo hacia arriba, hacia la Ayrton Light, que brillaba para indicar que el Parlamento estaba reunido. Al llegar a lo alto, curvó los hombros, se quitó la cuerda y sujetó el extremo que tenía la marca de tiza a uno de los sólidos herrajes que fijaban el faro a su emplazamiento. Hizo un nudo rápido, tiró con fuerza y lanzó los rollos sueltos de cuerda hacia el crepúsculo. Estos resbalaron por el tejado inclinado y desaparecieron por el borde, colgando por los lados del campanario hacia la reluciente esfera del reloj que estaba debajo.

Después, Isaac se precipitó escaleras abajo, en dirección al lado sur del campanario, el que daba al río resplandeciente. Aferró la cuerda que colgaba, fue hasta la esquina y la tendió con cuidado para enrollarla alrededor de los pilares del campanario. Después siguió tirando de ella a lo largo del lado este para repetir la operación. Tras dar la vuelta completa a la torre, la cuerda se enroscó alrededor del edificio como si fuera un faro con un tobogán en forma de espiral en el exterior. Después, Isaac dejó que el resto cayera hacia abajo. En ese instante, sintió a través de la ventana de la esfera del reloj el tirón de la mano de su padre con el que le comunicaba que había aferrado la cuerda y que estaba listo para sujetar la carga y poner en marcha el plan que habían trazado.

Isaac dio un paso atrás, satisfecho. Su plan era una locura, pero empezaba a pensar que podía salir bien. Su padre usaría la polea para poner la campana en posición y luego, en el momento adecuado, la empujaría fuera de la torre. La cuerda enrollada la balancearía en la noche, la gravedad la ayudaría a ganar velocidad y de esa forma se alejaría del edificio. Si soltaba la cuerda en el momento justo…

De repente, oyó un ruido de cristales rotos abajo y tembló. Sabía que su padre estaba golpeando la esfera del reloj con un martillo, haciendo un agujero suficientemente grande para la campana. No se atrevía a imaginar lo culpable que debía de sentirse al tener que dañar de esa forma la esfera, pero era mejor destrozar una parte que poner en peligro todo el palacio.

Corrió hacia la Gran Campana, el mismísimo Big Ben, y sacó una llave inglesa del bolsillo. Golpeó el metal con destreza seis veces, la señal que había acordado con su padre para comunicarle que estaba preparado.

Luego guardó la herramienta y se volvió hacia la escalera, listo para subir a la Ayrton Light y esperar la indicación de Diggory para soltar la cuerda, pero, cuando se giró, una mano enguantada lo agarró por un hombro y lo tiró al suelo. Isaac rodó sobre las losas y vio a Pascal de pie encima de él.

CINCUENTA Y OCHO

Isaac miró a Pascal a la vez que reculaba rascando la piedra con las manos. La navaja suiza se le cayó del bolsillo y Pascal la apartó de un puntapié.

–Aquí arriba no estás seguro –dijo Pascal, observándolo–. Deberías largarte de inmediato.

–¿Seguro? –preguntó Isaac a la vez que su espalda chocaba con la barandilla–. ¿Qué más te da a ti mi seguridad?

–¿Te he hecho daño alguna vez? –preguntó Pascal.

–Secuestraste a mi padre. Reventaste el reloj atómico.

–Y tú seguiste entrometiéndote –le recriminó Pascal–. Poniéndote en peligro. No quiero hacer daño a un niño. –Escupió la palabra–. No quiero tener nada que ver contigo. Así que lárgate. Ahora. –Señaló la escalera–. ¡VETE!

–Es demasiado tarde –replicó Isaac.

–Pero ¿es que ni tú ni la insoportable de tu amiga lo habéis entendido? –preguntó Pascal exasperado–. El nuevo tiempo es inevitable. Ya no se puede detener.

–Ya lo hemos hecho –replicó Isaac, apoyándose en la barandilla mientras se ponía a duras penas en pie–. La ley será derogada y la gente descubrirá quién está detrás de todo esto. Tú irás a la cárcel. Y el primer ministro también.

–Simon es demasiado poderoso para ir a la cárcel –afirmó Pascal. Pasó una mano por la cuerda que colgaba en el exterior del campanario a la vez que la examinaba intrigado–. Y, gracias a tu amiga, las hormigas obreras de ahí abajo fueron evacuadas antes de que pudieran derogar la ley. Así pues, el nuevo tiempo sigue vigente. Es una pena que ninguno de ellos vaya a presenciar el acto final de los Maquinistas: el fin del reloj más famoso del mundo.

–Tampoco podrían presenciarlo aunque se quedasen –dijo Isaac, agarrando la barandilla–. La fuerza de la explosión hará que la torre se derrumbe, no verían nada hasta que fuese demasiado tarde.

–Te equivocas –repuso Pascal, aunque Isaac pudo ver un destello de duda en su cara–. La carga es pequeña. La puse yo mismo. Solo destruirá el mecanismo de relojería y hará saltar por los aires los cuatro célebres diales, igual que en un castillo de fuegos artificiales.

–Te equivocas, es suficiente para partir la torre por la mitad –insistió Isaac–. ¡La campana está hecha de explosivo plástico!

Pascal pareció sorprenderse.

–No –dijo en voz baja–. Me estás mintiendo. La campana es una distracción, un mero medio de transporte. Está hecha con plástico moldeado completamente inofensivo.

–Simon Rose te mintió –insistió Isaac–. Esta bomba lo destruirá todo. No te mandó que vinieses aquí para ver cómo estalla el reloj, quiere que tú también desaparezcas.

–No seas ridículo. Soy su ingeniero jefe, su amigo. No puede hacer esto sin mí...

–Eres peligroso –dijo Isaac, comprendiéndolo por fin–. Un cabo suelto. Sabes demasiado y podrías convertirte en una amenaza para él. –Los ojos de Pascal brillaron de miedo–. Pretende gobernar el mundo –prosiguió el chico, mirándolo fijamente–. ¿Qué más le da lo que te pase a ti?

–Somos socios –insistió Pascal–. Fundamos juntos la empresa. Yo soy experto en tecnología, él aportó la visión general. –Le resplandecieron los ojos–. Al final conseguimos lo que llevaba toda la vida ansiando: una forma pura de medir el universo, elegante y eficaz. Simon entiende lo que podemos lograr si abandonamos las viejas y anticuadas tradiciones. –Señaló la Gran Campana, los martillos, las antiguas torres de piedra del palacio, que se erigían a sus pies–. Este mundo está podrido. Tiene los engranajes sucios. Supersticiones, prejuicios, miedo. Basura humana que nos impide convertirnos en lo que deberíamos ser.

–Al señor Rose el mundo le importa un comino –contestó Isaac a voz en grito–. Lo único que pretende es dominarlo. Es un egoísta. No quiere medir el tiempo con justicia. Se ganó al país con sus mentiras, igual que a ti. ¡Compórtate como un científico! –añadió mientras la boca de Pascal se retorcía de cólera–. Analiza las pruebas.

–Llevo años esforzándome para conseguir esto –soltó Pascal, señalando en el aire con fuerza. Isaac se dio cuenta de que estaba temblando–. Y en caso de que tenga que pagarlo con mi vida, lo haré. –Acto seguido, tiró de la cuerda que estaba a un lado del campanario y miró hacia abajo como si de repente hubiera comprendido para qué servía–. Muy inteligente, Isaac, pero no basta. Simon no es un embaucador. Tú, en cambio, sí. Esa chica y tú os habéis interpuesto en nuestro plan durante varios días, pero se acabó. –Cogió la navaja suiza, sacó el cuchillo y agarró la cuerda.

–¡No! –rugió Isaac.

Mientras la hoja brillaba, una figura salió de las sombras y se abalanzó sobre Pascal. La navaja cayó al suelo repiqueteando como el acero.

–¡Apártate de mi amigo! –gritó Hattie, dándole un puñetazo.

Isaac se apresuró a ayudarla, pero Pascal los hizo retroceder con un hábil golpe del dorso de las manos. Antes, sin embargo, la muchacha tuvo tiempo de darle una patada en la entrepierna que lo hizo recular tambaleándose hacia la barandilla. Hattie

agarró la navaja, la tiró y esta cayó lejos, rebotando en las losas.

Las campanadas de los cuartos empezaron a sonar, inundando la noche con sus tañidos.

–Tengo que irme –gritó Isaac–. Es la señal.

Corrió hacia las escaleras y Pascal lo siguió, pero Hattie se arrojó a sus pantorrillas y, placándolo con un movimiento de rugby, lo tiró al suelo. Pascal lanzó un alarido al caer sobre la pierna herida.

–¡Vete! –gritó ella.

Isaac subió la escalera de caracol y llegó a la linterna resplandeciente en el preciso momento en el que cesaban las campanadas. Encontró el nudo de liberación rápida, la cuerda suelta lista para tirar de ella en el instante justo y soltar la carga. Pero aún era demasiado pronto, debía hacerlo al cuarto tañido. No antes.

–Vamos –se susurró a sí mismo, como si la pausa previa a los repiques se le hiciera eterna.

De repente, se dio cuenta de que, debajo de él, en el campanario, reinaba un silencio absoluto. No había señales de forcejeo, de puñetazos ni de patadas. ¿Habría vencido Hattie a Pascal por fin?

De repente, sintió un golpe en la espalda y se estrelló contra el marco de la ventana sin respiración. Al darse la vuelta vio que Pascal aferraba la cuerda con la navaja en la mano.

–No –gritó–, por favor. ¡Los matarás a todos!

–No puedes engañarme –se burló Pascal, agarrando la cuerda–. Madura, Isaac. Solo es un reloj.

Mientras acercaba la navaja a la cuerda, Isaac sintió que lo invadía la furia. Lanzando un bramido, se abalanzó sobre Pascal con todas sus fuerzas y chocó con él en el instante en el que sonaba la primera campanada.

¡DON!

Los dos rodaron al lado de la Ayrton Light y cayeron dando vueltas por el tejado inclinado. Un hombro de Isaac chocó con las tejas de pizarra con un crujido, y el chico empezó a resbalar y se quedó con la cabeza colgando hacia abajo, en el borde. Estiró los brazos, cogió la cuerda y logró frenar la caída con un tirón de los hombros. Gruñó y sintió que algo se movía debajo de él. Cuando miró por encima del hombro, vio a Pascal. Ambos estaban agarrados a la cuerda, que se retorcía a sus pies como una serpiente. Pascal tenía la navaja entre los dientes y los ojos muy abiertos en una expresión de cólera.

¡DON!

–¿Qué has hecho? –gritó Pascal, arrancándose el cuchillo de la boca–. ¿Estás loco?

–¡No es solo el reloj! –vociferó Isaac–. ¡Son muchas personas! Simon Rose va a hacer saltar el palacio entero por los aires, ¡no te miento!

Vio que la duda se transformaba en horror y que se extendía por la cara de Pascal como la sangre. Isaac sintió que la cuerda se movía debajo de ellos y negó con la cabeza. Su padre había sacado la campana por la esfera rota del reloj y esta estaba precipitándose en espiral alrededor de la torre, siguiendo el recorrido sinuoso de la soga. La gravedad aumentaba la velocidad a la que caía. La fuerza centrífuga la alejaba de la torre. Pasó por la cara norte, por la occidental… Pronto habría que soltarla. Isaac aferró la cuerda y trató de subir hacia el nudo, pero le resbalaban las manos.

¡DON!

–¡Dame la navaja! –gritó Isaac, tendiéndole la mano a Pascal.

La cara de este había perdido el color.

–Qué tonto he sido… –susurró.

La cuerda se tensó mientras la campana giraba hacia la cara oriental, acercándose a la oscuridad del río.

–¡La navaja! –suplicó Isaac–. ¡Por favor!

Pascal lo miró con una expresión de honda tristeza.

–Perdóname –dijo.

Cogió el cuchillo y cortó la cuerda que los separaba.

¡DON!

Isaac soltó un grito ahogado mientras Pascal resbalaba por debajo de él y la gravedad lo arrastraba por el borde de la torre. La oscuridad se lo tragó aferrado a la cuerda cortada, cuya carga se balanceaba hacia fuera, liberada de la espiral, y se elevaba sobre las brillantes aguas del Támesis.

La campana explotó en mil fragmentos de luz y calor, creando una onda expansiva que arrojó a Isaac contra el tejado. Las ventanas del Parlamento se agrietaron y cayó fuego en el agua. Cuando cesó la explosión, Isaac jadeó para intentar recuperar el aliento. El aire nocturno se llenó con el estruendo de las alarmas de los coches y de los sollozos de alivio. Isaac permaneció agarrado a la cuerda con todas sus fuerzas hasta que Hattie apareció en la Ayrton Light y comenzó a tirar de él hacia arriba, para subirlo y ponerlo a buen recaudo.

CINCUENTA Y NUEVE

Bajaron corriendo por la escalera hasta el campanario y, una vez allí, Isaac se derrumbó entre los brazos de su padre.

–Todo va bien –le dijo este, sujetándole la cabeza–. Se acabó.

–¿Qué ha ocurrido? –preguntó Hattie.

Isaac trató de contárselo, pero se le trababa la lengua. No podía concentrarse. Estaba exhausto.

–Pascal se ha caído –consiguió decir al final–. Lo hemos logrado. Hemos salvado muchas vidas.

Oyó un ruido de botas subiendo la escalera de la torre y al momento el campanario se llenó de guardias de seguridad, que los escoltaron hacia la salida. Se reunieron en el despacho del tío Sol, en la casa del presidente de la Cámara de los Comunes.

Solomon despidió a los guardias, haciendo caso omiso de las protestas de Claire. Esta se sentó en un rincón, con los brazos cruzados, mientras Diggory hacía todo lo posible para contarles lo que le había sucedido. Hattie intervenía de vez en cuando para completar su relato, e Isaac se lo agradecía, porque no se sentía con fuerzas para hablar. Claire cacareaba para desaprobar las palabras de Hattie, pero el tío Sol siempre la atajaba. En un momento dado, llegó Miriam y confirmó lo que los dos amigos estaban contando, pero lo que había ocurrido el resto de la noche era confuso. Isaac casi no recordaba haber subido la escalera hasta el piso de Solomon y haberse dejado caer en la cama, demasiado cansado para hacer otra cosa.

Durmió lo que le parecieron dos semanas y despertó frente a una pared donde se reflejaba la luz resplandeciente que se filtraba a través de las cortinas. Se restregó los ojos y vio a su padre sentado a un lado de la cama, con una sonrisa en la cara.

–Buenos días –le dijo.

Isaac parpadeó, sin atreverse a creer que no se trataba de un sueño. Alargó una mano y su padre se la aferró, le cubrió los dedos con los suyos y se los apretó.

–El tío Sol está preparando el desayuno –le dijo.

–¡Vaya, te has despertado! –exclamó Hattie a la vez que entraba en la habitación–. Has pasado siglos durmiendo. Enciende la tele. Hay buenas noticias.

Isaac se removió para incorporarse en tanto que su padre cogía el mando a distancia. En el canal de noticias aparecían varios agentes de policía rodeando una base aérea y Simon Rose escoltado hasta New Scotland Yard.

–¿Lo han detenido? –preguntó Isaac.

–Detener al primer ministro es complicado. –Isaac se volvió para ver al tío Sol, que estaba de pie en el dintel, vestido con un traje de chaqueta, un delantal y un par de guantes de cocina de color verde–. Pero me da la impresión de que le queda poco en el cargo. Por ahora solo lo están interrogando.

–Hoy van a volver a votar para derogar la ley del nuevo tiempo –dijo Hattie, señalando el televisor. En este se veía ahora a un reportero a las puertas del Parlamento.

–Esperemos que esta vez no nos interrumpan –deseó el tío Sol.

–Lo siento –se disculpó Hattie.

–No lo sientas –contestó él con firmeza–. De no haber sido por ti, habríamos corrido un grave peligro. Lamento no haberte hecho caso, no haber confiado en tu palabra. Estoy muy muy orgulloso de ti, Hattie.

Isaac vio que a su amiga le temblaba el labio.

–Pero me salté un montón de reglas –objetó ella.

–Creo que a veces hay que hacerlo para que nos escuchen –dijo Solomon, poniéndole una mano en el hombro y esbozando una cálida sonrisa.

Isaac y Hattie se sentaron juntos en el sofá del salón a ver las noticias. Los presentadores pasaban frenéticamente de Scotland Yard a la bolsa y al Parlamento, y además se veían unas imágenes de la explosión que alguien había grabado con el móvil.

–¿El edificio está bien? –preguntó Isaac.

–Se han roto varias ventanas –respondió Solomon–. Desperfectos fáciles de arreglar. Sin vosotros tres, el Parlamento se habría venido abajo.

Isaac volvió a mirar la pantalla.

–No se ha hecho pública nuestra identidad, ¿verdad? –preguntó inquieto.

–Ser presidente de la Cámara de los Comunes conlleva ciertos privilegios –contestó Solomon–. Me he asegurado de que vuestros nombres no aparezcan por ninguna parte. Y tampoco los de los Guardianes del Tiempo.

Isaac miró a su padre, intranquilo.

–Tuve que contárselo a Sol –le explicó–, pero me prometió guardar el secreto.

–Con mucho gusto –corroboró este, asintiendo con la cabeza–. Ahora comprendo lo importante que es proteger el tiempo.

–Todos los Guardianes del Tiempo están localizados –añadió Diggory–. Van a poner en libertad a Gloria. Las heridas de Luc no son graves y, por suerte, el secuestrador ha revelado dónde tenían retenida a Irina, así que ella también está a salvo.

–¿Y Penny?

–Tenemos que decidir qué hacer con ella –dijo Diggory con aire afligido–. No puede seguir en el grupo, pero no es la única que sucumbió al encanto de Rose.

Isaac pensó en Pascal.

–No hay ni rastro de él, ¿verdad? –preguntó–. El hombre que… El del campanario. Cayó al río.

El tío Sol negó con la cabeza.

–Me temo que no –contestó su padre.

–Bueno, tengo que empezar la procesión –dijo Solomon, dando una palmada–. Lo he pospuesto demasiado, pero tenemos varios asuntos importantes que atender. Confío en que esta noche todos seremos cinco años más jóvenes.

–Espera, ¿significa eso que ahora tengo técnicamente dieciocho años? –preguntó Hattie, lanzando un grito ahogado–. ¡Podría conducir un coche!

–Si te sacas el carnet antes de que deroguen la ley, sí, claro –dijo el tío Sol, sonriendo. Hattie frunció el ceño–. Diggory, Isaac, ni que decir tiene que podéis quedaros en mi casa todo el tiempo que queráis.

–Eres muy generoso –dijo el padre de Isaac–, pero creo que será mejor que nos marchemos después de desayunar y de darle cuerda al reloj, ¿verdad, Isaac?

Se miraron el uno al otro.

–Sí –contestó este, esbozando una sonrisa–. Vamos a casa.

SESENTA

Al cabo de dos semanas todo había finalizado.

La antigua maquinaria del Parlamento se puso en marcha. El tío Sol convocó una votación, y la ley que derogaba el nuevo tiempo se aprobó por una mayoría abrumadora. Los científicos del Laboratorio Nacional de Física hablaron con sus homólogos de los demás países y poco a poco fueron resolviendo el caos que había provocado Pascal. Isaac vio, junto con el resto del mundo, cómo la fecha retrocedía cinco años en todas las pantallas, las horas se redujeron de cien minutos a sesenta y los días se alargaron de diez horas a veinticuatro. Puede que fuera menos eficiente, menos racional, pero era cómodo y resultaba familiar. Era humano.

Solomon dispuso lo necesario para que Isaac asistiera a la ceremonia en la que se redactaba la ley sobre pergamino en una sala del Parlamento. El chico se sintió reconfortado al ver cómo enrollaban el pliego una vez terminado, como si dos engranajes encajaran y encontraran por fin el equilibrio. Hattie y él presenciaron después cómo lo subían a la torre Victoria y lo metían en su sitio con las demás: el código que gobernaba el país recuperaba al fin la estabilidad.

–¿Te has enterado de lo de la moción de censura? –preguntó Hattie mientras caminaban juntos por el claustro, al mismo tiempo que los ayudantes y secretarios se afanaban a su alrededor con asuntos gubernamentales.

–¿Han echado a Rose? –preguntó Isaac.

Hattie asintió con la cabeza. El Parlamento se había reunido esa mañana para expulsar al primer ministro del poder. El mes siguiente se celebrarían elecciones para elegir al nuevo líder del país.

–Creo que debería presentarse Miriam –opinó Isaac.

–No creo que le apetezca –contestó Hattie–. Siempre dice que los mejores líderes son los que no quieren serlo.

–Tal vez por eso debería presentarse –apuntó Isaac.

–Ah, ahí estáis. –El tío Sol les sonrió al pie de la torre del reloj–. ¿Listos?

–Sí, pero ¿por qué nos has citado aquí? –preguntó Hattie–. ¿Qué pasa?

–No tardaréis en averiguarlo –respondió Solomon, haciéndoles señas para que subieran la escalera.

–Tu padre no te ha dicho nada, ¿verdad? –susurró Hattie. Isaac negó con la cabeza–. Oye, ¿qué tal has pasado la semana? He oído que te han dejado saltarte las clases.

–Sí –respondió Isaac. Había sido como estar en el paraíso–. Hemos trabajado juntos en la moto. ¿Tú cuándo vuelves al internado?

–La semana que viene. A mí también me han dado un poco de tiempo libre. He estado explorando los sótanos –cuchicheó, sonriendo.

Llegaron al rellano donde se encontraba la sala del reloj y vieron a unos obreros reparar el cristal de la esfera rota. Claire Turnbull y el padre de Isaac estaban al lado de una pequeña cortina que había colgada de la pared, al lado de la maquinaria del reloj.

–¿Qué es esto? –preguntó Isaac confuso.

–Hemos hablado sobre la manera en que podíamos mostraros nuestra gratitud por lo que hicisteis Hattie y tú –contestó el tío Sol–. El Parlamento, todo el país, está en deuda con vosotros.

–Lo sugerí yo –añadió Claire con cierta timidez. Hattie y ella se miraron–. Pensé que era lo más apropiado.

–Vamos, enséñaselo –dijo Diggory entusiasmado.

–No es gran cosa –comentó Solomon, volviéndose hacia la pequeña cortina–, pero creemos que os gustará.

A continuación, descorrió el paño de terciopelo rojo para dejar a la vista una pequeña placa clavada en la pared, encima del péndulo.

En agradecimiento a Isaac Turner y a Harriet Bassala, los muchachos que salvaron el tiempo.

Isaac intentó expresar lo agradecido que se sentía, pero en ese momento se oyó el traqueteo de la maquinaria y el tañido de las campanas. Daba la impresión de que el reloj también les daba las gracias.

Esa noche lo celebraron en el comedor del tío Sol. Nadie mencionó a los Guardianes del Tiempo, e Isaac estaba encantado de poder guardar ese secreto. Su padre le había dicho que Penny había dejado la organización y se había retirado. Le había escrito una larga carta, de disculpa, suponía Diggory, aunque aún no se había atrevido a leerla. El sobre estaba sin abrir encima de la mesa de la cocina.

Miriam Khan se unió a ellos y les contó que las acciones de Whitethorne estaban cayendo en la bolsa de valores, que todo el mundo estaba boicoteando sus productos y cuestionando el papel que la empresa había desempeñado en el fallo técnico.

–Pero ¿no han detenido a nadie? –preguntó Isaac perplejo–. Hay otras personas tan involucradas como el primer ministro.

–Eso es muy difícil de probar, Isaac –dijo el tío Sol–. La mayoría están en otros países. No creo que tengan mucho futuro en los negocios.

–Menos mal –comentó Miriam–. El único idioma que entiende esa gente es el del dinero.

–Por eso creo que Hacienda piensa demandar a Whitethorne –precisó el tío Sol–. Mañana se reunirá un comité para investigar la cuestión. Podremos utilizar parte del dinero para reparar el palacio.

–Oye, Isaac. –Hattie le lanzó un guisante–. ¿Qué vas a hacer mañana? Me quedan unos días más en Londres antes de volver al colegio y mi padre me ha dicho que nunca has estado dentro de la abadía de Westminster. Podríamos ir al anochecer –añadió, guiñándole un ojo–. Es la mejor hora, cuando no hay nadie.

–¿Qué estás tramando? –preguntó Claire bruscamente.

–Nada.

Hattie sonrió con aire cómplice a Isaac en cuanto esta le dio la espalda.

A la mañana siguiente, Isaac se despertó temprano para ir al cobertizo, donde su padre y él retiraron la cubierta a la motocicleta. Por fin la habían terminado. Cruzaron la cocina con cuidado y luego salieron a la calle, donde hicieron rugir el motor de tal manera que la señora Peach abrió la ventana y les gritó que no hicieran tanto ruido.

–Toma –dijo Diggory, tendiéndole un casco a su hijo–. Es hora de probarla.

Isaac subió a la moto y abrazó la chaqueta de su padre al mismo tiempo que este volvía a hacer rugir el motor y alejaba la moto del bordillo. El chico sintió el tirón de la aceleración mientras avanzaban calle abajo con gran estruendo, serpenteando hacia el sur desde Leytonstone, en dirección al río, y corrían a lo largo de las aguas espumosas rumbo al mar. Se aferró con fuerza a su padre; sintió el azote del viento y una profunda gratitud por cada instante, por cada maravilloso segundo que podía pasar con él en ese mundo tan hermoso y confuso.

Mientras la moto descendía por el estuario hacia la costa, alguien alzó la vista desde una fogata que ardía en una playa, a la sombra de una antigua nave industrial. Una navaja suiza le brilló en la mano. El hombre entrecerró los ojos al oír el fragor de la moto, atizó el fuego con un palo y se peinó el fantasmal pelo blanco.

NOTA DEL AUTOR

Querido lector:

Hago todo lo que puedo para escribir historias que muestren el lado más fascinante de nuestro mundo, así que la mayor parte de lo que has leído en este libro se basa en la realidad. A veces, sin embargo, he jugado con los hechos para engrasar las ruedas de la trama, de forma que resultara más emocionante.

Ahora que el polvo se ha asentado, me gustaría explicarte en qué manera me he desviado de la realidad y, al mismo tiempo, asegurarte que ciertos aspectos de este libro son reales, por mucho que parezcan fruto de la fantasía.

El Gran Reloj

Me llegó la inspiración para escribir este libro cuando llevé a mi padre a ver el Big Ben por su cumpleaños. Los dos nos emocionamos al ver funcionar el mecanismo, y a mí me fascinó en particular ese extraño mundo que es el palacio de Westminster, que me pareció un lugar propicio para la aventura. Pero, mientras estaba escribiendo esta novela, reestructuraron la torre del reloj y, durante ese tiempo, permaneció cerrada al público. Cuando terminé el libro, la torre se había transformado, y en el edificio ahora hay cosas diferentes que no menciono en este libro.

Por ejemplo, han puesto un ascensor en el campanario, aunque es bastante pequeño y solo se utiliza para las entregas de maquinaria. Las pesas del reloj se izan ahora mediante motores eléctricos, ya no se enrollan a mano. Pero en la sala del reloj aún se puede ver la huella que dejaron en el suelo de piedra los pies de los esforzados relojeros que las movieron durante generaciones.

El guardián del Gran Reloj existe de verdad y es un trabajo muy importante. Además de asegurarse de que el Big Ben marque la hora (para lo que aún se utilizan monedas antiguas), es responsable de los dos mil relojes más que hay en el palacio de Westminster, algunos de ellos preciosos. En la vida real hay un equipo de relojeros, pero al escribir la novela pensé que podía ser más emocionante que dependieran de uno solo.

Las cámaras del Parlamento

Todo lo que cuento sobre lo que sucede en Westminster es real, aunque haya acelerado algunas de las fases que preceden a la aprobación de una ley. Además, hay muchas más cosas raras que no pude incluir en la historia, como que los lados de la Cámara de los Comunes se encuentran a una distancia equivalente a la longitud de dos espadas, y que justo en la mitad de la torre del reloj había una prisión donde el sargento de armas llevaba a los diputados rebeldes.

Las leyes ya no se escriben en pergamino, sino que se imprimen en papel de archivo, aunque las cubiertas siguen siendo de piel de animal. Esto no cambió hasta 2015, y hasta 1849 las leyes se escribían en rollos de pergamino, a menudo elaborado con piel de cabra.

El nuevo tiempo

A lo largo de la historia ha habido momentos en los que el día no tenía veinticuatro horas.

El más famoso fue en 1795, durante la Revolución francesa, primera aplicación del sistema métrico. Se introdujeron el metro, el kilogramo y más medidas nuevas, que eran más sencillas que las anteriores y muy fáciles de calcular en múltiplos de diez.

También se modificaron las unidades temporales. Al igual que en el nuevo tiempo, los días se dividieron en diez horas, las horas, en cien minutos, y los minutos, en cien segundos. En Francia este sistema se convirtió en ley y todos debían calcular el tiempo de esa forma.

Pero, a pesar de que el sistema métrico se hizo popular y de que no tardó en extenderse al resto del mundo, el tiempo métrico nunca llegó a popularizarse y, de hecho, desapareció alrededor de 1800.

Mucho antes que los franceses, varias civilizaciones antiguas, como la egipcia y la china, dividían los días y los años en decenas. No existe una forma específicamente natural de dividir el tiempo. Nuestro sistema solo es una costumbre.

El Little Ben

El Little Ben, o pequeño Ben, es un reloj real situado delante de la estación Victoria. Se lo conoce popularmente como una réplica a escala del Big Ben, pero, en realidad, y aunque tienen muchas cosas en común, son bastante diferentes.

La inscripción que lee Hattie en la novela es correcta: cuando se fabricó, el reloj estaba diseñado para no atenerse al horario de verano, como símbolo de amistad entre Francia y el Reino Unido. En la actualidad, sin embargo, el reloj pasa por alto esta promesa y se ajusta dos veces al año, igual que el resto de los relojes del Reino Unido.

El reloj de vapor

El reloj de vapor de Chelsea también es real, al igual que su creador, Tim Hunkin. Pero la imponente máquina lleva muchos años sin funcionar, ya que no existe una Penelope Braithwaite que viva enfrente y se ocupe de él.

El Real Observatorio

La sala Octogonal donde se reúnen los Guardianes del Tiempo es la parte más antigua del Real Observatorio, donde los astrónomos admiraban el cosmos con unos telescopios altos y elegantes. Las observaciones que se efectuaban en este edificio ayudaron a cartografiar el mundo tal y como lo conocemos y fueron una piedra angular del sistema de cronometraje que utilizamos hoy en día.

Sobre él hay muchos datos asombrosos que no he podido incluir en esta historia, como, por ejemplo, la bola montada en el techo, que caía a una hora determinada para que los marineros del Támesis pudieran sincronizar sus relojes, o la cámara oscura, donde a través de unas lentes se proyecta una visión del mundo exterior sobre una mesa.

A ello se añade la historia de Ruth Belville, conocida como la dama del tiempo de Greenwich, quien viajaba una vez a la semana al observatorio con su cronómetro portátil, llamado Arnold, en el bolso. Tras sincronizarlo con el reloj de Shepherd Gate, Ruth recorría Londres visitando a sus clientes, que le pagaban por llevarles la hora exacta. Lo hizo hasta los ochenta y cinco años, y se jubiló durante la Segunda Guerra Mundial.

Si te interesa el tiempo y vas a Londres, te aconsejo que visites el Real Observatorio. No te decepcionará.

Los Guardianes del Tiempo y el Laboratorio Nacional de Física

Los Guardianes del Tiempo no son reales y no creo que haya una sociedad secreta de ningún tipo velando por la seguridad del tiempo. Lo que sí que existen son miles de científicos inteligentes y fiables que trabajan con diligencia en todo el mundo para preservar una medida precisa y común del tiempo. Sin sus incansables esfuerzos, muchas de las cosas que damos por sentadas dejarían de funcionar.

En el Reino Unido, muchos de ellos trabajan en el Laboratorio Nacional de Física, un centro que se encuentra al suroeste de Londres, donde cuentan con numerosos relojes atómicos y laboratorios centrados en muchos otros tipos de metrología, es decir, la ciencia de medir las cosas. Los relojes atómicos están conectados entre sí a través de una red mundial, coordinada en París por la Oficina Internacional de Pesos y Medidas.

No fuerces las furgonetas para entrar en ellas

Los personajes de las novelas hacen ciertas cosas que sería imprudente imitar en la vida real; por ejemplo, forzar furgonetas y subirse a tejados. Querido lector, te ruego que no hagas ninguna de estas cosas, porque, en caso contrario, podrías hacerte daño o acabar entre rejas y, además, si alguien se entera de que lo has hecho inspirándote en este libro, se enfadarán conmigo.

AGRADECIMIENTOS

Mi infancia siempre estuvo acompañada por las campanadas del reloj familiar que pertenecía a mi abuelo y al que mi padre daba cuerda fielmente cada semana. Hoy es el guardián del reloj de la iglesia del pueblo, y a veces se detiene a comprobar si las campanas corresponden con lo que marca su reloj y asegurarse así de que este funciona correctamente.

Para celebrar uno de los cumpleaños de mi padre organicé una excursión a lo alto del Big Ben. Los dos somos unos frikis. Cuando el traqueteante mecanismo se puso en marcha en la sala del reloj, nos miramos con un entusiasmo infantil, y en ese momento comprendí que la torre del reloj tenía una historia que valía la pena contar.

Así que gracias, papá, por haberme inspirado esta novela y por mantener en funcionamiento los relojes. Gracias, mamá, la científica de la casa, porque también me has inculcado el gusto por el misterio relacionado con los asesinatos y el suspense. Siempre os agradeceré que hayáis avivado mi imaginación, que me hayáis animado a ser curioso y me hayáis escuchado cuando os hablaba sin parar sobre cosas extrañas. No podría haber escrito este libro sin vosotros. Gracias.

También me gustaría dar las gracias a mi imperturbable agente, Kirsty McLachlan, que escuchó la vaga idea sobre un misterio acontecido en la sala cerrada del Big Ben y me alentó para que la ampliara y la hiciera más emocionante. Todas las explosiones que se producen en este libro se las debo a ella.

Yo no estaría escribiendo historias para niños sin mi querida amiga M. G. Leonard, quien un día me sugirió que lo intentara y luego se las arregló para que resultara muy divertido. Gracias, amiga, por ayudarme a redescubrir las cosas que me gustan y a encontrar la confianza necesaria para escribir sobre ellas.

Gracias a Ellen Holgate, mi editora, por su asombrosa fe en este libro y por haberme ayudado a llevarlo a buen puerto. Y a Emily Marples, Sophie Rosewell, Fliss Stevens, Laura Bird, Mike Young y al resto de los miembros de Bloomsbury, por su entusiasmo y amabilidad y por hacer todo lo posible para convertir este libro en un éxito.

Un agradecimiento enorme a Tom Clohosy Cole por la cubierta, a Stephanie Shafer y Seb@kja-artists.com por las ilustraciones del interior, a Thy Bui por el mapa del Parlamento y el corte transversal del Big Ben, y a Nick de Somogyi, corrector, por asegurarse de que no confundiera el reloj de la Puerta del Pastor con una cervecería.

Escribir es una tarea solitaria que no podría llevar a cabo sin mis amigos. Gracias a Zoe Roberts y a David Cumming por los ánimos. Necesitaba que el primer borrador de este manuscrito, nada sencillo de manejar, fuera aceptable. Gracias a Hattie Fell, a quien siempre he amenazado con dar su nombre a un personaje; confío en que esté contenta con el resultado. Gracias a Benjamin Dean, Richard Pickard y Andy Sagar por ser el mejor y más amigable grupo de autores de literatura juvenil que se puede pedir. Y gracias a mis amigos Philip Ellis y Kate Young por ser maravillosos.

Tengo una gran deuda con varios guías turísticos de las cámaras del Parlamento, el Real Observatorio y el Museo de la Ciencia. Me ayudaron tanto a escribir este libro que agradezco muchísimo vivir en un mundo donde hay tanta gente dispuesta a compartir tan glorioso conocimiento.

Por último, unas palabras destinadas a los bibliotecarios y libreros que se esfuerzan sin descanso para que los libros lleguen a los jóvenes lectores de todo el mundo, satisfaciendo mentes curiosas y actuando como embajadores de la alegría de la palabra escrita. Os lo agradecía cuando era niño, y ahora aún más. Muchas gracias.

04:08:37
03:33:23
03:10:19
01:10:42
03:01:02
06:55:05
08:02:10
05:04:19
05:43:48
05:33:21
05:53:44
07:04:17
08:14:20
05:05:16
06:17:46
06:16:18
10:12:23
03:12:32
02:08:39
03:04:20

Índice

SOBRE EL AUTOR

Sam Sedgman es un autor superventas, un sabelotodo convencido y un entusiasta del ferrocarril. Antes de escribir historias para jóvenes, trabajaba de productor digital en el National Theatre, donde se colaba entre bastidores con una cámara y un micrófono para descubrir cómo se construyen las historias. Apasionado de encajar piezas, Sam es un gran aficionado a los puzles, los juegos y la ficción detectivesca, y llegó a fundar una empresa dedicada a misteriosos asesinatos y búsquedas del tesoro para aventureros londinenses. Sus libros se han traducido a más de veinte idiomas. Cuando no está escribiendo, probablemente esté admirando un reloj bonito, viendo una película de Alfred Hitchcock o contando alguna curiosidad extraña. Vive en Londres, justo encima de una estación de tren.

Bambú Exit

Ana y la Sibila
Antonio Sánchez-Escalonilla

El libro azul
Lluís Prats

La canción de Shao Li
Marisol Ortiz de Zárate

La tuneladora
Fernando Lalana

El asunto Galindo
Fernando Lalana

El último muerto
Fernando Lalana

Amsterdam Solitaire
Fernando Lalana

Tigre, tigre
Lynne Reid Banks

Un día de trigo
Anna Cabeza

Cantan los gallos
Marisol Ortiz de Zárate

Ciudad de huérfanos
Avi

13 perros
Fernando Lalana

Nunca más
Fernando Lalana
José M.ª Almárcegui

No es invisible
Marcus Sedgwick

Las aventuras de George Macallan. Una bala perdida
Fernando Lalana

Big Game (Caza mayor)
Dan Smith

Las aventuras de George Macallan. Kansas City
Fernando Lalana

La artillería de Mr. Smith
Damián Montes

El matarife
Fernando Lalana

El hermano del tiempo
Miguel Sandín

El árbol de las mentiras
Frances Hardinge

Escartín en Lima
Fernando Lalana

Chatarra
Pádraig Kenny

La canción del cuco
Frances Hardinge

Atrapado en mi burbuja
Stewart Foster

El silencio de la rana
Miguel Sandín

13 perros y medio
Fernando Lalana

La guerra de los botones
Avi

Synchronicity
Víctor Panicello

La luz de las profundidades
Frances Hardinge

Los del medio
Kirsty Appelbaum

La última grulla de papel
Kerry Drewery

Lo que el río lleva
Víctor Panicello

Disidentes
Rosa Huertas

El chico del periódico
Vince Vawter

Ohio
Àngel Burgas

Theodosia y las Serpientes del Caos
R. L. LaFevers

La flor perdida del chamán de K
Davide Morosinotto

Theodosia y el báculo de Osiris
R. L. LaFevers

Julia y el tiburón
Kiran Millwood Hargrave
Tom de Freston

Mientras crezcan los limoneros
Zoulfa Katouh

Tras la pista del ruiseñor
Sarah Ann Juckes

El destramador de maldiciones
Frances Hardinge

Theodosia y los Ojos de Horus
R. L. LaFevers

Ánima negra
Elisenda Roca

Disidente y perseguido
Joe F. Daniels

El gran viaje
Víctor Panicello

Los cuentos de Lesbos
Àngel Burgas

Un detective improbable
Fernando Lalana

La isla de los susurros
Frances Hardinge

Leila y la zorra azul
Kiran Millwood Hargrave
Tom de Freston

Las dos aventuras
Carlo Frabetti

Centinelas
Alfonso Paredes

Las dalias tristes
Daniel Sanmateo

Cobweb
Michael Morpurgo

El bosque de los mil ojos
Frances Hardinge
Emily Gravett

La conspiración contra reloj
Sam Sedgman

Alma
Timothée de Fombelle